원무, 그 밖의 다양한 사건사고

LA RONDE ET AUTRES FAITS DIVERS
by J. M. G. Le Clézio

이 도서의 국립중앙도서관 출판예정도서목록(CIP)은
서지정보유통지원시스템 홈페이지(http://seoji.nl.go.kr)와
국가자료공동목록시스템(http://www.nl.go.kr/kolisnet)에서 이용하실 수 있습니다.
(CIP제어번호: CIP2018021024)

원무,
그 밖의
다양한
사건사고

LA
RONDE
ET
AUTRES
FAITS
DIVERS

J. M. G.
르 클레지오
소설

윤미연
옮김

LA
RONDE
ET
AUTRES
FAITS
DIVERS

차례

일러두기

1. 주석은 모두 옮긴이주다.
2. 본문 중 고딕체는 원서에서 이탤릭체나 대문자로 강조한 부분이거나 프랑스어 외의 다른 나라 언어로 표기한 부분이다. 프랑스어 외의 다른 언어는 음독 표기 후 괄호 안에 번역을 병기했다.

원무*

LA RONDE

LA
RONDE
ET
AUTRES
FAITS
DIVERS

* 프랑스어 La ronde는 다의적인 단어로, '원무(圓舞)' '원무곡' '원무를 추는 사람들', 그리고 '순찰' 또는 '순찰대'라는 뜻이 있으며, 이 소설에서 역시 위의 모든 뜻을 동시에 포함한다.

두 소녀는 거기, 리베르테로路가 점점 넓어지면서 작은 광장을 이루는 곳에서 만나기로 했다. 그들이 약속한 시간은 오후 한시다. 속기 학교가 두시에 시작하기 때문인데, 시간이 항상 빠듯하다. 하지만 학교에 좀 늦더라도 그게 뭐 어때서? 퇴학을 당한다손 치더라도 그게 뭐 대순가? 둘 중 나이가 더 많은 빨강 머리 티티가 그렇게 말했고, 마르틴은 동의하지만 말하고 싶지 않을 때면 늘 그러듯 어깨를 으쓱했다. 마르틴은 이제 한 달만 더 있으면 열일곱 살이 된다. 겉으로 보기엔 티티와 동갑처럼 보이지만 사실 두 살이 어리다. 마르틴은 사람들 말마따나 성격이 우유부단하다. 그래서 가령 좋거나 싫은 것을 표현해야 할 때면 어깨를 으쓱하고 인상을 찌푸리면서 수줍음을 감추려 애쓴다.

어쨌든 그 생각을 떠올린 건 마르틴이 아니다. 아마 티티도 아닐 것이다. 그렇지만 그 얘기를 처음 꺼낸 건 분명히 티티다. 마르틴은 별로 놀라는 것 같지 않았고, 높게 소리를 지르지도 않았다. 그저 어깨를 으쓱했을 뿐이다. 그리고 바로 그런 식으로 두 소녀는 의견의 일치를 보았다. 하지만 장소에 대해서는 그래도 약간 의견이 엇갈렸다. 마르틴은 도시 외곽에서 하길 바랐다. 가령 사람이 별로 없는 물랭 지구 같은 곳에서. 하지만 티티는 오히려 사람들이 많이 지나다니는 시내 한복판이 더 좋겠다고 말했다. 그녀가 어찌나 자기 생각을 고집하는지 마르틴은 결국 어깨를 으쓱하고 말았다. 사실 시내 한복판이나 물랭이나 그게 그거다. 그저 운에 달린 문제일 뿐. 마르틴은 그렇게 생각했지만, 그 생각을 친구에게 얘기하지 않는 편이 좋겠다고 결론을 내렸다.

엄마와 점심식사를 하는 동안 마르틴은 그 약속에 대해 거의 생각하지 않았다. 그러다가 문득 그걸 떠올릴 때면, 자기는 아무래도 상관없다는 걸 깨닫고는 깜짝 놀랐다. 하지만 티티에게 그것은 분명 아무래도 상관없는 일이 아니었다. 그녀는 몇 날 며칠 동안 그 일에 대해 곰곰이 생각했다. 그리고 벤치에서 남자친구와 나란히 앉아 샌드위치를 먹는 동안 그 얘기를 한 게 분명했다. 마르틴에게 오토바이가 없으니 자신의 소형 오토바이를 빌려주겠다는 말을 처음 꺼낸 건 그녀의 남자친구였다. 하지만 그가 그 모든 걸 어떻게 생각하는지는 알 수 없다. 그는 눈이 아주 작아서 무슨 생각을 하고 있는지 도무지 감을 잡을 수가 없다. 심지어 화가 나 있거나 지루해할 때조차.

그런데 광장 근처 리베르테로에 도착했을 때, 마르틴은 갑자기 심장이 공포에 사로잡히는 것을 느꼈다. 심장이 겁을 집어먹다니, 참 이상도 하다. 심장이 몸의 중심에서 아주 세차게 "쿵, 쿵, 쿵" 소리를 낸다. 그리고 금방이라도 쓰러질 것처럼 두 다리가 풀린다. 그녀는 왜 겁을 내는 걸까? 이유를 알 수가 없다. 머리는 차갑고, 약간 지루함이 느껴질 정도로 멍하다. 하지만 그녀의 몸속에 공포에 사로잡혀 허둥대는 다른 누군가가 있는 것 같다. 어쨌든, 그녀는 자기 몸속에서 일어나고 있는 일을 다른 사람들에게 들키지 않기 위해 입술을 꼭 깨물고 천천히 숨쉰다. 티티와 그녀의 남자친구는 거기, 소형 오토바이 위에 걸터앉아 있다. 마르틴은 티티의 남자친구를 좋아하지 않는다. 그녀는 그와 볼인사를 하지 않으려고 가까이 다가가지 않는다. 하지만 티티는 다르다. 마르틴과 그녀는 친한 친구 사이이다. 특히 일 년 전부터 정말로 친해졌다. 그리고 친구를 갖게 된 이후로 마르틴은 모든 게 달라졌다. 이제 그녀는 남자아이들을 덜 두려워한다. 그리고 친구가 있는 이상, 이제 무엇도 자신에게 상처 입히지 못할 것 같다. 티티는 예쁘지 않다. 하지만 웃는 모습이 예쁘고 회녹색 눈이 아름답다. 빨강 머리는 확실히 이상해 보이긴 하지만 그녀에게 잘 어울린다. 티티는 늘 사내아이들로부터 마르틴을 보호해준다. 마르틴은 예쁘장하게 생긴 터에 사내아이들이 자주 집적댄다. 그럴 때마다 티티가 마르틴을 도와주러 온다. 그리고 가끔 사내아이들에게 발길질이나 주먹질을 할 때도 있다.

처음 그 생각을 떠올린 건 아마 티티의 남자친구였을 것이다. 단정지어 말하기는 어려운데, 정도의 차이는 있지만 어쨌든 그들 모두가 오래전부터 그걸 해보고 싶어했기 때문이다. 하지만 사내아이들은 언제나 말만 앞세우고 정작 행동으로 옮기려 할 때는 뒤꽁무니를 빼곤 한다. 그래서 티티가 나서서 말했다. 움츠러들지 말고 그 자식들에게 본때를 보여주러 가자고, 그러면 그 패거리들이 두 손 들고 떠날 것이고, 그러고 나면 마르틴이 더이상 아무것도 두려워할 필요가 없을 거라고. 지금 마르틴의 흉곽 안에서 심장이 아주 세차게 뛰는 게 느껴지는 건 바로 그래서이다. 이건 하나의 시험, 일종의 시련이니까. 그녀는 지금까지 이런 생각을 해본 적이 없다. 하지만 갑자기, 길모퉁이에서 햇살을 받으며 오토바이에 앉아 담배를 피우고 있는 티티와 그 소년을 보는 순간, 그녀는 세상이 뭔가를 기다리고 있다는 것을, 무슨 일이 일어나야 한다는 것을 알아차린다. 하지만 리베르테로는 조용하다. 지나다니는 사람이 거의 없다. 비둘기들이 햇살 아래를 거닐면서 인도 가장자리 위에서, 배수로에서 머리를 기계적으로 움직이고 있다. 하지만 온 사방에서 강력한, 몹시 불안하고 날카로운 진공이 귓속으로 밀려오는 것만 같다. 팔층 건물 위에서, 발코니들에서, 창문 하나하나의 너머에서, 혹은 멈춰 서 있는 모든 자동차들의 내부에서, 어떤 위험을 유보하고 있는 진공이.

마르틴은 꼼짝도 않고 서 있다. 자신의 몸속, 심장까지 진공의 차가운 기운을 느낀다. 그녀의 두 손바닥은 땀으로 촉촉하게 젖어 있다. 티티와 소년이 햇빛 때문에 눈살을 찌푸린 채 그녀를 바라본다. 그들이 뭐라고 말을 하지만 그녀는 그 말이 들리지 않는다. 그녀의 안색은 틀림없이 아주 창백하고, 눈은 한곳에 붙박여 있고, 입술은 떨리고 있을 것이다. 그러다가 단번에 정신이 든다. 이제 말을 하는 건 그녀다. 그녀는 자기가 무슨 말을 하는지도 잘 모른 채 약간 잠긴 목소리로 말한다.

"좋아. 그럼 갈까? 지금 출발해?"

소년이 소형 오토바이에서 내린다. 그는 티티의 입술에 키스를 하고 나서 마르틴에게로 다가온다. 마르틴은 소년을 거칠게 밀어낸다.

"이봐, 그앤 그냥 놔둬."

티티가 난폭하게 오토바이의 시동을 걸더니 마르틴 옆으로 와서 자리를 잡는다. 그러고 나서 그들은 액셀러레이터를 밟으며 동시에 오토바이를 출발시킨다. 두 소녀가 탄 오토바이는 잠시 인도 위를 굴러가다가 함께 차도로 내려와 버스 전용 차선에 나란히 선다.

오토바이를 타고 있는 지금, 마르틴은 더이상 몸속에 두려움이 느껴지지 않는다. 어쩌면 오토바이의 진동과 휘발유 냄새와 열기가 그녀 안에 있던 모든 공허를 메웠는지도 모른다. 마르틴은 오토바이를 타고 달리는 걸 아주 좋아한다. 특히 오늘처럼 햇살이 강렬하고 공기가 차지 않을 때면 기분이 정말 좋다. 그녀는 자동차 사이를 이리저리 묘기 부리듯 빠져나가는 것이, 바람을 들이마시지 않으려고 고개를 살짝 옆으로 돌린 채 질주하는 것이 좋다! 티티는 운이 좋았다. 그녀에게 오토바이를 준 사람은 그녀의 오빠다. 확실하게 준 거라고 말할 순 없지만, 어쨌든 그녀의 오빠가 오토바이를 줬다. 그는 티티가 그 대가로 돈을 좀 주길 기대한다. 티티의 오빠는 대부분의 사내아이들 같지 않다. 좋은 녀석이다. 자기가 뭘 원하는지 알고, 다른 애들처럼 그저 거들먹거리며 폼 잡느라 허풍을 늘어놓으면서 시간을 보내지 않는다. 마르틴은 그에게 전혀 관심이 없다. 하지만 딱 몇 초 동안, 마치 그와 함께 육중한 모토구찌*를 타고 텅 빈 거리를 전속력으로 질주하고 있는 것 같다. 마르틴은 얼굴에 바람의 무게를 느끼며 두 손으로 소년의 몸통을 꽉 붙잡는다. 모퉁이를 돌 때마다 마치 비행기를 탄 것처럼 땅이 기우뚱거려서 현기증이 난다.

두 소녀는 인도를 따라 서쪽으로 달린다. 중천에 뜬 해가 불타고 있다. 공기는 서늘하지만 도로의 역청과 인도의 시멘트를 짓누르는 졸음 같은 마비 상태가 가시지는 않는다. 상점들은 문이 닫혀 있고 셔터가 내려져 있다. 그 모습이 모든 게 정지되어 있는 듯한 인상을 더욱 부각시킨다. 오토바이 소리에도 불구하고, 달리는 마르틴의 귀에 건물들 이층에서 저 혼자 쿵쾅거리며 떠들어대고 있는 텔레비전소리가 언뜻언뜻 들린다. 정지된 거리에서, 마치 동굴 안인 것처럼 기이하게 울리는 남자 목소리와 음악소리다.

오토바이 안장 위에 꼿꼿하게 앉은 티티는 앞서 달리고 있다. 그녀의 빨강 머리가 바람에 너풀거리고, 항공점퍼의 등 부분이 부풀어오른다. 마르틴은 그녀 뒤에서, 같은 차선을 따라 달린다. 그러다가 정비소 진열창 앞을 지날 때면, 마치 카우보이 영화에서 말을 타고 달리는 사람들 같은 자신들의 실루엣을 흘끗거린다.

그러다 갑자기 마르틴의 내면에 또다시 두려움이 밀려오고 목

* 이탈리아 오토바이 상표.

구멍이 바짝바짝 타들어간다. 그녀는 거리가 실제로는 텅 비어 있지 않고, 모든 건 미리 정해져 있는 것 같고, 그래서 돌이킬 수도 없이 곧 일어나게 될 일을 향해 자신들이 점점 다가가고 있다는 것을 막 알아차렸다. 불안감이 너무 커서 모든 것들이 마르틴의 눈앞에서 움직이기 시작한다. 금방이라도 기절할 것만 같다. 그녀는 멈추고 싶다, 땅바닥이나 담벼락 한구석, 아무 곳에나 드러눕고 싶다. 온몸에 파동을 일으키는 심장의 두방망이질을 억누르기 위해 무릎을 구부려 배에 갖다붙인 채 누워 웅크려 있고 싶다. 그녀의 오토바이가 속도를 늦추고 살짝 비틀거리며 도로를 나아간다. 앞쪽에서 멀리, 티티는 뒤돌아보지 않고 안장 위에서 허리를 꼿꼿하게 세운 채 계속 달리고 있다. 햇빛에 그녀의 빨강 머리가 반짝인다.

무엇보다 끔찍하고 두려운 건, 사람들이 기다리고 있다는 것이다. 마르틴은 그들이 어디에 있는지 모른다. 그들이 누구인지도 모른다. 하지만 그녀는 그들이 그곳에, 도처에, 거리를 따라 있다는 것을 안다. 그리고 그들의 냉혹한 눈길은 인도를 따라 달리는 두 소형 오토바이의 요란한 행진을 뒤따른다. 그렇다면 그들은 뭘 기다리고 있는 걸까? 뭘 원하는 걸까? 어쩌면 그들은 하얀 건물들 위에, 발코니에 있는지도 모른다. 아니면 창가 커튼 뒤에 숨어 있는 걸까? 어쩌면 아주 멀리, 멈춰 서 있는 버스 안에서 망원경으로 엿보고 있는 건 아닐까? 한순간 마르틴은 그것을 보고, 그사이 그녀의 오토바이가 교차로 근처 차도에서 비틀거리며 속도를 늦춘다. 하지만 잠시 후 티티가 뒤돌아 그녀를 보고는 길을 되돌아와 말할 것이다. "어? 왜 그래? 무슨 일이야? 왜 멈추는 거야?"

마르틴은 눈을 감는다. 그리고 그 잔인한 하루 중 그 몇 초 동안의 붉은 밤을 음미한다. 다시 눈을 뜨고 눈앞을 바라보니, 햇살 아래 녹아내리는 넓고 검은 아스팔트 강처럼 보이는 길은 아까보다 훨씬 더 한산하고 더 하얗다. 마르틴은 좀전처럼 두려움이 밖으로 새어나오지 않도록 입술을 꽉 깨문다. 타인들, 쳐다보는 사람들, 자기집 덧문 너머나 버스 뒤에 매복해 있는 사람들, 그녀는 그들이 너무너무 싫어서 입술이 다시 떨리기 시작하고, 심장이 거칠게 방망이질친다. 그 모든 감정들이 아주 빠르게 밀려왔다 밀려가서, 마르틴은 과음하고 담배를 많이 피운 것처럼 취기가 오르면서 어지럽다. 그녀는 기다리고 있는 사람들, 쳐다보는 사람들, 커튼 뒤나 버스 뒤에 숨어 있는 그 비열한 사람들의 얼굴을 다시 곁눈질한다. 살찐 얼굴에 눈이 움푹 박힌 남자들, 비대한 남자들, 그들은 희미하게 미소를 짓고, 그들의 시선 속엔 욕망과 악의, 냉혹함이 번득인다. 여자들, 경직된 표정의 여자들은 질투와 경멸과 두려움을 느끼며 그녀를 쳐다보고, 속기 학교의 같은 반 여자아이들 얼굴, 뒤돌아보는 사내아이들 얼굴은 가까이 다가와 인상을 찌푸린다. 그들은 모두 그곳에 있다. 마르틴은 술집 유리창 너머, 뜨거운 태양 때문에 텅 비어버린 거리의 모퉁이들에 그들이 있다는 것을 간파하고 있다.

다시 출발하면서 마르틴은 다음 교차로 앞, 버스 정류장에 멈춰 서 있는 티티를 본다. 티티는 오토바이 안장 위에서 몸을 반쯤 뒤로 돌리고 있다. 빨강 머리칼이 얼굴 위로 드리워 있다. 그녀 역시 안색이 아주 창백한데, 두려움이 몸속을 헤집으며 뒤흔들고 목을 메게 하기 때문이다. 그녀를 두렵게 하는 건 아마도 이글거리는 태양, 그리고 팔층짜리 신축 건물들 위의 구름 한 점 없는 헐벗은 하늘일 것이다.

마르틴은 티티 옆에 오토바이를 멈춰 세운다. 두 사람 모두 아무 말 없이 오토바이 손잡이에 손을 갖다댄 채 꼼짝도 않고 있다. 그들은 서로 말을 하지도, 서로 쳐다보지도 않는다. 하지만 그들은 이제 곧 원무가 시작되리라는 것을 안다. 그래서 이제는 두려움이 아니라 초조함으로 심장이 아주 세차게 뛴다.

리베르테로는 텅 비어 있고 하얗다. 절정에 달한 태양이 그림자들을 짓누르고, 인도는 한산하다. 건물의 창들은 광채 잃은 눈 같고, 버스들은 조용히 미끄러지듯 달린다. 모든 게 어쩌면 이토록 조용하고 아득할 수 있을까? 마르틴은 천둥 같은 소리를 내며 폭발하는 오토바이 엔진들을 생각한다. 그리고 한순간 도로가 열리고, 오토바이 타이어 아래로 추락하는 것이, 그러는 동안 창문들이 산산조각나면서 작은 삼각형 유리 파편들에 아스팔트가 뒤덮이는 것이 보인다.

이 모든 것은 그녀 때문이다. 오직 그녀 때문이다. 파란색 정장을 입은 여인이 소녀들 쪽을 보지 않고 버스를 기다리고 있다. 잠들어 있는 것 같기도 하다. 햇볕 아래를 걸어서인지 여자의 얼굴은 빨갛게 익어 있고, 파란색 정장 재킷 안에 받쳐입은 하얀 블라우스가 살갗에 달라붙어 있다. 눈구멍 깊숙이 박힌 작은 눈으로 아무것도 보지 않거나 버스가 올 방향의 길 끝을 흘깃흘깃 볼 뿐이다. 여인은 햇빛에 번쩍거리는 금빛 잠금쇠가 달린 검정 가죽 핸드백을 오른손에 들고 살짝 흔들고 있다. 역시 검은색인 신발은 몸무게에 약간 휘어지고, 굽 안쪽이 닳아 있다.

마르틴이 너무 집요하게 보자 파란 정장 차림의 여인이 고개를 돌린다. 하지만 그녀의 작은 눈은 아치형 눈썹의 그늘에 가려져 있고, 그래서 마르틴은 그녀의 시선을 마주 바라볼 수 없다. 왜 그녀의 시선을 붙잡으려 애쓰는 걸까? 마르틴은 자기 내면에 무엇이 있는지, 무엇이 자신을 혼란에 빠뜨리는지, 무엇이 이토록 자신을 불안하게 하는 동시에 화나게 하는지 알 수가 없다. 어쩌면 이곳의 햇빛이 너무 강렬해서일까? 여인의 얼굴을 달아오르게 하고, 그녀의 살갗에 땀이 맺히게 하고, 핸드백의 금빛 잠금쇠가 날카로운 햇살에 번쩍거리게 만드는 잔인하고 가혹한 햇빛이 너무 강렬해서 그런 게 아닐까?

갑자기 마르틴은 액셀러레이터를 밟는다. 오토바이가 차도 위로 튀어오른다. 곧 그녀의 얼굴에 바람이 느껴지면서 마비 상태가 가신다. 그녀는 빨리 달린다. 티티가 뒤따라온다. 두 대의 오토바이는 굉음을 뿌리며 한적한 도로 위를 질주해 멀어진다. 파란 옷의 여인이 눈으로 잠시 그들을 좇으며, 두 블록을 더 가서 오른쪽으로 도는 오토바이 두 대를 바라본다. 오토바이들의 날카로운 소리가 갑자기 들리지 않는다.

역에서 그리 멀지 않은, 집들이 띄엄띄엄 보이는 곳에서 가구와 종이박스들을 실은 파란 이삿짐센터 트럭이 천천히 출발한다. 차체가 높고, 보기 흉한 파란색으로 칠한 고물 트럭이다. 트럭은 이미 백만 킬로미터를 넘게 달리며 운전사들이 브레이크를 마구 밟아대고 변속레버를 요란하게 꺾어대면서 거칠게 다루었던 게 분명하다. 파란 트럭 앞의 좁은 길은 멈춰 선 자동차들로 혼잡을 이루고 있다. 술집들 옆을 지나가면서 운전자는 몸을 숙여 가게 안을 들여다보려 하지만, 어두컴컴해서 아무것도 보이지 않는다. 그는 피로와 허기를 느낀다. 아니 어쩌면 그건 아스팔트 위로 무자비하게 반사되는 강렬한 빛 때문인지도 모른다.

그는 눈살을 찌푸리고 인상을 쓴다. 파란 트럭은 좁은 길을 따라 빠르게 달린다. 부르릉거리는 엔진소리가 포치 대문들 안에서 증폭된다. 트럭 뒤의 적재함에서 가구들이 덜거덕거리고, 포장 상자들 속의 물건들이 서로 부딪친다. 트럭 안을 가득 채운 텁텁한 경유 냄새가 도로를 따라 길게 뿜어져나가는 푸른 연기와 함께 밖으로 퍼져나간다. 낡은 트럭은 요동을 치면서 울퉁불퉁한 도로 위를 달린다. 성난 짐승처럼 앞을 향해 곧바로 돌진한다. 비둘기들이 트럭의 보닛 앞에서 날아오른다. 차는 속도도 거의 늦추지 않고 길을 건너고 또 길을 건넌다. 아마 도시의 거리들을 가로질러 달렸던 백만 킬로미터의 주행거리가 그 트럭에게 그 같은 통행권을 발급하는지도 모른다.

2단, 3단, 2단. 기어가 덜거덕거리고 엔진이 덜컹거리면서 이상 징후를 나타내는 소리를 낸다. 상점 진열창들 위로 성난 짐승을 닮은 푸른 형체가 빠르게 지나간다.

저 아래 인도 가장자리에서, 푸른 정장 차림의 여인은 여전히 버스를 기다리고 있다. 그녀는 방금 막 세번째로 손목시계를 들여다봤다. 하지만 시곗바늘들은 한시 이십오분이라는 그 무의미에서 멎어 있는 듯하다. 그녀는 무슨 생각중일까? 그녀의 붉게 달아오른 얼굴에선 아무것도 읽을 수 없다. 햇빛은 그녀의 눈구멍, 코, 턱의 윤곽만을 가까스로 드러낼 뿐이다. 인도 가장자리에 꼼짝도 않고 서서 직사광을 받고 있는 그녀는 마치 석고상 같다. 빛의 파편들을 던지는 핸드백과 구두의 검은 가죽만이 살아 있는 것처럼 보인다. 발치에는 뒤쪽으로 약간 물러난 그녀의 그림자가 허물처럼 드리워 있다. 어쩌면 그녀는 아무 생각도 하고 있지 않을 것이다. 고등학생 두 명을 태운 뒤 조금 더 가서 회색 양복을 입은 늙은 남자 한 명을 태울 7번 버스에 대해서조차 생각하지 않을지도 모른다. 그녀의 생각은 정지되어 있다. 그녀의 생각들은 그녀처럼 조용히 기다리고 있다. 그녀는 자주 체인소리를 내며 지나가는 소형 오토바이를, 때로는 열기를 뿜으며 물컹해진 아스팔트 위를 미끄러지듯 달리는 버스를 쳐다볼 뿐이다.

모든 것이 아주 느리다. 그러나 세상을 후려치는 번개처럼 도시를 가로지르며 섬광을 발하는 징후들, 미친 듯한 빛의 파편들이 있다. 모든 것이 아주 고요하다. 이를테면 졸음에 잠겨 있는 것 같다. 그렇지만 그 가운데 이런 웡웡거림, 억눌린 비명들, 이런 난폭함이 존재한다.

이제 마르틴은 티티 앞에서 달리고 있다. 그녀는 텅 빈 거리들을 가로질러 달려간다. 모퉁이를 돌 때마다 오토바이를 너무 심하게 기울여서 차체가 바닥을 긁으며 불꽃을 일으킨다. 후텁지근한 공기 때문에 눈물이 차오르고 입과 콧구멍이 답답하다. 숨을 쉬기 위해 고개를 약간 돌려야 한다. 티티는 몇 미터 뒤에서 따라오고 있다. 바람이 티티의 붉은 머리칼을 잡아당긴다. 그녀 역시 속도와 기름냄새에 취해 달린다. 그들은 원무를 하며 시내를 가로질러 거리를 차례차례 천천히 지나 멀리 벗어났다가, 검은 핸드백을 든 여인이 버스를 기다리는 정류장 쪽으로 다시 돌아온다. 원을 그리는 이 움직임은 텅 빈 거리와 침묵하는 하얀 건물들과 눈부시고 잔인한 햇빛에 그들을 취하게 한다. 두 대의 오토바이가 그리는 원무는 무심한 지면에 궤적을 그리고 요란한 굉음을 일으킨다. 거리를 따라 파란 트럭과 초록 버스가 달려가는 것도 바로 그 때문이다. 이 현기증을 메우기 위해, 원을 완성하기 위해서다.

새로 지은 건물들 안, 광채 잃은 눈 같은 창문들 너머에는, 익명의 사람들이 커튼 막으로 몸을 숨긴 채 텔레비전 화면에 눈이 멀어 가까스로 살아가고 있다. 그들에겐 잔인한 햇빛도, 하늘도 보이지 않는다, 그들의 귀에는 비명 같은 소리를 내는 오토바이들의 날카로운 외침도 들리지 않는다. 어쩌면 그들은 바람에 머리칼이 헝클어진 채 그렇게 원을 그리며 질주하고 있는 이들이 자신들의 딸들, 아직 어린아이처럼 보드라운 얼굴을 한 자신들의 딸들이라는 것조차 모를 것이다.

닫혀 있는 집안, 감옥 같은 그 작은 방 안에 있는 어른들은 밖에서 무슨 일이 일어나고 있는지 모른다. 그들은 누가 미친 오토바이를 타고 텅 빈 거리를 돌고 있는지 알고 싶어하지도 않는다. 그들이 그걸 어떻게 알 수 있겠는가? 그들은 회반죽과 돌에 갇힌 죄수들이다. 시멘트가 그들의 살갗을 뒤덮고 그들의 동맥을 폐색시켰다. 잿빛 텔레비전 화면에는 얼굴, 풍경, 인물 들이 나온다. 이미지들이 나타났다 사라지면서 미동도 않는 얼굴들 위에 푸른 섬광이 어른거린다. 저 바깥, 햇빛 속에는 꿈을 위한 장소밖에 없다.

그리하여 오토바이들의 윈무는 여기, 넓은 리베르테로에서 끝난다. 이제 오토바이들은 이 모든 건물, 나무, 광장, 교차로 들을 빠르게 뒤로 보내면서 똑바로 직선으로 달리고 있다. 파란 정장의 여인은 마치 잠을 자고 있는 듯 인도 가장자리에 홀로 서 있다. 오토바이들은 인도에 바짝 붙어 배수로 위를 달린다. 이제 심장이 미친듯이 고동치지 않는다. 아니, 오히려 고요하다. 그리고 더이상 다리도 후들거리지 않고, 손도 축축하지 않다. 오토바이들은 똑같은 리듬으로 나란히 달려간다. 동시에 내지르는 오토바이들의 굉음에 다리들과 건물 벽들이 와르르 무너질 수도 있을 것 같다. 거리에는 남자들이 있다. 그들은 멈춰 선 버스들 안에 매복해 있거나 자기 방 커튼 뒤에 숨어 있다. 오그라든 눈으로 소녀들을 염탐하고 있을지도 모른다. 하지만 그게 무슨 소용이 있겠는가?

첫번째 오토바이가 속력을 거의 늦추지 않고 인도 위로 올라가 파란 옷의 여인에게로 다가간다. 그런 일이 벌어지고 있는 동안, 쓰러지기 직전, 여인은 배수로 위를 달려오는 마르틴을 본다. 마침내 여인이 그녀를 바라보고, 눈이 커다래지면서 눈동자 색깔이 드러나고, 그 순간 여인의 시선이 밝게 드러난다. 하지만 그것은 불과 백분의 일 초밖에 지속되지 않고, 곧이어 텅 빈 거리에 비명이, 고통과 경악의 비명이 울려퍼진다. 그사이 두 대의 오토바이는 교차로를 향해 달아난다.

다시 뜨거운 열기가 끼쳐들고, 흉곽 속에서 심장이 펄떡거린다. 검은 핸드백을 움켜쥔 마르틴의 손은 땀으로 흥건하다. 특히 그녀의 가슴속 깊은 곳엔 커다란 진공이 생겨나 있다. 원무는 끝이 났고, 취기도 이제 사라졌기 때문이다. 저만치 앞쪽에서 티티가 바람에 빨강 머리를 휘날리며 달아나고 있다. 그녀의 오토바이는 더 빠르게 달려 교차로를 지나 멀리 사라진다. 그런데 두번째 오토바이가 교차로를 지나가는 순간, 어떤 짐승을 빼닮은 파란 이삿짐센터 트럭이 거리에서 튀어나온다. 트럭의 보닛이 오토바이를 덥석 물고, 금속과 유리 깨지는 무시무시한 소리를 내며 오토바이를 땅바닥 위로 으스러뜨린다. 타이어들이 비명을 내지르면서 가까스로 멈춰 선다.

거리에, 교차로 중앙에 다시 정적이 찾아온다. 차도 위, 파란 트럭 뒤에, 마르틴의 몸이 세탁기에서 금방 꺼낸 빨래처럼 비틀려 꼬인 채 쓰러져 있다. 고통은 없다, 아직은. 그녀는 입술을 바르르 떨면서 눈을 커다랗게 뜨고 하늘을 바라본다. 하지만 으스러진 두 다리에서 검은 피가 구불거리며 흘러내리는 동안 강렬한, 참을 수 없는 거대한 진공이 그녀를 서서히 잠식한다. 차도 위, 그녀의 팔에서 그리 멀지 않은 곳에 검은 핸드백이 마치 무심코 놓아둔 듯 바닥에 놓여 있다. 핸드백의 금빛 잠금쇠가 살인적으로 번쩍이는 빛의 파편들을 눈에 던진다.

몰록*

Moloch

La
ronde
et
autres
faits
divers

* 고대 셈족이 섬기던 신. 셈족은 이 신에게 어린아이를 번제물로 바쳤다.

1963년 8월 15일, 오늘 리아나라는 이름의 젊은 여자는 커다란 방 한구석에 놓인 기다란 암녹색 인조가죽 소파에 혼자 앉아 있다. 밖은 더위가 양철 벽과 납작한 지붕을 짓누르고 있고, 창을 열어놓았는데도 바람 한 점 들어오지 않는다. 리아나의 발치에서 닉이 요란하게 헐떡거린다. 그것은 때때로 멀리서 들려오는 오토바이 소리나 전기톱소리 혹은 젊은 여자를 소스라치게 하는 기이한 아이 울음소리를 제외하고는 트레일러 주택 안에서 나는 유일한 소리다. 마치 아무도 없는 것 같다. 정말로 온 사방천지에 아주 먼 곳까지, 단 한 사람도. 열기를 동반한 정적이 그녀를 짓누르면서 숨통을 막고 머리를 죄어와 아무 생각도 못하겠는 걸 보니 그렇다.

리아나가 아무도 보지 못한 지는 아주 오래다. 마지막으로 본 게…… 이틀 전, 아니 사흘 전이었던가? 이제 제대로 기억도 나지 않는다. 억지로 머리를 써서 기억을 더듬어봐야 간신히 생각이 날까 말까 할 정도다. 기억을 더듬는 동안, 마치 작은 근육 하나가 뻣뻣해지는 것처럼 무언가가 그녀의 몸안에서 시동이 걸린다. 눈꺼풀 안이나 뺨 위에서 떨리기 시작하는 작은 신경들 같은 것. 기억을 더듬는 걸 멈추라는 신호다. 그래서 그녀는 자리에서 일어나 트레일러 주택 벽을 따라, 담뱃불자국들이 있는 까칠까칠한 낡은 양탄자 위를 맨발로 몇 발짝 걷는다. 발밑에서 트레일러 주택의 바닥이 떨린다. 늑대를 닮은 개가 몸을 일으켜세우고 앞쪽으로 귀를 쫑긋 세운다. 그러다가 다시 고개를 떨구고 다시 잠이 든다. 잠을 자는 척하는지도 모르겠다. 개 역시 며칠 전부터 아무도 만나지 않았다. 하지만 아마도 그런 건 녀석에게 아무 상관 없을 것이다. 녀석은 아무도 좋아하지 않고, 아무도 필요로 하지 않는다.

개의 이름은 닉이다. 그 이름을 붙여준 건 그녀가 아니다. 그건 시몽이 지은 이름이다. 시몽은 그 개를 데려왔을 때 그 이름을 붙여주었다. 그는 그저 이렇게만 말했다. "얘 이름은 닉이야." 당시 개는 아직 너무 어려서 네 발로 제대로 서 있지도 못했고, 그래서 내내 양탄자 위에 엎드려 있었다. 리아나는 그래도 개가 무척이나 마음에 들었다. 그녀는 개에게 달콤하고 사랑스러운 이름을 붙여주고 싶어했지만, 시몽은 "이 녀석 이름은 닉이야, 그걸로 됐어"라고 말했다. 그래서 그녀는 그 이름을 받아들였고, 또 늑대를 닮은 개에겐 오히려 그런 이름이 더 잘 어울린다고 생각했다. 닉을 바라보고 있으면 리아나는 마음속에 동요가 일어나지 않는다. 그래서 가슴 아파하지 않고 그때를 다시 떠올릴 수 있다. 하지만 다른 건 생각지 말고 오로지 그 개만을 생각해야 한다. 그러지 않으면 머릿속에서 빙빙 돌아가는 바람, 머릿속을 텅 비우는 바람 같은 그 어지럼증이 일어 마비가 된다.

닉은 검은색 목덜미, 짙은 잿빛 꼬리, 흰색 회색 몸통의 커다란 늑대개다. 발끝은 하얀색이고, 양뺨에는 아름다운 점 같은 것들이 있고, 수염은 빳빳하고, 눈썹 위에는 검은 반점 무늬가 있다. 동공이 새까만 노란색 눈은 상대가 마침내 눈길을 돌리지 않을 수 없을 때까지 상대의 눈을 똑바로 노려본다. 리아나가 지금 떠올리려 애쓰는 건 바로 녀석의 눈길이다. 그런데 그녀 자신도 알아차리지 못하는 사이에 나타난 것은 시몽의 눈이다. 역시 노랗고, 차갑고 집요한 그의 눈은 동공 한가운데에서 반짝이는 작은 별빛 때문에 훨씬 더 검게 보인다. 그 눈은 오랫동안 그녀를 응시한다. 트레일러 주택 안의 정적이 너무도 강렬해서 우물처럼 깊고 깊은 현기증이 일어난다. 참을 수 없을 정도다. 그 눈은 왜 그런 식으로, 그렇게 오랫동안 그녀를 바라보는 걸까? 그녀는 그 눈이 그녀 자신의 내부를 들여다보려는 거라고 생각한다. 그녀 깊숙한 곳까지 뚫고 들어와 그녀를 불태워 죽이려는 것만 같다. 그녀는 그 검은 눈이 바늘처럼 자신을 꿰뚫고 들어오는 것을 느낀다. 그녀는 비명을 내지른다.

늑대개가 다시 몸을 일으켜 반쯤 경계 태세를 취하면서 그녀를 쳐다본다. 그러다가 그녀가 더이상 아무 소리도 내지 않고 움직이지도 않자, 안심하고 조금씩 근육을 푼다. 하지만 양탄자 바닥에 엎드려 다리 사이에 다시 머리를 누이지는 않는다. 노란 눈도 계속 크게 뜨고 있다.

"괜찮아, 닉, 아무 일도 아니야." 리아나가 말한다. 그녀는 겨우 속삭일 만큼의 힘밖에 남아 있지 않다는 것을 깨닫는다. 하지만 그건 꼭 거짓말 같은데, 그녀의 온몸이 경련을 일으키고, 이마와 등과 손바닥이 땀으로 축축하기 때문이다.

몇시쯤 되었을까? 한시, 어쩌면 그보다 더 되었을까? 텔레비전이 아직 멀쩡하게 작동한다면 뉴스 시간이 지났는지 확인해볼 수 있을 텐데. 하지만 텔레비전은 지난주에 망가졌다. 숨막히는 연기를 내뿜으면서 순식간에 타버렸다.

하지만 한시가 넘지 않은 건 분명하다. 저 아래, 공터 끝의 고속도로에서 아직 소리가 나지 않았으니까. 두시가 가까워질 즈음에는 엔진 부르릉거리는 소리, 특히 대형 화물트럭에 시동 거는 소리가 들린다. 지금 트럭들은 도시 입구에 아직 멈춰 서 있다. 그곳에는 카페와 주유소들이 있다. 그들은 음식을 먹는다. 사람들은 모두들 음식을 먹는다. 갑자기 리아나는 어제저녁 이후로 아무것도 먹지 않았다는 것을 깨닫는다. 조금 전까지 배가 고팠지만, 지금은 허기가 가셨다. 항상 그런 식이다, 지금은, 언젠가부터…… 그녀는 배가 고프다. 그리고 잠시 후 속이 메슥거린다. 혹시 아기 때문일까? 안경을 쓴 젊은 여자 사회복지사가 그녀에게 말한 것처럼 병원에 가봐야 하는 걸까? 하지만 그녀는 의사들을 좋아하지 않는다. 그들은 항상 만지고 살펴보고 싶어한다. 그들은 항상 뭔가를 알고 싶어한다…… 병원에 간다면, 의사는 틀림없이 눈을 반짝이면서 여러 가지를 물을 것이다. 사람들은 질문하는 걸 정말 좋아한다. 그들은 눈을 반짝이고, 축축한 입으로 말한다. 여러 가지 것들에 대해 말하고, 여러 가지 것들에 대해 묻고, 이름을 알고 싶어한다.

하지만 닉은 말을 하지 않는다. 아무것도 묻지 않는다. 닉은 꼼짝도 않고 몇 시간이고 며칠이고 그대로 있을 수 있다. 아무 소리도 내지 않고 그저 귀를 쫑긋 세우고 쳐다보기만 하면서.

사방에 정적이 흐른다. 리아나는 자기 내부에서 정적을, 사라지지 않는 정적을 느낀다. 바깥의 찌는 듯한 공기 속에서, 햇빛 속에서 나무들은 꼼짝도 않고 있다. 생기 없는 잎들이 달린 비쩍 마른 나무들, 유칼립투스, 월계수, 소나무 몇 그루, 종려나무 들. 땅은 하얗다. 자갈과 먼지도 하얗다. 하지만 리아나는 바깥을 내다볼 필요가 없다. 도처에 만연한 정적은 그녀 안에도 존재한다. 그리고 그 정적은 마치 모든 것을 탐색하는 등댓불처럼, 지평선을 휩쓰는 하나의 시선을 이룬다.

그녀가 밖에 나가지 않은 지는 아주 오래되었다. 이틀, 사흘? 과열된 트레일러 주택 안에서 시간을 멈추게 하는 건 아무것도, 시와 분이 흐르지 않도록 붙잡는 건 아무것도 없다. 전자 추시계는 멈춰 있다. 아마도 건전지가 다된 것이리라. 하지만 리아나는 건전지를 갈아끼울 생각조차 하지 않는다. 그게 그녀에게 무슨 소용일까? 그녀는 시계를 제시간에 맞출 줄도 모를 것이다. 게다가 그녀가 시간에 신경이나 쓸까? 그녀는 그저 트레일러 주택 안에서 빛의 색깔이 바뀌는 것을 바라볼 뿐이다. 아침이면 빛은 창백하고 환하고 약간 잿빛이 감돈다. 그후 밖에서 열기가 올라오면 빛은 노래지면서 난폭해지고, 고통을 준다. 그래서 리아나는 그 빛을 쳐다볼 때면 눈살을 찌푸린다. 그러고 나면 빛은 비스듬히 기울면서 뜨거워지고, 그 빛 속에 작은 날벌레들처럼 떠다니는 먼지 알갱이들이 보인다. 그후 빛은 오렌지색이 되면서 부드럽고 아주 잔잔한, 지친 황혼빛이 되고, 그러다가 조금씩 보라색

베일 같은 땅거미로 변해간다. 그리고 서서히 잿빛이 되지만, 아침과 같은 잿빛은 아니다. 조금씩 사그라지는 잿빛, 재의 색깔. 완전히 밤이 왔을 때도 여전히 트레일러 주택 안으로 들어오는 빛이 있다. 저기 도로 위의 서글픈 가로등 불빛들이다. 그리고 도시의 조명들이 내뿜는, 붉은빛이 감도는 아지랑이도. 때때로 자동차 헤드라이트의 움직이는 빛들도 들어온다. 트레일러 주택의 벽 위로 지나가는 빛을 보면서, 그 반사광들이 기다란 소파의 초록색 인조가죽 위로, 니스를 칠한 테이블 위로, 꽃무늬 커튼 위로 돌아다니는 것을 보면서 몇 시간이고 그대로 있을 수 있다.

리아나는 가능한 한 움직이지 않는다. 그녀는 몸이 무겁다, 아주 무겁다. 걸음을 걸을 때면 때때로 무릎이 휘청거려 자칫 바닥에 넘어질 뻔한다. 마치 어깨 위에 누군가가 올라탄 것 같다. 이따금 그녀는 시몽을 생각한다. 그리고 자기 몸 위에 얹힌 그의 몸무게를 느끼고, 그를 떨쳐내기 위해 거칠게 몸을 흔든다. 하지만 그 알 수 없는 무게는 사라지지 않는다, 절대로 그녀를 떠나지 않는다.

그래서 그녀는 움직이지 않기로 한다. 그녀는 그대로 계속 앉아 있다. 때로는 창가의 긴 소파에, 때로는 테이블 위에 팔을 괸 채로.

그녀가 어디로 갈 수 있을까? 어디든지, 여기건 그리고 다른 어느 곳이건 똑같이 희끄무레한 흙, 모래, 날카로운 자갈, 눈을 제대로 뜰 수 없는 땅뿐이다. 곳곳에 비쩍 마른 나무들, 햇살에 지친 유칼립투스, 월계수, 종려나무 들이 있다. 도로들을 따라 플라타너스가 서 있고, 강변에는 알로에가 있다. 그것들은 움직이지 않는다, 절대로. 나무들과 알로에들은 태어난 곳에서 꼼짝도 하지 않고 붙박여 있다. 작열하는 햇빛 아래, 그것들을 속박하는 메마른 땅속에.

하지만 다른 존재들, 인간들. 그들은 빠르게 그녀를 찾아낼 수 있을 것이고, 그녀는 그들에게서 달아날 수 없을 것이다. 항상 시끌벅적 소란을 피우며 자기 차를 타고 오가는 그들, 남자들, 여자들, 저기 모든 도로 위의 오토바이 헬멧들, 그리고 고속도로의 트럭들. 그들은 자신들이 어디로 가는지 안다. 그들은 길을 잃을까 두려워하지 않는다. 그들은 기다리지 않는다. 리아나는 언제라도 그들이 자기를 데리러 와서 그들의 감옥으로 데려갈 수 있다는 것을 안다. 의사, 경찰, 사회복지사, 구급차 운전기사, 그들은 매일같이 그녀를 찾고 있다. 리아나는 그들이 두렵다. 그들의 소리가 두렵고, 그들의 속도가 두렵다. 그들은 끊임없이 자신들의 차량을 타고 도로들을 달린다. 차량의 엔진소리가 한데 모여 폭포 소리처럼 도시 위에서 부르릉거린다.

때때로 그녀는 트레일러 주택 안의 벽을 따라 약간 걷는다. 발

밑으로 금속 구조물의 떨림이 느껴진다. 트레일러 주택은 마치 배처럼 약간 흔들린다. 닉이 다시 고개를 들고, 자신의 여주인을 집요하게 눈으로 좇는다. 그러다가 하품을 하더니 문 쪽으로 간다. 녀석은 밖으로 나가고 싶다.

리아나가 닉에게로 다가간다.

"나가고 싶어?"

그녀는 문손잡이에 손을 갖다댄다. 닉이 초조하게 그 손을 바라보고 낑낑대면서 몇 번 짖는다. 리아나는 뒤돌아선다. 눈으로 개줄을 찾지만, 보이지 않는다. 아마도 어떤 가구 뒤에 떨어져 있을 것이다. 리아나는 피곤하다. 찾고 싶은 생각이 없다. 어쩌면 요전날 닉을 데리고 슈퍼마켓에 갔을 때 잃어버린 건 아닐까? 집에 돌아왔을 때 닉의 목에 개줄이 매여 있었는지 기억이 나지 않는다. 할 수 없지. 그녀는 문을 연다. 그러자 닉이 밖으로 비집고 나간다. 닉은 늑대처럼, 하얀 벌판 한복판으로 빠르게 달려간다. 리아나는 닉이 곧 물이 말라버린 강가로 사냥을 하러 갈 것이고, 이웃 농장들에 가서 암탉들과 토끼들을 죽이리란 걸 안다. 하지만 아무래도 상관없다. 그건 녀석과 그녀 사이에 맺은 협정과도 같다. 녀석은 아마도 밤이 되어서야 지친 몸을 이끌고 눈을 반짝이면서 돌아올 것이다.

리아나는 뒤뚱거리며 발판을 내려간다. 그녀는 뜨겁게 달아오른 땅 위에서 비척거린다. 빛이 그녀의 눈을 멀게 한다. 그녀는 오른손을 챙처럼 들어 눈 위에 갖다댄다. 그리고 곧장 앞쪽으로, 공터 한가운데로 나아간다. 그러다가 갑자기 맨발이라는 것을 알아차린다. 날카로운 돌들이 발을 찔러댔기 때문이다.

그녀는 눈으로 개를 찾는다. 하지만 개는 가시덤불 울타리 저편, 하얀 땅의 언덕 너머로 사라졌다. 그녀가 지나가자 농가의 개들이 짖어대는 소리가 들린다.

리아나는 트레일러 주택 앞에 꼼짝도 않고 서 있다. 빛이 그녀를 감싸면서 그녀 안으로 들어온다. 그녀는 나무들로부터 멀리, 집들로부터 멀리 떨어진, 기댈 곳도 숨을 곳도 전혀 없는 먼지투성이의 잿빛 땅 위에 오직 혼자다. 하늘 한복판에서 타오르는 해가 아릿한 파동을 보내온다. 그 자리에 동그라미들이 헤엄을 치고, 저멀리 빠르게 지나가는 형체들, 그림자들이 보인다. 아이들인지, 개들인지, 아니면 자동차들인지 분간하기가 어렵다. 눈에 보이진 않지만 날벌레들, 말벌, 풍뎅이 같은 것들이 허공을 빽빽하게 채우며 날고 있다. 그녀 주위로 침묵의 빛이 회오리바람처럼 맴돌고, 외로움이 낯선 이의 무게처럼 그녀의 몸을 짓누른다.

리아나는 앞으로 몇 발짝 걸어가보려 하지만 이내 몸을 비틀거린다. 그리고 이제 땅 전체가 나무들과 트레일러 주택들을 휩쓸면서 빙글빙글 돌기 시작한다. 그녀 주위에서 그렇게 한참 동안 돈다. 트레일러 주택, 전봇대, 가시덤불, 말라비틀어진 종려나무, 등유 통, 그리고 심지어 메마른 큰 강 가의 건물들까지, 양철 지붕의 슈퍼마켓까지, 그 땅이 지탱하는 모든 것들과 함께 빙글빙글 돈다.

천천히, 천천히 돈다. 마치 어딘가에서 음악이 흐르고 있는 것처럼. 그리고 갑자기 리아나는 자기가 땅바닥에 쓰러지고 있음을 느낀다. 그녀의 몸이 나뭇조각처럼 땅바닥에 나뒹그러진다. 리아나는 머릿속에서 어떤 커다란 소리를 듣는다. 그러다가 이내 아무 소리도 들리지 않는다. 정신을 잃었기 때문이다.

그녀가 눈을 떴을 때 제일 먼저 보이는 건 자기를 집요하게 내려다보고 있는 새카만 눈동자 두 개다. 하지만 그건 개의 눈이 아니다. 어린아이 같은 얼굴을 한 젊은 여자의 눈이다. 여자는 빛 때문에 심하게 반짝거리는 안경을 쓰고 있다. 리아나는 그 여자를 즉시 알아본다. 사회복지사다. 그녀는 리아나와 얘기를 나누기 위해 자주 이 집을 찾아온다.

"좀 괜찮아졌어요? 이제 괜찮아요?"

목소리는 온화하면서도 집요하다. 리아나는 천천히 몸을 일으킨다. 좀전에 개가 그랬던 것처럼. 그녀의 머리칼에 먼지가 잔뜩 묻어 있다. 본능처럼 그녀는 오른손으로 머리를 쓸어올린다. 금테안경을 쓴 젊은 여자가 그녀를 주의깊게 바라보고는 말한다.

"의사를 불러올게요."

"아니! 아니에요!" 리아나가 완강하게 말한다. "이제 괜찮아요, 집으로 들어갈래요."

"내가 도와줄게요."

리아나는 혼자 일어나려 해보지만, 몸이 너무 무겁다. 그녀는 사회복지사의 팔에 기댄다. 그리고 트레일러 주택의 발판 쪽으로 절뚝거리면서 나아간다.

"정말 의사를 안 불러도 되겠어요?"

리아나는 일종의 분노를 담아 빠르게 대답한다.

"네! 난 아무도 만나고 싶지 않아요!"

"의사를 부르는 게 나을 것 같아요, 언제 또 정신을 잃을지 모르잖아요."

젊은 여자의 목소리에는 리아나가 싫어하는 집요함이 담겨 있다.

리아나는 매정하게, 사납다 싶을 정도로 말한다.

"나는 아무렇지도 않아요. 개 때문에 쓰러진 거예요."

그리고 그 말이 좀더 사실처럼 보이게 할 요량으로 두세 번 고함을 지른다. "닉! 니키! 닉!……" 하지만 물론 개는 오지 않는다.

그녀는 아주 천천히, 발걸음을 뗄 때마다 신경을 집중하면서 트레일러 쪽으로 돌아간다. 그녀 주위로 햇살이 뜨겁게 이글거리고, 곳곳에서, 잎사귀들 사이에서, 종려나무들의 기다란 잿빛 잎사귀 위에서, 쇠기둥 위에서, 날카로운 돌 위에서 빛이 번쩍인다. 심지어 리아나의 머리칼 속에서도, 그녀의 손톱 끝에서도 번쩍인다. 엄청난 마른번개 같은 것이 공터를 지나가고 있다. 이상한 음악, 둔탁한 윙윙거림, 귓속으로 뚫고 들어와 몸 한복판을 꽉 조이는 것 같은 불쾌한 마찰음이 들린다. 리아나는 욕지기가 난다. 기분 나쁜 땀에 손바닥은 축축하게 젖고, 심장이 동맥 속에서 세차게 고동치기 시작한다.

"괜찮아요? 정말 괜찮아요?"

안경 쓴 젊은 여자는 여전히 그녀 옆에 있다. 여자가 리아나의 팔꿈치 위쪽을 붙잡는다. 리아나는 그녀가 하는 대로 내버려둔다. 뿌리칠 힘조차 없다. 그들이 발판 앞에 다다랐을 때, 리아나는 거기서 걸음을 멈추고 싶다. 하지만 젊은 여자의 손이 문까지 그녀를 이끈다. 그들은 뜨겁게 달아오른 트레일러 안으로 함께 들어간다.

"여긴 너무 덥군요." 젊은 여자가 말한다. "에어컨은 없나요?"

리아나는 고개를 가로젓는다.

"문을 열어놔야겠어요, 창문들도 모두."

"안 돼요! 안 돼!" 리아나가 소리친다. 그녀는 인조가죽 소파에 반쯤 드러눕는다.

"마실 걸 좀 갖다줄게요." 젊은 여자가 말한다. "탈수증이 온 게 분명해요."

여자는 주방으로 들어간다. 식기류를 들쑤시는 소리가 리아나의 귀에 들려온다. 이윽고 여자가 물 한 잔을 들고 돌아온다.

"차갑진 않지만 그래도 이걸 마시면 한결 나을 거예요."

리아나는 물을 받아 마신다. 구역질이 가라앉고 심장의 고동이 훨씬 잔잔해진다. 졸음이 온다.

"고마워요." 리아나가 말한다. 젊은 여자가 주의깊게 그녀를 바라본다.

"다른 창문들도 열면 안 될까요? 여기 정말 너무 더운데요."

"안 돼요!" 리아나가 말한다. "파…… 파리 때문에요."

"파리?"

"네, 개 때문에요, 개 냄새를 맡고 파리떼가 몰려들어요."

리아나가 주위를 둘러본다. 젊은 여자는 리아나의 행동이 뭘 의미하는지 즉시 알아차린다.

"그대로 앉아 있어요. 내가 나가서 불러올게요. 개 이름이 뭐죠?"

"닉."

리아나는 문을 열고 나가는 젊은 여자를 바라본다. 여자가 개를 부른다. 개의 이름을 부르는 그 목소리가 공터의 두터운 정적 속에서 기묘하게 울린다.

젊은 여자가 돌아온다.

"개가 없어요. 찾아볼까요?"

리아나는 고개를 가로젓는다.

"그럴 필요 없어요. 금방 돌아올 테니까. 밤이 되기 전에 돌아올 거예요."

젊은 여자는 더이상 할일이 없어 리아나 앞에 우두커니 서 있다. 그녀의 어린아이 같은 얼굴에 불안과 피로가 역력하다. 금방이라도 울음이 터져나올 것 같다.

"당신을 위해 내가 해줄 수 있는 게 정말 아무것도 없어요?"

리아나는 고개를 젓는다.

젊은 여자는 떠날 채비를 한다. 그러다가 이내 생각을 바꾼다. 그녀는 핸드백에서 수첩을 꺼낸다. 그리고 뭔가를 써서 그 페이지를 찢어내 리아나에게 건넨다.

"내 이름과 주소, 그리고 전화번호예요. 뭐든 필요한 게 있으면 언제든 연락해요. 메시지를 남겨도 되고요. 쥐디트에게, 그 말 한마디면 돼요. 기억하겠어요? 쥐디트."

리아나는 미소도 짓지 않고 무표정하게 그녀를 쳐다본다.

"이제 다 잘될 거예요, 두고 보세요."

"난 아무것도 필요 없어요."

"그럼 다음에 봐요."

"잘 가요."

"병원에 가야 할 때가 되면 나한테 전화해요. 내가 같이 가줄게요."

사회복지사가 문을 나선다. 밖으로 나온 그녀는 조용히 트레일러 주택의 문을 닫는다.

밖에서는 검은색 흰색이 섞인 커다란 늑대개가 가시덤불 사이로, 메마른 강줄기를 따라 흙먼지를 일으키며 전속력으로 달리고 있다. 개는 시멘트 기둥들 위의 도로를 달리는 차 소리에 귀 기울이지 않는다. 찌르륵거리는 메뚜기 소리도, 들판에서 아이들이 내지르는 고함소리도 듣지 않는다. 날카로운 돌 위에, 잎사귀에, 종려나무 잎 위에, 철조망 위에서 빛이 번쩍인다. 사람을 취하게 하고 살짝 미치게 만드는 건 바로 빛이다. 큰 개는 커다란 원을 그리면서 농가들 주위를 돈다. 아주 오래된 샛길을 따라간다. 농가의 개들이 짖어대기 시작한다. 이윽고 해가 저물자 개는 달리기를 멈춘다. 그리고 털을 곤두세우고, 철망이 둘러쳐진 닭장 쪽으로 기어서 다가가 오랫동안 먹잇감을 고른다.

*

10월 3일, 오늘 리아나는 날이 밝기도 전에 눈을 떴다. 양수가 터지리라는 느낌이 들었을 때, 그녀는 올 것이 드디어 왔음을 즉시 알아차렸다. 그녀는 그 일에 대해 아직 별로 생각해보지 않았다. 오래전부터 달력 날짜를 살피는 걸 그만두었고, 그래서 그 일이 언젠가 분명히 일어나리라는 것을 조금은 잊고 있었다.

아주 오래전부터 그녀의 배는 수박처럼 불룩 튀어나오고 몸은 아주 무겁고 뚱뚱했다. 아마도 그녀는 그 모든 것에 익숙해진 듯했다. 그건 그녀의 새로운 모습이었고, 그 모습은 더이상 변하지 않을 터였다. 단지 약간 더 뚱뚱해지고, 날마다 조금씩 무거워질 뿐이었다. 걷거나 계단을 오를 때, 그리고 최근에 와서는 도롯가에 서 있을 때조차 숨이 찼다. 그럴 때면 사람들은 그 상황에 자신들의 책임이 어느 정도 있는 것처럼 난처한 표정으로 그녀를 바라보곤 했다. 그중에는 그녀에게 친절하게 대해주는 이들도 있었다. 하지만 친절하긴 해도 왠지 그녀와 시선을 맞추지 않으려 했고, 그래서 리아나는 그들을 경계했다. 그녀는 아무도 만나고 싶지 않았다. 더이상 아무도. 금테안경을 쓴 젊은 여자가 올 때마다 리아나는 문을 아주 조금만 열고는, 마치 비누를 팔러 온 외판원을 대하듯 쌀쌀맞게 말했다. "난 아무것도 필요 없어요,

고맙지만 됐어요."

요즘 들어 리아나는 그 여자가 문을 두드리는 소리까지 알 수 있게 되었다. 그래서 손가락 끝으로 아주 조용히 두드리는 소리가 들리면 꼼짝도 하지 않았다. 개는 사회복지사가 떠날 때까지 미친듯이 짖어댔다.

지금 리아나는 그럼에도 약간 겁이 났다. 침대에 누운 그녀는 몸 아래쪽에서 물이 펑펑 쏟아지는 것을 느끼고 있었다. 몸을 닦기 위해 일어나려 했지만 이내 엄청난 통증이 일었다. 그렇게 아팠던 적은 한 번도 없었다. 불덩어리들이 허리에서부터 내려가 다리를 마비시키고, 이어서 등을 따라 다시 어깨와 팔로 올라와 목덜미에서 쿵쿵 울리며 요동치는 것 같았다.

그녀는 신음소리를 내면서 더러운 양탄자 위에 쓰러졌다. 걸을 수가 없었다. 그녀는 기계 같은 소리를 내면서 아주 거칠게 숨을 몰아쉬기 시작했다. 온몸의 혈관들이 밧줄처럼 팽팽하게 당겨진 것 같았다. 그녀의 심장은 마치 트레일러 주택의 중심에 있는 듯 둔중하게 쿵쿵 뛰었고, 양철로 만들어진 모든 것들과 가구, 바닥을 울려댔다.

닉이 귀를 쫑긋 세우더니 전구 불빛에 노란 눈을 기묘하게 반짝이면서 그녀에게로 다가왔다. 어쩌면 그 개는 지금 무슨 일이 일어나는지 아는지도 몰랐다. 리아나는 신음소리를 내지 않으려고 이를 악문 채로 개를 쳐다보면서, 말없이 개를 불렀다. 하지만 개는 리아나에게서 거리를 둔 채 멈춰 서더니, 귀를 쫑긋 세우고 동공이 줄어든 노란 눈으로 그녀를 계속 바라보면서 양탄자 위에 배를 깔고 납작하게 엎드렸다.

양탄자 위에서 리아나는 옆쪽으로 약간 몸을 굴렸다. 그리고 생각할 수도 움직일 수도 없게 만드는 무시무시한 고통에도 불구하고, 닉을 보자 마음이 약간 놓이는 것을 느꼈다. 마치 그 개가 정말로 그녀를 도와줄 수 있기라도 한 것처럼.

그녀는 개에게 말하지 않았다. 배 위로 양 무릎을 약간 굽히고 두 팔로 제 몸을 꽉 조이면서 양탄자 위에 그대로 누워 있기만 했다. 그리고 비명을 내지르지 않기 위해 입술을 꽉 깨물고 나직이 신음했다. 그 신음소리는 그녀의 몸을 따라, 고통의 물결들과 함께 그녀의 내부에서 올라오고 있었다. 꽉 다문 입술 때문에 터져나오지 못한 채, 억눌린 수증기가 되어 날아가는 거센 물결들. 그녀를 위해, 그리고 닉을 위해서도 그녀는 통증을 단조로운 노래로 변화시키려 애쓰면서 신음하고 있었다. 그렇게 하면 고통을 잊고 잠들 수 있을지도 몰랐다.

하지만 리아나는 잠들 수가 없다. 아주 멀리, 지구 반대편 끝에서 온 통증의 물결이 그녀의 몸을 관통한다. 트레일러 주택의 외벽을 뚫고 들어온 그 물결들은 그 벽 안, 양탄자 위에 웅크리고 누운 채 헛되이 몸을 숨기려 애쓰고 있는 여자에게 부딪힌다. 지상에는 아주 많은 고통이 존재한다! 잿빛 흙, 나무, 미동도 하지 않는 종려나무, 잿빛 밤, 기분 나쁜 빛을 비추는 가로등, 그리고 양철, 창유리, 플라스틱, 인조가죽을 씌운 가구 들. 그리고 마치 석상처럼 배를 깔고 엄숙하게 엎드린 희고 검은 커다란 늑대개, 그리고 저 바깥의 낯모르는 여자들과 남자들, 흐트러진 침대에서 서로 부둥켜안고 잠을 자는 사람들, 혼자인 사람들, 기다란 병실에 누워 있는 환자들, 숨을 헐떡이는 노인들, 저 바깥, 숨이 턱턱 막히는 방안의 그 모든 사람들. 고독은 거대하다. 고독은 트레일러 주택의 내부를 가득 채운다. 지금 점점 더 빽빽하게 밀려오는 물결들에 실려와 무시무시한 침묵의 소리를 듣게 하는 것, 바로 그것은 고독이다. 그리고 신음하는 젊은 여자의 목소리는 모깃소리 같다.

그녀 앞에서, 커다란 개는 움직이지 않는다. 개는 노란 눈으로 그녀를 바라보면서 귀를 기울인다. 리아나는 개를 부르고 싶다. 그녀는 개의 이름을 생각한다. 그리고 또다른 이름 하나를 생각한다. 자기 이름이 시몽이라고 말하던 그 사람을. 하지만 이번에는 현기증이 일지 않는다. 리아나는 소리지르고 싶지 않다. 그럴 수가 없다. 이유는 알 수 없지만, 소리를 질러서는 안 된다. 무슨 일이 일어나더라도 그래서는 안 된다. 그래서 고통을 참기 위해 입술을 더한층 앙다물고, 양 무릎을 벌린 채 단단해진 커다란 배를 두 팔로 끌어안고 허리띠처럼 꽉 조인다.

그리고 천천히, 자신도 모르는 사이에 두 손으로 반죽을 하듯 배를 문지르며 뱃속의 것을 밖으로 내보내는 동작을 시작한다. 포개진 두 손이 배를 따라 아래로 미끄러져내려갔다가 다시 가슴까지 올라오고 또다시 더, 더 아래로 내려간다. 두 손은 그런 식으로 고통의 물결들과 맞서 싸우면서 그 물결들을 서로 떼어놓고 흐트러뜨리려 한다. 리아나는 등을 굴린다. 때로는 오른쪽으로, 때로는 왼쪽으로 돌아눕는다. 그렇게 규칙적으로 구르는 동작은 도움이 된다. 그녀는 파도 위에서 흔들리는 한 척의 배 같다. 한순간 힘없이 떠밀리다가, 거친 파도가 몰아치면 한껏 위로 치솟았다 다시 미끄러져내려오며 요동치는 배.

신음소리 역시 파도를 타듯 이리저리 흔들린다. 때때로 고통의 물결이 모든 구조물을 깨부수고 눈앞에 있는 모든 것들을 요동치게 하고, 그럴 때마다 신음소리는 더 날카롭고 격해진다. 그리고 심장과 폐의 활동이 느려지고 세상의 시간도 숨결처럼 느려지면, 소리도 부드럽고 낮고 완만해진다.

그것은 오래, 아주 오래 지속되어서, 리아나는 그것이 어떻게 시작되었는지조차 모른다. 때때로 그녀는 아기가 태어나고 있다고 생각한다. 그녀가 몇 달 전부터 기다려왔던 게 바로 이것이라고, 처음으로 뭔가 굉장한 일이, 곧 지상의 모든 것을 변화시킬 무슨 일이 일어나고 있다고 생각한다. 그건 엄청난 전율을 불러일으킨다. 마치 독한 알코올 기운이 퍼져나가듯 그녀의 몸안으로 흘러들어와 불꽃을 환하게 일으키며 모든 것을 불태우는 것 같다.

하지만 그것은 지속되지 않는다. 고통 때문에, 트레일러 주택의 외피를 둘러싼 깊은 밤의 고독 때문에. 이제는 오직 통증뿐이다. 메마른 땅의 모든 지점에서, 물이 말라버린 강바닥에서, 혹은 안개 속에 잠든 도시에서 오는 절망적이고 숨막히는 고통뿐이다. 끝날 것 같지 않은 길고 긴 밤중에 어둠의 통로를 타고 온 그 고통은 가시 많은 나뭇가지들 속으로, 늙은 알로에의 우툴두툴한 잎사귀들 속으로 심화되며 퍼져나간다.

늑대개는 꼼짝도 하지 않는다. 녀석의 노란 눈은 부풀어오른 배 위로 원피스를 둘둘 말아올린 채 이리저리 뒹구는 초록색 양탄자 위의 젊은 여자를 노려보고 있다. 그 눈길은 냉혹하고, 두 귀는 여자의 몸 아래 바닥이 삐거덕거리는 소리와 끊임없이 계속되는 신음의 물결을 포착하기 위해 미세하게 움직일 뿐이다.

어쩌면 그녀에게 그런 고통을 가하고 있는 건 바로 녀석인지도 모른다. 그 고통은 또다른 세상에서 온 것 같은, 너무도 냉담하고 너무도 노란 바로 그 시선 속에 있는지도 모른다. 저기, 열기와 빛의 중심에서, 기억의 불타는 강기슭에서, 여자의 뱃속에 머물러 있었던 남자의 씨와 똑같은 빛으로부터 오는 건지도 모른다. 그리하여 그 씨는 고통을 폭발시키고 저항하는 육체를 굴복시켜 열고 벌리고 뚫고 나아가면서, 사지에 오랫동안 열과 오한을 일으키며, 뱃속을 통해 폐까지, 심장까지 그 물결들을 밀어붙이면서 자라났다.

동이 트기 직전에 아이가 태어난다. 리아나는 그 일이 일어나고 있다는 것도 알아차리지 못했다. 그저 자기가 자리에서 일어나지 못할 것이고, 심지어 도와달라는 소리조차 지르지 못할 것임을 알아차렸을 뿐이었다. 때가 너무 늦었다. 그녀는 다리를 들어올려 교각처럼 벽에 갖다붙이고, 마치 트레일러 주택의 좁은 벽을, 심지어 바깥세상, 나무들과 철탑들, 칠흑 같은 밤의 어둠까지도 밀어낸다는 생각이 들 정도로 있는 힘껏 밀었다. 이윽고 아이가 천천히, 머리부터 부드럽게 미끄러져나오면서 모습을 드러냈다. 리아나의 두 손이 아이를 밖으로 인도했다. 리아나는 트레일러 주택의 천장을, 별만큼이나 강렬한 빛을 비추는 헐벗은 백열등을 바라보았다. 그녀의 두 손은 안간힘을 쓰고 있었고, 배 역시 남은 힘을 다해 규칙적으로 팽창과 수축을 계속했다. 벌어진 다리 사이에서 두 손이 아이를, 태반막에 뒤덮여 온통 끈적거리는 아이를 들어 양탄자 위에 놓았다. 그 두 손이 탯줄을 잘라 아이의 배 주변에 묶었다. 이미 날카로운 울음소리가 트레일러 주택 내부를 가득 채우고 있었고, 햇살에 전구 불빛이 약해지기 시작했다.

그때 갑자기, 리아나는 지난 몇 달간 휩싸여 있었던 불안에서 마침내 해방되는 것 같았다. 왜 그런 기분이 드는지는 알 수 없었다. 단순히 그 새로운 생명이 트레일러 주택 안을 가득 채우고 있기 때문인지도 몰랐다. 오직 그것만이 그 장소를 가득 채우고 있었다. 날이 너무 더워서 리아나는 아기를 포대기로 감싸주지 않았다. 오히려 더럽혀진 양탄자에서 일어나지도 않고, 자기도 옷을 완전히 벗어버렸다. 그러고 나서 그녀는 그 어린것을 가슴에 안고, 아이의 입을 부푼 젖가슴에 물렸다. 그녀는 바닥에 모로 누운 채 아기를 품에 안고 그렇게 잠이 들었고, 트레일러 주택 창문에 비치는 햇빛은 점점 강해지고 있었다.

*

노란 눈의 늑대개는 가만히 노려보고 있다. 녀석은 미동도 하지 않는다. 눈동자조차 움직이지 않는다. 녀석의 하얗고 검은 털이 햇빛에 반짝인다. 반짝이는 빛 하나하나는 보석처럼 단단하고 밀도가 높다. 지상에 휴식은 없다, 감미로움도 없다, 결코. 햇빛은 메마르고 가혹하다. 그 빛은 펼쳐진 공터, 강어귀의 먼지 덮인 자갈 기슭에서 온 것들이다.

여기 이 트레일러 주택의 금속 벽 안에서 시간은 아주 더디 흐른다. 모든 것은 정지된 듯 건조한 열기에 붙잡혀 꼼짝 못하고, 수천의 스파크에 얻어맞아 마비된 듯하다. 돌도 마찬가지다. 잿빛 땅에 박혀 있는 규석도, 검게 불탄 관목들의 잔가지도, 목말라 죽은 나무도, 알로에의 회색 잎도, 무거운 공기중에, 하늘에 붙박여 있는 종려나무 잎들도 마찬가지다. 늑대개는 동공이 오그라든 노란 눈으로, 미동도 않고 앞만 똑바로 노려보고 있다. 녀석의 시선 속에, 콧방울에, 세로 주름이 잡힌 이마에 잔뜩 힘이 들어가 있다. 그 힘은 녀석의 눈썹에서도 나온다. 눈 위 작고 검은 점에 솟아나 있는, 길고 빳빳한 털과 털 몇 올이 부서진 짧고 거친 수염에서도. 그 힘은 녀석의 가슴팍에서, 앞으로 뻗은 앞발에서, 트레일러 주택의 더러운 초록색 카펫에 박힌 발톱들에서 나온다.

개는 움직이지 않는다. 그건 움직이지 않으려는 녀석의 의지, 힘이다. 일종의 명령 같다. 녀석이 이해하진 못하지만 동의하고 따르는 명령. 그래서 개는 꼼짝도 않고 신경 하나하나를, 근육 하나하나를 긴장시켰다. 그것은 어쩌면 오늘 아침 밖으로 나가려고 트레일러 주택의 문을 열었을 때 그녀를 집안으로 다시 깊숙이 밀어붙였던 그 고통스러운 빛의 물결, 그 눈부신 햇빛에서 비롯된 것인지도 모른다. 그리고 개 주인의 거친 목소리, 그 개가 한 번도 들어본 적 없는 목소리, 그 목소리가 딱 한 번 소리쳐 명령했다.

개의 노란 눈은 창 옆의 긴 소파를 바라본다. 눈은 타월을 펼쳐놓은 초록색 인조가죽 쿠션들에 계속 고정되어 있다. 타월 위에서 아기가 자고 있기 때문이다. 아기 역시 움직이지 않는다. 숨을 쉬면서 겨우 희미한 소리를 낼 뿐이다. 집안의 열기가 아기의 가슴을 짓누르기 때문이다. 하지만 아기는 똑바로 누워 고개를 모로 돌린 채, 주먹을 꽉 쥐고 꼼짝도 않고 잠을 잔다.

늑대개는 아기를 바라본다. 녀석이 노란 눈으로 집요하게 지켜보고 있는 건 바로 아기다. 아이가 세상에 살아 있는 유일한 존재, 심장과 얼굴과 손을 가진 유일한 존재이기 때문이다.

어쩌면 냄새 때문인지도 모른다. 며칠 전부터 늑대개는 그 냄새만 맡았다. 이제까지 한 번도 맡아본 적이 없는 이상한 냄새. 약간 감미로우면서도 비릿한, 어딘가 이상한 냄새, 땀과 오줌 냄새, 그러나 달콤하고 아주 부드러운 냄새, 약간은 어떤 식물이나 꽃에서 나는 것 같은 냄새. 그 냄새 때문에 늑대개는 잠을 잘 수가 없다. 때때로 녀석은 눈이 감긴다. 앞발에 턱을 올려놓는다. 그리고 졸음에 몸을 맡긴다. 그러다가 갑자기 그 냄새가 난다.

그 냄새는 경계 태세를 취하게 하고, 녀석의 몸안으로 들어와, 귀를 쫑긋 세우고 눈을 아주 크게 뜨게 만든다. 녀석의 신경 하나하나를 끊어질 듯 팽팽하게 긴장시킨다.

갓난아기의 냄새는 아주 감미롭다. 그 냄새는 트레일러 주택 내부를 가득 채운다. 어쩌면 그 냄새는 바깥까지, 공터, 나무들 사이, 고가도로의 시멘트 기둥들 아래 메말라버린 강과 인적 없는 강기슭까지 퍼져나갔는지도 모른다.

늑대개는 그 냄새가 좋다. 녀석은 사실 자기가 그 냄새를 좋아하는지 모른다. 하지만 그 냄새를 더 잘 맡기 위해 힘줄 하나하나가 고통스러울 정도로 팽팽하게 당겨졌다. 그 냄새는 개를 동요시킨다. 끊임없이 들려오는 아주 작은 소리, 희미한 심장박동 소리, 이따금 스치는 달착지근한 숨결, 여린 살갗 아래에서 동맥을 타고 흐르는 피.

늑대개는 지치지도 않고 귀를 기울인다. 미동도 없이, 힘센 앞발을 앞쪽으로 뻗은 채 귀기울여 듣는다. 하지만 녀석의 시선이 그렇듯, 그 귀기울임도 잔뜩 긴장되고 고통스러울 정도로 정지된 채 붙박여 있다. 밖에서 작은 소리들이 들려온다. 바스락거리는 소리, 숨소리, 벌레들이 잎을 갉아먹는 소리. 이따금 멀리서, 열기 때문에 비현실적으로 들려오는 아이들의 고함소리, 개 짖는 소리. 아니면 고속도로 교각을 향해 힘겹게 올라가는 트럭들이 부르릉거리는 소리. 그 소리들은 빛, 열기, 고독과 뒤섞여 있다. 늑대개는 동요하지 않고 그 소리들을 알아차린다. 그 소리들은 녀석이 예상했던 바로 그 순간에 울린다. 하지만 쫑긋 세운 두 귀는 앞쪽을 향해 있다. 그 귀는 인조가죽 소파에서 나오는 약하고 느린 소리를 포착하는 데만 소용될 뿐이다.

아기의 호흡은 부드럽지만 열기 때문에 약간 짓눌려 있다. 아기의 규칙적인 숨소리가 트레일러 주택의 내부를 가득 채운다. 그 호흡은 무언가를 만들고 있는 것 같다. 어쩌면 열기와 빛은 바로 호흡에서 오는지도 모른다. 개를 잠들지 못하게 하는 비릿하고 달콤한 그 냄새는 바로 그 호흡에서 오는지도 모른다.

아기가 자다 깨어 울기 시작할 때도 늑은 움직이지 않는다. 하지만 녀석의 시선은 더 굳어지고, 온몸은 극도로 긴장된다. 발톱들이 양탄자에 더 깊숙이 박히고, 등과 목 주위의 털들이 살짝 곤두선다.

트레일러 주택 안에 진공상태가 가득해진 지는 꽤 오래다. 몇 시간 전부터, 리아나가 문을 닫고 공터로 나갔던 그 순간부터다. 진공은 다른 곳에도 있다. 희뿌연 땅 위에, 햇빛에 불탄 작은 덤불들 속에, 월계수와 유칼립투스 잎 위에, 허옇게 말라붙은 강바닥에도 진공은 존재한다. 모든 것이 몸속에서 울리고 금속벽과 유리벽 위를 두드리고 있은 지는 아주 오래다. 지금 아기의 목소리는 트레일러 주택 안을 온통 메우고 있다. 아기 소리는 벌레 울음소리처럼 집요하고 분명하게, 귀에 거슬리는 소리로 터져나온다. 정적에 맞서, 고독에 맞서 우는 소리다. 그 목소리는 답답한 공기 중에, 두꺼운 금속벽에 하나의 구멍을, 정적이 빠져 달아날 구멍을 뚫는다. 이곳, 이 트레일러 주택 안에 다른 것은 아무것도 없다. 날카로운 목소리와 늑대개의 고정된 시선 말고는 아무것도.

갑자기 닉은 허기를 느낀다. 아주 오래전부터 녀석은 아무것도 먹지 않았다. 녀석의 입과 혀는 마비되었다. 그전에는 어땠는지조차 기억나지 않는다. 한 시간 한 시간, 녀석은 시간 따윈 아랑곳 않고 리아나가 돌아오기를 기다리면서, 역광을 받으며 그녀가 나타나 말을 걸고 자기를 불러주길 기다리면서 트레일러 주택의 문을 지켜보고 있다. 며칠 전부터 개는 그녀가 고기건 비스킷이건 빵이건 먹을 것을 가져다주기를 기다리고 있다. 그렇지만 리아나는 더이상 그를 신경쓰지 않았고, 집에 돌아오자마자 인조가죽 소파에 누워 원피스를 벗고 게걸스레 젖을 빠는 어린것을 꼭 안고 있었다. 그러면 트레일러 주택 안에 젖냄새와 땀냄새가 점점 더 짙게 퍼지면서 모든 것을 집어삼켰다. 닉은 그 냄새가 싫었다. 그 냄새는 녀석을 약간 불안하게 만들기도 했다. 그래서 개는 트레일러 주택 안 저 끝으로 가 테이블 밑에 몸을 숨긴 채 눈을 가늘게 뜨고 귀를 뒤로 눕혔다.

지금 이 비릿하고 달콤한 냄새, 젖냄새, 오줌냄새, 땀냄새는 트레일러 주택 안을 가득 채우고 있다. 하지만 닉은 더이상 겁을 먹지 않는다. 아기는 점점 자라나고, 그 따뜻한 살갗, 얼굴, 숨결, 울음소리로 온 공간을 점유하고 있다.

아기가 이제 더 큰 소리로 운다. 아마도 엄마가 없다는 것을 알아차린 것 같다. 아니면 아기도 닉처럼 배가 고픈 건지도 모른다. 하지만 아기의 허기는 가볍고 부드러운 허기다. 아기는 엄마의 따뜻한 젖을 빨고, 그 농도 짙은 젖으로 입안을 가득 채우고 싶어한다. 아기는 자기가 사랑하는 사람의 체온을 되찾고 싶어 한다.

하지만 닉의 허기는 다르다. 그것은 녀석이 전혀 겪어보지 못한, 무엇으로도 채울 수 없는 허기다. 그 허기는 먼지바람이 농가들을 휩쓸고 간 메마른 강어귀의 고독 같다. 그 허기는 녀석의 붙박인 시선의 고통, 붙박인 청각의 고통처럼 일종의 고통이다. 그것은 녀석의 몸속을 갉아먹고 불타오르게 한다. 허기는 모든 것을 증폭시킨다. 거의 쉬지 않고 울어대는 아이의 울음소리에도 불구하고, 밖에서 들려오는 소리 하나하나, 바스락거림 하나하나가 몸속에 울리면서 녀석을 전율시킨다. 이제 증오가, 불안이 싹튼다. 여태껏 닉은 이 정도까지 이런 감정을 느껴본 적이 없었다. 그 느낌은 개의 몸속 깊숙한 곳, 명백히 녀석의 몸속이라 할 곳에 있었다. 그리고 지금 그 허기는 온몸의 털을 곤두서게 하고 노란 눈의 검은 점을 더욱 오그라뜨리면서, 목구멍에서 나는 으르렁 소리와 함께 다시 치밀어올라오고 있었다. 몸의 모든 근육이 바짝 긴장한 채 행동을 개시할 태세를 갖추고 있었다.

그 증오심과 불안을 일깨운 건 바로 아기의 울음소리다. 그 울음소리는 기다림의 고통, 턱의 고통, 바짝바짝 타들어가는 혀와 입술의 고통과 뒤섞인다. 울음소리는 녀석의 몸 한가운데에 구멍을 뚫어놓는 커다란 진공과 뒤섞인다.

밖에서는 태양이 트레일러 주택의 알루미늄 외피를 뜨겁게 달구고 있다. 태양은 땅속에 구속되어 있는 검은 나무들을 달구고, 강의 희뿌연 자갈들을 태운다. 다른 곳에서는 차창이 눈부시게 번쩍거리는 자동차들이 존재하지 않는 미래를 향해 빛 속을 달리고 있다.

어쩌면 고속도로 옆, 시멘트와 양철로 지은 커다란 슈퍼마켓 안에서 리아나가 상품진열대를 따라 무작정 걷고 있는지도 모른다. 그곳에는 다양한 색깔의 상자, 꾸러미, 셀로판 포장을 한 고기, 너무 붉고 너무 노란 과일, 혹은 금지된 마법의 음료수병 들이 낭떠러지처럼 진열되어 있다. 그녀는 곧장 앞으로 나아간다. 형광등 불빛이 그녀의 초췌한 얼굴을, 눈구멍 속에 깊숙이 박힌 그녀의 눈동자를, 지푸라기색 머리칼을 비춘다. 그녀는 진열대 사이를 정처 없이 헤매면서 피할 사이도 없이 사람들과, 물건들과 부딪친다. 그 드넓은 공간을 끝에서 끝까지, 아무것도 만져보지도 쳐다보지도 않고 그냥 걷는다. 이제 그녀의 것은 아무것도 없기 때문이다. 그녀에게는 이제 아무것도 없다.

그렇게 걸어가다가 사회복지사의 얼굴이, 금테안경이 떠오른다. 심지어 그 여자의 목소리까지 귀에 들린다. 하지만 아무리 있는 힘을 다해 귀를 기울여도, 그 부드러운 목소리가 뭐라고 하는지 더 알아들을 수가 없다. 그래서 그녀는 자신의 고뇌를 피하기 위해, 몸을 숨기기 위해 더 빠르게 걷는다. 하지만 그 텅 빈 커다란 공간은 도처가 불빛이고, 그녀는 그 불빛을 피할 수 없다. 불빛이 그녀의 목구멍과 관자놀이를 옥죄고 두 다리를 휘청거리게 한다. 이제 그녀는 안다. 그 사회복지사 말고는 이 세상에, 자기 가까이에 아무도 없다는 것을, 그리고 그 여자를 다시 만날 수 없으리라는 것을.

리아나는 차가운 형광등 불빛 아래서 슈퍼마켓의 통로를 오랫동안 걷는다. 사람들은 그녀를 보지 않는다. 그들은 과자, 과일, 비누, 옷 들을 들여다보느라 너무 바쁘다. 그들의 얼굴은 고기 색깔을 띠고 있고, 눈은 캡슐처럼 반짝이고, 손은 탐욕스럽게 무언가를 집어들어 가져간다.

갑자기 그 순간 리아나는 어디로든 달아날 수 있는 출구, 밖으로 나갈 수 있는 문을 찾아야 한다는 사실을 깨닫는다. 가능한 한 빨리 가야 한다. 그녀는 저기, 트레일러 주택 안에서 벌어지고 있는 위험을, 그 무시무시한 위급함을 깨닫는다.

리아나는 신문 코너 앞에 꼼짝도 않고 서 있는, 안색이 몹시 창백한 갈색 머리 젊은 여자 앞에 멈춰 선다. 그녀는 여자에게 어서 자기를 도와달라고 부탁하고 싶다. 그녀의 눈에 더이상 출구가 보이지 않아서다. 그녀는 저기, 트레일러 안에 홀로 남겨져 있는 자신의 아기에 대해 말하려 한다. 곧 누군가가 아기를 데려가 게걸스럽게 잡아먹을 거라고. 하지만 말이 목구멍에서 나오지 않는다. 말들은 그녀의 몸안에 계속 갇혀 있다. 말들은 그녀의 입술을 떨리게 하고 눈물이 차올라 뺨 위로 흘러내리게 할 정도로 그녀를 고통스럽게 한다.

창백한 젊은 여자는 아무 말 없이 잠시 그녀를 보더니 재빨리 달아나버린다. 리아나는 마치 자신의 흔적들을 흩뜨려 찾지 못하게 하려는 것처럼 진열대 사이를 이리저리 돌아 들어가는 여자의 모습을 눈물 너머로 본다.

밖은 햇빛이 여전히 강렬하다. 빛이 모든 것을 뜨겁게 달구고 표백시킨다. 자갈과 땅바닥, 나뭇잎, 그리고 지붕들 위에는 하늘의 잔인한 파란색 위에 드리운 막 같은 시멘트 먼지가 뿌옇게 앉아 있다. 완만한 곡선을 그리며 뒤얽힌 고가도로 위에서 차체들이 반짝거린다. 때때로 불어오는 바람이 거친 엔진소리, 트럭들의 굉음, 짐승 비명 같은 경적소리들을 실어온다. 그러고 나서 그것들은 사라진다. 모든 게 그런 식이다, 파상적으로, 머뭇머뭇, 가물거리면서 사라진다. 엄청난 고독이 있다, 엄청난 허기가 있다…… 인적 없는 강어귀에 엄청난 빛이 있다. 그리고 외따로 떨어진, 공터에 난파된 비행기 동체 같은, 벽돌 받침대 위에서 균형을 잡고 서 있는 트레일러 주택의 알루미늄 외피 안에도 빛이 있다. 그 모든 것에도 불구하고, 폭력과 살인에도 불구하고, 여기서는 아무 소리도 들리지 않는다. 때때로 고속도로에서 들려오는 부르릉거리는 소리와 농가의 개 짖는 소리 이외에는 아무 소리도.

날이 다 저물었을 때 리아나가 돌아온다. 그녀는 공터 위를 천천히 걷는다. 손에는 아무것도 들려 있지 않고, 입은 옷은 뿌연 먼지를 뒤집어쓰고 있다. 그리고 그녀는 약간 절뚝거리는데, 한쪽 신발의 뒤축이 부러진 탓이다. 그녀의 얼굴에는 불안이 드리워 있다. 하지만 지금 그녀는 자기가 뭘 해야 하는지 안다. 마침내 그녀는 그걸 이해했다. 어쩌면 이미 너무 늦었는지도 모른다. 그들은 이미 시몽을 따라, 아니면 금테안경을 쓴 그 젊은 여자의 안내를 받으며 오고 있는지도 모른다. 아니면, 쌍발 엽총을 들고 귀밑까지 깊숙이 사냥 모자를 눌러쓴 채 공터를 감시하고 있는 사람이 있을 것이다. 그들이 지금 오고 있는 게 분명하다. 밤이 오기 전에 그 개를 죽이고 아기를 병원으로 데려가기 위해, 그리고 빠져나올 수 없는 미끄러운 벽으로 둘러싸인 커다랗고 하얀 방안에 그녀를 가두기 위해.

그녀는 절뚝거리면서 트레일러 주택을 향해 발걸음을 서두른다. 그리고 발판을 올라가 문을 연다. 커다란 늑대개는 벌떡 일어나 털을 곤두세우고 눈을 반짝이면서 그녀에게로 다가와 선다. 그녀의 마음을 이해하고 있기 때문이다.

젊은 여자와 개는 함께 공터를 걷는다. 리아나는 아이를 타월에 감싸서 가슴에 꼭 끌어안고 있다. 그녀가 걷는 동안 아기는 젖을 빤다. 극도의 피로에도 불구하고 리아나는 젖이 나오는 것에 안도한다.

그들은 그렇게 오랫동안 걷는다, 깜깜한 밤이 올 때까지. 이제 그들은 강가에, 먼지가 자욱한 자갈밭 위에 있다. 어디선가 졸졸 흐르는 실개천 소리가 들린다. 멀리, 고가도로 교각 위에서 엔진들이 부르릉거리는 소리도 들려온다. 이곳의 밤공기는 서늘하고 가벼우며, 모기들은 눈에 보이지 않게 춤을 춘다. 리아나는 타월을 끌어올려 잠든 아기의 얼굴을 덮어준다. 닉은 농가의 암탉과 토끼를 사냥하기 위해 강을 따라 가시덤불 너머로 소리 없이 사라진다. 배불리 먹은 녀석은 지친 몸으로 새벽녘에 돌아와 리아나와 아기 옆에 누울 것이다. 그리고 그 노란 눈은 두 개의 별처럼 어둠 속에서 빛날 것이다. 마치 그 눈의 강렬한 빛이 그들을 찾는 사람들의 발걸음을 몇 시간 정도는 더 막아낼 수 있다는 듯이.

탈주자

L'ÉCHAPPÉ

LA
RONDE
ET
AUTRES
FAITS
DIVERS

동이 트기 직전에 타야르는 높은 산 앞에 다다른다. 그는 밤새도록 딱 한 번만, 어느 국도변 카페에서 목구멍이 델 정도로 뜨거운 커피 한 잔을 마실 시간만큼만 섰다 계속 걸었다. 깊은 골짜기에 구불구불 난 길은 높은 산의 지맥支脈들로 그를 이끌어갔다. 타야르는 급류를 건넌 후 다리를 건너고, 오래된 계단식 올리브밭을 기어올라가 산 정상을 향해 꼬불탕꼬불탕 나 있는 좁은 오르막길을 발견한다. 이제 그의 앞에는 석회암 고원이 펼쳐져 있고, 밤의 어둠도 조금씩 엷어지고 있다.

공기가 차갑다. 살을 에는 것 같은 매서운 추위다. 타야르는 지급받은 오버셔츠와 회색 바지밖에 입지 않았다. 맨발에는 끈 없는 운동화를 신었다. 오랫동안 걸은 탓에 그는 피로에 짓눌려 비틀거린다. 추워서 몸이 떨린다. 그는 길에서 벗어나 가시덤불 가운데로 들어가 발이 푹푹 빠지는 자갈밭을 걷기 시작한다. 그러다가 움푹 파인 곳에서 오줌을 누려고 몸을 웅크린다. 주위를 둘러본다. 동쪽에, 그가 지나온 쪽 하늘에 점 하나가 점점 커지고 있다. 지평선, 날카로운 바위들, 키 작은 나무들의 가지를 드러내는 누르스름한 빛.

거대한 정적이 흐른다. 타야르는 처음으로 정적을 인지한다. 그것은 그의 고막을 짓누르고 머리를 옥죄는 진공이다. 새들의 지저귐도 벌레 소리도, 밝아오는 날에 인사하는 것은 아무것도 없다. 고원 위로 부는 바람의 신음소리, 얼어붙은 숨처럼 오가는 바람소리만 희미하게 들릴 뿐. 타야르는 저 아래 바다를, 잠들어 있는 정원들을, 집들을 생각한다. 지금 그것들은 아주 멀고 아주 작아져 있다. 기껏해야 개미집이나 벌집만해서 머릿속에 그려보는 것조차 어렵다.

타야르는 졸음에 취한 채 앞으로 나아간다. 구석진 자리, 눈을 붙일 만한 장소를 찾는다. 마침내 그는 여기서 잠을 잘 수 있겠다고 생각한다. 아무도 그를 찾으러 오지 않을 것이다. 한 번도 이곳에 와본 적은 없지만, 그럼에도 그는 이 풍경을 잘 안다. 바다 저편과 똑같다, 정말 똑같다. 바위, 가시덤불, 땅 위에 난 균열, 무너져내린 돌더미들. 사람이라곤 전혀 찾아볼 수 없다. 형과 둘이서 양떼를 돌보던 시절, 그는 바로 이곳과 비슷한 곳을 걸은 적이 있다. 정확하게 기억이 난다. 그래서 아직 모든 것이 어두운 밤에 반쯤 모습을 숨기고 있음에도 그는 알맞은 피난처를 찾아낸다. 바람에 닳은 바위의 어깨, 그리고 구부러진 소관목의 앙상한 가지들. 타야르는 발꿈치로 뾰족한 돌들을 굴려 약간 판판하게 땅을 고른다. 그러고는 쭈그려앉은 후 바위에 등을 기대고, 체온이 떨어지지 않도록 두 팔로 몸을 감싼다. 전에 형과 라이스 삼촌과 함께 겨울에 밖에서 잠을 자야 했을 때도 이렇게 했었다.

주체할 수 없이 떨리는 몸을 진정시키기 위해, 이가 딱딱 맞부딪치며 떨리지 않도록 타야르는 아주 천천히 숨을 쉰다. 그리고 어깨에 왼쪽 뺨을 갖다대고, 눈을 감고 잠을 청한다. 그사이 새날의 붉은빛이 그의 앞에 나타나 고독한 고원을 환히 비춘다.

그런 식으로 그는 꼼짝도 하지 않고, 천천히 숨을 쉬면서 오랫동안 잔다. 눈부신 햇살이 얼굴과 몸에 내리쬔다. 하지만 그를 깨우지는 못한다. 잠을 자고 있는 그는 주변의 잿빛 돌들을 닮았다. 바싹 여윈 얼굴은 흙빛이고, 이마 위의 검은 머리칼은 바람이 불 때마다 소용돌이친다. 지나치게 헐렁한 옷을 입은 몸은 기다랗고 야위었다.

타야르는 죽은듯이 잠잔다. 전에 셸리아산*에서 형과 함께 바위틈에 숨어 있었을 때 그랬던 것처럼. 그때 염소들과 양들은 다시 물이 흐르기 시작한 강바닥을 향해 자갈투성이 비탈길을 달려내려갔고, 태양은 오늘처럼 구름 한 점 없는 하늘에 높이 떠 있었다. 무리 지은 새들이 정신없이 짹짹거리며 날아가고 있었고, 형은 소리 없이 일어나 새들이 어디로 가 앉는지 보려 하고 있었다. 파리떼처럼 순식간에 나타났다가 사라져서 잡기가 힘든, 사막에 사는 메추라기들이었다.

그때 타야르는 까닭도 모르게 잠을 깼다. 어쩌면 말없이 그를 바라보는 형의 시선이 가슴에 손가락을 갖다댄 것 같아서였는지도 몰랐다. 형은 속삭이듯 조용히 그의 이름을 불렀다. "아지." 그리고 형제는 함께 맨발로 달렸다. 그들은 암양들이 이미 한낮의 햇빛을 피하기 위한 그늘진 장소로 선택해놓은 강, 조만간 말라붙어버릴 강까지 산비탈을 달려내려갔다.

빠르게 흐르는 물살이 햇살에 아름답게 반짝였다. 반들거리는 자갈 위로 하얀 물방울들이 경쾌하게 튀어올랐고, 물은 계곡 쪽으로, 버들옷 수풀과 앙상한 아카시아나무들 한가운데로 흘러내려가고 있었다. 그때 하늘은 더 강렬한 푸른색, 거의 검푸른색이 되어가고 있었다. 두 소년은 낡은 모직 튜닉을 벗고 급류의 맑은

* 아프리카 북서부 아틀라스산맥의 일부로, 알제리 동쪽에 위치한 산.

물 속에 누워 멱을 감았다. 그들의 어깨 위로 물이 흘러 입과 귀 속으로 들어왔다. 형제는 강바닥의 매끄러운 자갈들 위에 배를 깔고 누워 물살에 몸을 맡겼다. 그들은 웃었다. 그러고 나서 일어나 햇빛에 몸을 말렸다. 그의 형은 최근에 할례를 받은 자신의 성기를 손으로 가리고 있었다. 둘은 몇 마디 말을 나누었다. 무슨 얘기였을까? 양과 염소들이 신선한 풀을 찾아 급류의 상류 쪽으로 다시 올라오고 있었다. 파리떼와 각다귀떼는 마치 버들옷잎사귀에서 태어난 것처럼 벌써 나타나, 두 소년의 머리 주위에서 붕붕거리면서 팔 안쪽을 물었다. 간혹 어깨 위로 사뿐히 내려앉은 말파리에 물려 욱신거리는 통증이 일기도 했다. 그래서 그들은 축축이 젖은 살갗에 달라붙는 모직 튜닉을 다시 꿰입어야 했다. 해가 중천에 다다랐을 때, 형이 가죽 배낭에서 음식을 꺼냈다. 딱딱하고 묵직한 빵, 말린 대추야자 열매와 무화과, 짭짤한 치즈, 고약한 냄새가 나는 버터가 가득 든 염소가죽 부대. 그들은 각자 자기 양들이 있는 쪽으로 돌아앉아 한마디 말도 없이 빠르게 먹었다. 강렬하게 내리쬐는 뜨거운 태양에 그림자들이 짧아지고 있었다. 소년들의 얼굴은 거의 새까맸고, 눈은 눈구멍 그늘 속으로 사라져 보이지 않았다. 저녁이 다시 찾아와 해가 언덕들에서 그리 멀지 않은 곳까지 내려왔을 때, 소년들은 앞쪽으로 돌을 던져 양들을 몰아가면서 산비탈을 다시 올라갔다. 저기 높은 곳, 고원 위에서 그들은 잠을 자기 위해 마른나무 아래나 세월에 풍화된 바위 벽 아래의 새로운 구덩이를 찾았다. 그들은 규석들을 골라내고 전갈들을 쫓은 다음 구덩이 안에서 몸을 둥글게 웅크렸다. 형제가 각자 두 팔로 자기 몸을 감싸안고 머리를 어깨에 파묻고 있는 동안 땅은 다시 차가워졌다.

타야르는 정오가 거의 다 되어서야 잠에서 깨어난다. 눈을 뜬 순간 사위를 두르고 있는 그 순백색이, 석회암 위에서 반짝이는 태양이 보인다. 하늘은 아주 창백한 푸른색, 거의 흰색에 가까운 푸른색이다. 햇빛이 눈 깊숙한 곳을 아프게 찌르며 산산이 부서진다. 타야르는 두 뺨 위로 눈물이 흐르는 것을 느낀다. 그는 자신의 몸을 감싼 두 팔을 힘겹게 풀고, 다리를 편다. 바람이 마른 나뭇가지 사이로 휘파람소리를 내면서 계속 한 방향으로 분다.

타야르는 몸을 일으키고 비틀거린다. 그는 몇 걸음 걸어가 오줌을 누기 위해 쭈그리고 앉는다. 전날부터 물을 마시지 않아 오줌이 샛노랗고 냄새가 심하게 난다. 타야르는 물이 있을 만한 곳을 가늠해보려고 주위를 둘러본다. 옛날처럼 그의 콧구멍이 물 냄새를 포착할 양으로 한껏 팽창하면서 벌렁거린다. 그늘이라고는 없다. 풀포기 하나 없고, 갈라진 틈 하나 찾아볼 수 없다. 바람과 빛에 휩쓸린 석회암 고원은 메마르고 척박하기만 하다.

타야르는 다시 걷기 시작한다. 그는 앞쪽으로 곧장 걸어간다.

빛은 돌처럼, 하늘처럼 단단하다. 하지만 감방의 그늘, 희미한 형광등 불빛 아래 공기가 둔탁하게 떨리고 악취가 풍기던 축축한 복도, 그 모든 발소리, 목소리, 언제나 세 번 쾅! 쾅! 쾅! 울리던 그 철문소리를 들으며 오랜 세월 감옥에 갇혀 지냈던 만큼, 타야르는 이 거칢, 바람과 돌의 침묵, 구름 한 점 없이 태양만이 뜨겁게 불타고 있는 광대한 하늘이 사랑스럽기만 하다.

허기와 갈증과 피로가 그에게서 그 모든 것들을 씻어냈다. 타야르는 감옥에서의 기억들이 자신에게서 사라지는 것을 느낀다. 어쩌면 그는 즉시 이곳으로 와야 했는지도 모른다. 저기 저 아래, 도시의 잿빛 안개 속에는 두려움, 증오, 혐오가 있다. 타야르는 그가 복수를 하러 올 거라고, 곧 잭나이프로 자기를 죽이러 올 거라고 생각하며 어느 호텔방에 숨어 있는 마리엠을 떠올린다. 지금 그녀는 그가 탈옥했다는 사실을 알고 있을 것이다. 그녀는 분명히 그 소식을 들었을 것이다. 그녀에게 역 주변의 허름한 호텔방을 잡아준 건 바로 경찰들이다. 그들 역시 그가 곧 복수를 하러 올 거라고 생각해 함정을 파놓았다. 그래, 바로 그거다. 그들은 함정을 파놓고, 거리 어딘가에서 어느 소형 트럭 안에 숨어 그가 나타나기를 기다리고 있다. 아니면 역 앞 술집에서 하루종일 커피와 맥주를 마시면서 그를 기다리고 있을 것이다. 자기를 기다리며 매복해 있는 경찰들을 생각하자 타야르는 웃고 싫어진다.

이곳은 햇살이 눈부신데도 공기는 서늘하다. 힘을 아끼기 위해 천천히, 타야르는 석회암 고원 위로, 커다란 계단처럼 보이는 가파른 절벽 쪽으로 올라간다. 가시덤불들이 다리를 할퀴고, 잿빛 바짓자락을 찢는다. 아무도 없음에도 타야르는 흔적을 남기지 않으려고, 관목 가지들을 부러뜨리거나 마른 땅의 작은 자갈들을 흐트러뜨리지 않도록 조심한다. 본능적으로 그는 예전의 몸짓들을 되찾는다. 그가 도시에 살면서 잊어버렸던 그 몸짓들을. 바람을 맞지 않고 사람들의 시선을 끌지 않기 위해 몸을 약간 앞쪽으로 숙이고, 두 팔은 몸 옆에 바짝 붙인 채 땅굴 속으로 들어가 웅크릴 준비를 갖추고, 목이 마르지 않도록 코로 숨을 쉬는 그런 동작들을.

바위 절벽에 다가갈수록 본능은 정상 어딘가에 물이 있다는 것을 알려준다. 눈에 보이지도 않고 물소리가 들리지도 않지만, 그는 마치 어떤 기억처럼 몸으로 느낀다. 그는 힘겹게 암벽을 기어올라간다. 돌밖에 보이지 않는 풍경 속에서 자갈들이 허물어져내리는 소리가 울려퍼진다. 타야르는 재빨리 동작을 멈추고, 몸을 웅크리고 바위에 달라붙은 채 사위가 다시 조용해지기를 기다린다.

저 위쪽은 햇빛이 훨씬 더 강렬하다. 이제 하늘과 해를 구분하기가 어렵다. 석회암 고원은 광대하고, 지평선의 연푸른 하늘은 마치 한밤중처럼 어둡다. 바람에 가시덤불들이 떨고, 석횟가루를 뒤집어쓴 소관목 잎들이 흔들린다. 자갈 사이로 보이는 흙은 초석처럼 희뿌연 회색을 띠고 있다. 타야르는 햇볕이 뜨겁게 내리쬐는데도 서늘한 냉기와 바람을 느낀다. 대기층 밑바닥에서 힘차게 불어오는 매섭고 건조한 바람이다. 타야르는 잠시 쉬기 위해 바닥에 드러누워 하늘을 본다. 이제 뭘 해야 할지, 어디로 가야 할지 알 수가 없다. 골목 하나하나까지 훤히 꿰고 있는 대도시에서 도망쳐 왜 이곳으로 왔는지조차 이제는 알 수가 없다. 아주 잠깐 그는 마리엠을 생각한다. 그녀의 얼굴, 몸, 걸어가는 다리, 반짝이는 노란 머리칼을 떠올린다. 하지만 그 이미지는 즉시 지워진다. 하늘과 바람이 그 이미지를 사라지게 한다.

타야르는 몸의 근육 하나하나가 고통스럽다. 그리고 그 고통은 그의 가슴 깊숙한 곳에도 있다. 확연한 욱신거림, 그 통증은 열병처럼 파장을 일으키며 퍼져나간다. 타야르는 바닥에 배를 깔고 엎드려, 주위의 흙과 잡목 덤불들을 바라본다. 버들옷 수풀 가까이에 납작한 각다귀들이 날아다니고 있다. 벌도 한 마리 보인다. 바람이 녀석을 실어왔다. 그리고 커다랗고 새까만 개미 한 마리가 푸석한 흙 위로 달려간다. 타야르는 마치 지상에서 볼 수 있는 마지막 생명체이기라도 하듯 그 개미를 주의깊게 지켜본다. 개미는 그의 얼굴을 향해 달려오다가 그의 존재를 감지하고 주저하더니 반대 방향으로 다시 출발한다. 타야르는 개미의 움직임을 그냥 바라보기만 한다. 그는 개미가 되돌아가는 모습을 더 잘 보기 위해 옆으로 돌아눕는다.

갑자기, 또다른 무언가가 눈앞에 떠오른다. 그는 라이스 삼촌과 함께 해가 지는 쪽의 셸리아산에 있다. 아주 오래된 일이어서, 타야르는 삼촌과 둘이서 그곳에서 망을 보며 숨죽인 채 꼼짝도 않고 자갈밭에 누워 있었던 이유가 뭐였는지 기억이 나지 않는다. 라이스 삼촌의 옷이 찢어진데다 온통 푸석한 먼지로 뒤덮여 있고 타야르의 발이 피투성이였던 걸 보면, 둘은 가시덤불 속을 아주 오래 걸었음이 분명하다. 그들은 며칠 전부터 걸었다. 그들은 어린 소년이 이해하지 못하는 어떤 위험을 피해 달아나고 있다. 타야르는 자기가 말을 해서는 안 된다는 것을 안다. 태양이 그의 목덜미와 등을 뜨겁게 달구고 있지만, 바람은 차갑다. 바람이 풀잎과 키 작은 나무의 잎사귀들을 흔든다. 숨을 죽이고 있어야 한다. 산의 돌멩이처럼 조용해야 하고, 산토끼처럼 침묵해야 한다. 라이스 삼촌과 아이, 두 사람은 모두 건기로 말라붙은 강바닥을 따라 산밑에서 다가오는 수상한 검은 점들을 유심히 바라본다. 남자들이다.

그들은 람베사에 주둔하는 군인들이다. 그들은 탈주자들을 찾아다니고 있다. 아주 멀리 있어서 얼굴은 보이지 않는다. 단지 암녹색 점처럼 보이는 제복과 그들이 들고 있는 자동소총만 보일 뿐이다. 그들은 걸음을 멈추지 않고, 위쪽은 올려다볼 생각도 하지 않고 계곡 아래에서 천천히 걸어올라오고 있다. 그들도 겁이 나는 걸까? 타야르는 삼촌에게 묻고 싶지만, 감히 입을 열지 못한다. 소곤거리는 목소리로 묻는 것조차 용기가 나지 않는다.

두려움은 여기, 산 위에도 곳곳에 매복해 있다. 두려움은 하얀 돌 하나하나, 버들옷 수풀 하나하나, 가시덤불 하나하나에 깃들어 있다. 두려움은 검은 군인들이 개미떼처럼 전진해오고 있는 강어귀에 있다. 그것은 짙은 보라색을 띤 먼 언덕들에도 있고, 맹금류가 선회하는 끝없는 하늘에도 있다. 그것은 무시무시한 정적, 무엇으로도 깨뜨릴 수 없는 정적, 몸속으로 들어와 심장을 차갑게 얼리는 정적을 자아낸다.

석회암 고원 위에 계속 누워 있는 동안 타야르는 그 정적을 느낀다. 지금 저 군인들은 모래 위에 남아 있는 그의 발자국, 부러진 나뭇가지나 흐트러진 돌들, 무너져내린 작은 흙더미 같은 것들을 찾으면서 곧 이곳으로 올지도 모른다.

군인 대열 맨 앞에는 커다란 개 한 마리가 있다. 타야르는 그렇게 큰 개는 지금까지 한 번도 본 적이 없다. 그는 그 개를 똑똑히 본다. 개줄을 움켜쥔 군인은 개에게 끌려가고 있다. 개 역시 골짜기의 돌 위를 킁킁거리면서 찾고 있다. 그러다가 이따금 무언가 냄새를 맡은 것처럼 허공으로 코를 치켜들며 멈춰 선다. 타야르는 개가 금방이라도 군인들 방향을 쳐다보며 짖어댈 거라고 생각한다. 하지만 이내 커다란 개는 다시 출발한다. 개는 군인들이 자기를 뒤쫓아올 수 있도록 약간 지그재그를 그리면서 앞장서서 달려간다. 그 모습에 타야르는 두려움에도 불구하고 웃음이 난다. 두려움은 인간들에게서 나오는 것이 아니기 때문이다. 두려움은 저 혼자 존재한다. 두려움은 거대한 산, 하얀 돌, 바람에 흔들리는 덤불, 언제나 태양이 떠 있는 텅 빈 하늘에서 태어난다.

타야르는 부르르 몸을 떨고, 산의 이미지를 떨쳐내기 위해 고개를 세차게 흔든다. 그리고 간신히 몸을 일으켜 석회암 고원으로 다시 나아간다. 숨결이 폐 안에서 휘파람소리를 낸다. 눈 아래, 지면 아주 가까이에, 일렁이는 붉은 베일 같은 것이 있다. 마치 피의 호수 같다.

그건 그가 오래전부터 아무것도 먹지도 마시지도 않았기 때문이다. 타야르는 지금 물을 찾는 게 거의 불가능하다는 것을 안다. 더이상 걸을 수 없을 것이다. 그는 불안한 시선으로 조심스럽게 하얀 풍경을 유심히 살핀다. 한낮의 햇빛이 돌 하나하나, 나무 하나하나를 그림자 없이 환하게 비춘다.

그때 앞쪽으로, 약간 낮은 곳에 더 어두운 점 하나가 눈에 들어온다. 검은 나뭇가지들에 더 짙은 초록색 잎이 달린 가시덤불이다. 그 덤불들은 쉽게 눈에 띄지 않는 어떤 움푹한 장소를 빙 둘러싸고 있다. 타야르가 절뚝거리면서 향하고 있는 곳은 바로 그곳이다. 틀림없이 그곳 어딘가에 물이 있다. 나이보다 더 연륜 깊은 직감이 물을 찾으러 가라고, 저곳에 물이 기다리고 있다고 알려준다.

그것은 바위들 사이에 벌어진 시커먼 입구다. 주위가 메말라 있음에도 이곳의 공기는 깊은 골짜기처럼 축축한 것 같다. 그 구멍 주위의 키 작은 나무들은 마치 바람에 날리는, 수북하게 곤두선 짐승의 털 같다. 밑바닥에는 폐허가 된 보리borie*와 물이 가득찬 수조가 있다.

타야르는 그 돌리네** 바닥으로 내려간다. 그의 눈에는 오로지 그것밖에 보이지 않는다. 거울처럼 미동도 없이 하늘의 빛을 반사하는 커다란 수조. 그는 피로로 몸을 떨면서 물위로 몸을 숙인다. 그리고 손을 사용하지도 않고 오랫동안 물을 마신다.

돌리네 밑바닥에서는 아무 소리도 들리지 않는다. 가시덤불

---

* 돌을 쌓아 만든 작고 동그란 형태의 오두막.

** 석회암 지대에 용식작용이나 함몰작용으로 생긴 원형 또는 타원형의 움푹 팬 땅.

가지들 사이로 휘파람을 불며 지나가는 바람 소리 말고는. 그 위로, 하늘은 맑고 눈부시다. 타야르는 그 구덩이 밑바닥에, 이끼 같은 풀 위에 눕는다. 태양이 그의 얼굴과 두 손을 이글이글 태운다. 타야르는 피로와 고독을 이기기 위해, 예전에 셸리아산 비탈의 어느 암벽 아래 몸을 웅크리고 잘 때 그랬던 것처럼 목구멍 깊숙한 곳에서 흥얼흥얼 콧노래를 부른다.

꿈을 꾸는 것일까? 그는 거대한 산 속에 혼자 있다. 태양은 무자비하게 이글거린다. 구름 한 점 없다. 소리도 없다.

아이는 실망하지 않고 바닥에 누워 기다린다. 지금은 아무도 와서는 안 된다, 아무도. 라이스 삼촌은 어제 떠났다. 아니 그저께 같기도 하다. 삼촌은 더 빨리 걸을 수 있도록 자신의 가방과 염소가죽 부대를 놔두고 갔다. 그는 타무가디*의 폐허들을 지나 람베사로 가서 식량과 돈을 마련하고 자신에게 온 메시지들도 확인하고 올 거라고 했다. 그는 타야르에게 꼼짝도 하지 말고 여기서 기다리고 있으라고 말했다. 움직이면 안 돼, 아지, 군인들의 개가 네 소리를 들어선 안 돼. 움직여선 안 돼, 일어나서도 안 돼. 말해서도 안 돼, 특히 이름을 부르면 안 돼, 아지, 여기 이 바위들과 덤불 속에 숨어 바닥에 누워서 꼼짝도 하지 말고 기다려.

* 고대 로마 트라야누스황제가 북아프리카에 건설한 식민지.

어떻게 해야 할까? 아이는 햇빛이 내리쬐는데도 몸을 떤다. 텅 빈 하늘은 천근같이 무겁고, 빛 때문에 눈이 부시고 목이 마르다. 때때로 눈에 띄는 두려움의 징표 같은 것, 태양을 명멸하게 하는 매의 날개 같은 것이 있다. 죽음의 징후가 있다. 그것은 눈을 감으면 보이는 하나의 징표, 무시무시한 표시다. 정적은 끝이 없다. 아이는 일어날 수도, 누군가를 외쳐 부를 수도 없다. 그래서는 안 된다. 군인들은 벌레들 같다. 보이지 않다가 어느 순간 갑자기, 도대체 어디서 나타났는지 모를 정도로 별안간 그곳에 나타나 있다. 그들은 마치 개미처럼 갈라진 땅 사이로 걷는다. 어디서 오는 걸까? 뭘 원하는 걸까? 뭘 찾고 있는 걸까? 타야르는 지글지글 끓는 것 같은 땅 위에 드러누워 두 팔로 얼굴을 감싼다. 관자놀이에서 열기가 펄떡거린다. 아니, 한낮의 햇빛이 펄떡거리는 걸까? 한낮의 태양은 영원히 밤이 오지 않을 것처럼 사그라질 줄 모르고 계속 불타오른다. 갈증이 아주 심하다. 갈증은 살갗을 타고 흐르는 전율과 비슷하다. 천천히, 아이는 돌아누워 텅 빈 염소가죽 부대 쪽으로 손을 뻗는다. 염소가죽은 죽은 포유동물의 젖처럼 쭈그러든 채 바짝 말라 있다. 저 아래, 뜨겁게 타오르는 계곡에는 물이 흐르고 있다. 타야르의 귀에 그 소리가 또렷하게 들린다. 물은 마치 새처럼 맑은 소리로 노래한다. 아름답고 순수하다. 물 흐르는 소리를 듣고 있노라니 갈증이 가시면서 힘이 좀 나는 것 같다. 하지만 움직여서는 안 된다, 일어나서는 안 된다. 아지, 네 귀에 들리는 건 물소리가 아니다. 그건 어떤 군인이 파놓은 함정이다. 그 군인이 작은 떡총나무 가지로 함정을 만들어놓고, 죽이려는 사람들을 유인하기 위해 물소리를 내고 있는 거다. 만일 타야르가 그 소리에 홀려 물을 마시려고 산에서 내려가 강어귀로 다가간다면, 커다란 개가 짖어대면서 그에게로 달려들 것이고, 개가 그를 먹어치우는 동안 군인들은 거기, 개 뒤에 서서 그 모습을 지켜볼 것이다.

이제 해가 지평선 쪽으로 내려왔다. 타야르는 다시 걷기 시작한다. 돌리네 밑바닥에서 잠을 자고 나니 몸 상태가 한결 나아졌다. 구덩이를 떠나기 전에, 그는 수조에서 물을 몇 모금 더 마셨다. 텁텁하고 싸한 쇠맛이 나는 것 같았지만, 그래도 그에게 새로운 힘을 주었다.

타야르는 돌부리에 걸려 비틀거리면서, 눈살을 찌푸린 채 해가 떠 있는 방향으로 걷는다. 그는 석회암 고원을 가로지르는 옛길을 따라간다. 이윽고 그늘에 잠겨 있는 어떤 커다란 골짜기 앞에 다다른다. 저 건너편에 칼레른평원으로 이어지는 가파른 비탈길이 있다. 오른쪽으로는 케이론산의 무질서한 봉우리들이 보이고, 왼쪽으로는 작은 골짜기 저 깊숙이 움푹 팬 곳들을 가득 메운 연깃빛 어둠 속에 생랑베르의 농가들이 희미하게 형체를 드러내고 있다.

위협 같은 정적은 여전하다. 찬바람이 더 세차게 분다. 마치 곧 들이닥칠 밤으로부터 불어오는 것 같다. 어쩌면 골짜기의 농가들에서 개들이 짖어대고 있을지도 모른다. 타야르는 옛날처럼 그 개들이 자신을 향해 짖어대고 있는 거라고 생각한다. 하지만 정적이 다시 제자리를 찾으면서 생명의 소리들을 꺼뜨린다. 이제 돌 덜그럭거리는 소리, 바람이 불어 키 작은 나무들이 내는 휘파람소리 같은 것들만 가까스로 들릴 뿐이다.

빛이 약해질 무렵, 타야르는 되돌아가기 위해 협곡 가장자리를 떠난다. 음식을 먹지 못한 지가 오래라 무너져내린 돌더미를 기어올라갈 힘이 더이상 없다. 두방망이질하는 가슴을 움켜쥐고 바위틈에 웅크리고 앉아야만 한다. 걸음을 멈출 때마다 그는 옛날 셸리아산 비탈에서 그랬던 것처럼 쭈그리고 앉는다. 그리고 최대한 귀를 기울이면서 아주 작은 소리조차 놓치지 않고 살핀다.

그가 기다리고 있는 건 아마도 삼촌의 발소리일 것이다. 아니면 약간 잠기고 억눌린 삼촌의 목소리, 그가 있는 곳으로 오면서 "아지!…… 아지!" 하고 부르는 그 목소리인지도 모른다. 하지만 그를 부르는 건 삼촌이 아니다. 그의 누이 호리야다. 그는 누이의 이름을 아주 좋아한다. 호리야는 '자유'라는 뜻이기 때문이다.

누이가 그에게로 온다. 그는 저녁의 불안한 공기 속에서 누이를 본다. 그녀는 검은 베일로 얼굴을 가린 채 그를 만나러 온다. 그와 몇 걸음 떨어진 곳에 이르러서야 마침내 그녀는 베일을 걷는다. 그녀의 얼굴이 나타난다. 구리처럼 반들거리는, 아주 아름다운 얼굴이다.

그녀는 몸을 숨기지 않는다. 아무도 두려워하지 않는다. 타야르 앞에 멈춰 선 그녀가 베일을 더 걷는다. 그녀의 오른팔에 검은 빵 하나와 시큼한 맛이 나는 우유가 든 가죽부대가 들려 있다. 그녀는 타야르 옆에 무릎을 꿇고, 서늘한 손으로 그의 이마를 만진다. 그러자 마치 구름 한 점이 지나간 것처럼, 햇빛에 화상을 입어 욱신거리던 통증이 즉시 누그러든다. 그녀는 아이가 일어나 앉도록 도와주고, 그가 시큼한 우유를 마시는 동안 목덜미를 받쳐준다. 우유를 마시던 그가 토한다. 아무것도 먹지도 마시지도 않은 지가 너무 오래되었기 때문이다. 호리야는 아무 말 없이 자신의 베일로 그의 입을 닦아준다. 그리고 그는 다시 마신다. 시큼하고 부드러운 우유는 그가 한기를 느끼며 몸을 떨기 시작할 만큼 기력을 되찾게 해준다.

그녀는 마치 아기에게 하듯이 빵을 잘게 잘라 준다. 그녀는 조용한 목소리로 몇 마디 말을 한다. 하지만 표정이 슬프다. 타야르는 라이스 삼촌이 죽었다는 것을 문득 알아차린다. 군인들이 폐허 근처에서 그를 죽였다. 하지만 타야르는 너무 지쳐서 그런 건 아무래도 상관없다. 그래서 아무것도 묻지 않는다.

하지만 하늘은 훨씬 더 텅 비고, 더 커다랗고, 더 하얗다. 태양이 산능선까지 내려왔다. 타야르는 태양이 티에이산과 오디베르그산 저편으로 사라지고 나면 단번에 밤이 내릴 것임을 안다. 그는 서둘러 은신처인 돌리네가 있는 곳으로 돌아가려 한다. 하지만 길을 잃었다. 그는 연노란색 하늘 아래 하얗고 흰 돌들이 펼쳐져 있는 땅 위를 무턱대고 나아간다.

키 작은 나무들도 이제 거의 찾아볼 수 없다. 고원 저편까지 마른 바위벽이 까닭 없이 길게 이어져 있다. 타야르는 힘겹게 그 벽을 따라간다. 갈증과 허기는 지끈거리는 고통을 유발한다. 고통은 날카로운 돌들에서, 하늘에서, 키 작은 나무들에서 솟아오른다. 타야르는 잠시 쉬기 위해 쭈그려앉아 두 손으로 자갈들을 만진다. 돌들은 벌써 싸늘하게 식어 있다.

지금, 그는 기억한다. 처음 그 얘기를 해준 건 바로 라이스 삼촌이었지만, 그는 마치 태어나면서부터 배웠던 것처럼 이미 그걸 알고 있었다. 그는 돌들 사이에서 커다란 삼각형 돌을 서둘러 찾는다. 예전에 "허기의 돌"이라고 부르는 걸 들은 적이 있는 돌이다. 라이스 삼촌이 그 얘기를 해줬던 것을 기억한다. 삼촌은 그 돌을 보여주면서 웃었다. 그는 그게 평범한 돌이 아니라는 걸 알고 있었다. 그것은 어떤 비밀, 어떤 영적인 힘을 지닌 특별한 돌이었다. 길을 가다 그 돌을 발견하면 그것이 어떤 효험을 가져다주었다.

타야르는 입고 있는 셔츠의 단추를 풀고, 맨살에 돌의 뾰족한 부분을 갖다댄다. 거기, 통증의 뿌리가 요동치는 곳, 심장과 아주 가까운 곳에. 돌의 찬 기운에 그는 소스라친다. 하지만 돌을 팔 사이에 끼우고 있는 힘껏 조인다. 돌의 뾰족한 부분이 그의 살을 파고든다. 그는 더 세게 조여 입에서 고통의 신음이 새어나오게 만든다. 하지만 그의 두 팔은 고통에 아랑곳하지 않는다.

돌이 횡격막을 짓눌러 숨쉬기조차 어렵다. 타야르는 몸을 제대로 펴지도 못한 채 무거운 몸을 일으켜 석회암 고원을 다시 걷기 시작한다. 이제 돌이 그를 돕는다. 돌은 그에게 차가운 힘을 주고, 허기와 통증을 지워준다.

날이 어두워지기 시작할 무렵, 타야르는 돌리네를 발견한다. 깊숙한 곳에 돌로 만든 이글루처럼 생긴 보리가 보인다. 더 멀리로, 바위투성이 산능선이 보인다. 벌써 어둠에 잠긴 그곳은 아마도 멀리서 반짝이는 별빛에 드러난 루 골짜기의 능선일 것이다.

돌리네의 가장자리는 아직도 황혼의 부드러운 빛에 잠겨 있다. 타야르는 보리로 다가가, 어둠 위로 열리는 낮은 문을 바라보면서 망설인다. 그곳이 마법사의 무덤 같아서다. 돌 움막 안으로 들어가려고 몸을 숙일 때 그의 두 손이 떨린다. 밟아 다져진 흙바닥은 재만 남은 불의 흔적들뿐, 깨끗하다.

타야르는 허기의 돌 때문에 몸을 앞으로 굽힌 채 보리 입구에 앉는다. 그는 열에 들떠 나무 부스러기 몇 개, 잔가지와 나뭇잎들을 긁어모아 불을 지피려 한다. 하지만 이내 성냥이 없다는 걸 기억해낸다. 감옥에 들어갔을 때 빼앗긴 것이다. 어쨌든 보리 안에 있는 이 나뭇가지들은 축축하게 젖어 있어 쉽게 불이 붙지도 않을 것이고, 게다가 불을 어떻게 피우는지도 기억이 나지 않을 것 같다. 예전에 셸리아산의 은신처에서 그의 형은 자잘한 나뭇가지와 머리카락처럼 생긴 이끼들을 주워와 무릎을 꿇고 앉아 불을 피웠었다.

이곳은 타무가디의 폐허에서 멀지 않은 골짜기 깊숙한 곳이다. 짐승들이 마른나무 주위에 둥그렇게 모여 있다. 마치 자신들의 진짜 주인은, 하루종일 돌팔매질을 하며 그들을 뒤쫓던 누더기를 걸친 아이들이 아니라 바로 그라는 듯이. 별들이 빼곡한 까만 밤이 내렸다. 요란하게 울어대는 벌레 소리가 들린다. 차가운 바람이 분다. 짐승들이 벼락 맞은 늙은 나무의 껍질 주위로 모여든 건 바로 그 때문이다.

아이의 능숙한 손가락 사이에서 불꽃이 흔들리며 야생동물처럼 신나게 솟아오를 때, 타야르는 넋을 놓고 바라본다. 그는 행복하다. 너무너무 행복해서 손가락 하나 까딱할 수도, 말을 할 수도 없다. 그는 그저 넋 놓고 불꽃을 바라보면서 그 광경에 한껏 취할 뿐이다. 그의 형은 웃고 큰 소리로 떠든다. 그가 불길 속에 굵은 참나무 가지들을 던지자, 탁탁거리는 소리를 내며 어둠 속으로 불티가 한 무리 튀어오른다. "자, 아지," 형이 말한다. "날 도와줘야지!" 그래서 그도 불에 먹이를 준다. 나뭇가지, 마른 풀, 아직도 붉은 흙이 잔뜩 들러붙어 있는 뿌리, 손에 잡히는 건 뭐든. 불은 뭐든 가리지 않고 게걸스레 먹어치운다. 불은 아주 빠르게 모든 것을 집어삼키고, 빛 속에 너울거리는 연기를 내뿜는다. 벌레들이 죽으려고 불속으로 날아든다. 날개 달린 기다란 개미들이 허공에 줄무늬를 그리며 뛰어들어 불꽃 속에서 타들어간다. 타야르는 형의 얼굴을 쳐다본다. 그의 얼굴은 적갈색이다. 불 색깔도 마찬가지다. 그리고 형의 곱슬머리는 마치 구리 같다. 무엇보다도 그의 눈은 불 같다. 눈 깊숙한 곳에, 어둠 속에서 빛을 발하며 튀어오르는 불티들이 있는 것 같다. 그는 불 주위를 빙글빙글 돌며 춤을 추고, 불이 마치 살아 있는 짐승인 양 말을 건다. 그는 때때로 목구멍에서 터져나오는 이상한 고함을 내지른다. "나오! 나르!……" 아니면 욕을 내뱉는다. 너무 가까이에서 나뭇가지를 던져넣다가 손을 뎄기 때문이다.

이윽고 불이 나뭇가지 먹이를 모두 삼키고 아주 크고 강해지자 두 아이는 연기가 날아오지 않는 쪽을 골라 불 앞에 앉는다. 그리고 불이 서서히 죽어가는 것을 바라본다. 그동안 밤의 냉기가 조금씩 두 형제의 등과 머리칼 속으로, 흙이 잔뜩 묻은 손가락 사이로 파고든다.

타야르는 어둠 속에서 눈을 뜬 채로 불 꿈을 꾼다. 바람을 막아주는 돌리네 밑바닥에서, 그는 크레이터 크기만하게 모습을 드러낸 맑은 하늘만 쳐다본다. 타야르는 사람들에게서 멀리 떨어져 있음을 느낀다. 그런 고독을 느낀 지가 하도 오래되어 이제는 어지럼증이 일 정도다. 타야르는 허기의 돌을 놓지 않고 보리를 떠나 돌리네 한가운데까지 천천히 간다. 별이 가득한 하늘을 보기 위해 고개를 위로 젖힌 채 개처럼 엉금엉금 기어간다. 돌리네 바닥은 부드러운 풀로 뒤덮여 있고, 텁수룩한 짐승의 털처럼 낮의 열기를 간직하고 있다.

바람이 크레이터 위를 지나간다. 산밑에서 느닷없이 불어오는 거센 돌풍이다. 오직 파도소리, 바람소리, 그리고 추위밖에 없다. 타야르는 오랫동안 몸을 웅크린 채로 꼼짝도 하지 않고 별들을 바라본다. 그는 별들의 위치를 조금씩 기억해낸다. 별 이름도 모르고 별들에 대해 아무것도 모르지만, 그래도 별자리만큼은 하나하나 전부 알고 있다. 이윽고 동쪽으로 달이 떠오른다. 하늘에 나타난 그 커다란 하얀 점은 점점 더 커진다. 모든 것이 아주 오래되어서, 타야르는 그게 어땠는지 거의 잊어버렸다. 하지만 그것은, 진공은 온 생애보다 강렬하다. 진공은 그에게로 되돌아오고, 허기와 갈증처럼 그를 정화시킨다.

타야르는 허기의 돌이 빠져나가지 않도록 몸을 움직이지 않는다. 폐허가 된 보리 옆에, 양들을 위한 수조가 있다. 타야르는 그 수조까지 천천히 가, 흙으로 더럽혀진 검은 물을 다시 한번 마신다. 그러고 나서 돌아와 보리 밑바닥에 눕는다. 눈이 감기지 않는다. 그는 계속 눈을 뜬 채로 크레이터 위로 동그랗게 잘린 하늘을 쳐다본다. 타야르는 바람소리에 귀를 기울인다. 그는 마치 미지의 존재를 향해 배를 타고 가는 것 같다.

구름 한 점 없는 하늘에 태양이 다시 나타났을 때, 타야르는 크레이터 가장자리로 가서 앉는다. 그는 험준한 산까지 뻗어 있는 바위들의 평원을 바라본다. 곳곳에 마른 돌벽들이 있다. 다른 돌리네들의 크레이터가 검은 점들을 이루고, 그 점들은 시야에서 멀수록 더 까맣게 보인다.

정적이 너무 거대하고 깊어서, 타야르는 자기 쪽으로 다가오는 소년의 발소리도 듣지 못한다. 열두세 살쯤 된 듯한, 짙은 갈색 피부에 검은 머리칼이 바람에 엉클어진 아이는 아주 강인해 보인다. 이제 소년은 돌리네 저편에 역광을 받으며 서 있다. 아이는 자기 몸에 비해 약간 큰 파카를 입고 있다. 아이는 꼼짝도 하지 않고 주머니에 양손을 찌른 채 타야르를 바라본다.

타야르가 아이를 본다. 그는 일어나고 싶다. 하지만 배에 껴안고 있는 돌의 무게 때문에 일어나려다가 쓰러지고 만다. 몇 초 동안, 타야르는 자기를 바라보고 있는 그 소년을 죽여야 한다고 생각한다. 하지만 지금의 그로서는 불가능한 일이다. 그는 바지 주머니에 손을 넣는다. 그리고 탈옥하기 전에 프랑크가 준 잭나이프의 끝부분을 손가락 끝으로 느낀다. 플라스틱 손잡이가 달린 그 칼은 작지만 아주 날카롭고 예리하다. 그래서 그 칼을 받았을 때 타야르는 마리엠을 생각했다. 이제 그는 더이상 그걸 사용할 수 없다는 것을 잘 안다. 더는 힘이 없다. 바람, 밤 추위, 정적, 그리고 허기가 모든 복수의 욕망을 앗아갔다.

타야르는 돌리네 저편에 서 있는, 자기를 닮은 어린 소년을 바라본다. 그는 손짓을 하며 소년에게 말한다. "이리 와봐, 이리 와!" 소년은 움직이지 않고 한참 동안 그를 보다가, 주머니에 손을 넣고 크레이터 가장자리를 천천히 한 바퀴 돈다. 그의 얼굴은 짙은 갈색이고, 검은 눈은 금속처럼 반짝인다.

타야르는 다가오는 소년을 불안하게 바라본다. 사람의 얼굴을 보지 못한 지 아주 오래되었다. 소년이 그에게서 몇 발짝 떨어진 곳에 와서 걸음을 멈춘다. 그리고 호기심어린 눈으로 타야르를 살펴본다. 소년은 주머니에 양손을 찌른 채 겁이 나지 않는 척하지만, 낌새가 조금만 이상하다 싶으면 언제라도 달아날 대비를 하고 있다.

"이름이 뭐니?" 타야르가 묻는다. 횡격막을 짓누르고 있는 허기의 돌 때문에 말할 때 힘이 든다. 사람과 말을 해본 지가 너무 오래되어 말들이 목구멍 안에서 말라붙었다.

소년은 대답하지 않고 그저 이렇게 물을 뿐이다.

"다쳤어?"

"여기서 잤어." 타야르가 말한다. "먹을 것 좀 없니? 배가 고파."

소년은 타야르가 배에 껴안고 있는 돌을 쳐다본다.

"왜 그걸 갖고 있어?"

"아무것도 아니야." 타야르가 말한다. 그는 돌을 바로 옆 바닥에 떨어뜨린다. "이건 배고픔을 잊게 하는 비법이야."

소년은 더이상 아무 말도 하지 않는다. 몸을 약간 옆으로 기울이면서 계속 그곳에서 그를 쳐다보고 있다. 별안간 타야르는 정적과 외로움이 견디기 힘들 정도로 두려워진다. 자기 옆에 아이를 붙잡아두고 싶다. 그는 플라스틱 자루가 달린 작은 칼을 주머니에서 힘들게 끄집어낸다. 그리고 그걸 소년에게 내민다.

"난 완전히 빈털터리야, 이 칼을 너한테 줄게. 대신 나한테 먹을 걸 좀 갖다줘, 난 배가 너무너무 고파. 며칠째 아무것도 못 먹었어."

어린 소년은 움직이지도 아무런 대답도 하지 않는다. 하늘을 배경으로 선 소년의 형체가 햇빛에 또렷하게 드러나 있다. 그래서 타야르는 그의 얼굴을 볼 수가 없다. 갑자기, 소년이 가버린다. 소년은 뒤돌아보지 않고 돌리네에서 멀어진다. 타야르가 소리를 지른다. 목소리가 갈라진다.

"어디 가는 거니? 얘! 돌아와!"

석회암 고원 위로 다시 정적이 찾아온다. 타야르는 현기증을 느끼고 돌리네 밑바닥으로 내려간다. 아마도 고통이 그의 몸속으로 되돌아오는 것이리라. 이제 허기의 돌을 잃어버렸으니까.

온종일 타야르는 크레이터 가장자리를, 그 어린 사내아이가 사라진 방향을 예의 주시한다. 이따금 하늘을 배경으로 꼼짝도 하지 않고 서 있는 소년의 실루엣이 보이는 것 같다. 검어진 얼굴과 햇빛에 반짝이는 풀 색깔 머리칼과 함께. 비쩍 마른 아이의 얼굴은 심각하고, 짙은 색 눈은 눈 그늘 깊숙이 숨겨져 있고, 얇은 입술은 침묵의 표정 속에 꽉 다물어져 있다. 돌리네 바닥에서 타야르는 열에 들뜬 눈으로 그를 쳐다본다. 그는 소년을 잘 알고 있다. 그는 소년을 알아본다. 아이는 그를 닮았다. 아이는 완전히 거울에 비친 그 같다. 소년은 똑같은 옷을 입고 있다. 목둘레가 너덜너덜 풀어헤쳐진 기다란 모직 튜닉, 야윈 몸에 헐렁한 그

옷 아래로 다리가 드러나 있다. 아이는 날카로운 돌멩이들 위에 맨발로 서 있고, 풀잎처럼 반짝이는 검은 머리칼은 바람에 날린다.

소년을 알아보고 타야르는 모든 고통을 지워버리는 이상한 취기를 느낀다. 그를 갉아먹던 허기가 멎는다. 그리고 가슴은 자유롭게 숨쉬고 아주 긴 한숨으로 부풀어오른다. 타야르는 말을 할 필요도 움직일 필요도 없다는 것을 안다. 어찌된 일인지는 알 수 없지만, 그는 석회암 고원 위에 서 있다. 얼굴에 강한 바람이 느껴진다. 그는 또다른 비탈을 발견한다. 거기에 좁고 험한 길이, 강어귀까지 무너져내린 흙더미와 잡목 덤불들 사이로 지그재그 이어지고 있다.

그것은 산속의 거대한 구멍이다. 그 구멍 안에서, 결코 사라지지 않을 것 같은 빛이 떨리고 있다. 타야르는 앞으로 몸을 굽히고, 있는 힘을 다해 그 진공을 내려다본다. 장밋빛 사암과 석영으로 이루어진 산들이 마치 동틀 무렵처럼 반짝인다. 하늘은 푸르다. 그의 귓속에 들려오는 바람의 숨소리, 돌들이 모래처럼 잘게 부서지는 서걱거리는 소리 외에는 아무런 소리도 들리지 않는다. 아무것도 움직이지 않는다. 새 한 마리, 땅 위에서 움직이는 동물 한 마리 없다. 빛은 지평선까지 길을 내고 있고, 타야르는 바로 그 길 위로 미끄러지면서 나아간다. 그는 자기 자신에게서 분리된다. 그는 지평선까지 나아가면서 골짜기의 모든 지점들에 닿는다. 그는 타무가디의 폐허 위에 마치 부서진 흰개미집처럼 서 있는 붉은 돌들을 본다. 그리고 오아시스의 종려나무들을 본다. 그 위로 연기보다 가벼운, 입자가 곱디고운 수증기가 떠 있다.

빛의 길은 그를 좀더 멀리, 강변의 토담집으로 이끌고 간다. 하지만 그 집은 버려진 집이다. 나뭇가지로 만든 가축우리의 문은 허물어져 있다. 이제 그 안에는 양들도 염소들도 없다. 타야르는 먼지로 뒤덮인 그곳을 고통에 찬 눈길로 주의깊게 바라본다. 돌멩이 하나하나, 흙벽 구석구석, 말라비틀어진 나뭇가지 하나하나가 그의 몸속에 지난날의 고통을 일깨운다. 집 주위의 돌 풍경은 한없이 멀어지고, 사막의 찬바람이 꿈쩍도 않고 있는 인간의 얼굴 위로 지나간다.

시간이 흐르면서 천천히, 태양이 지평선 쪽으로 내려온다. 다가오는 밤은 처음엔 아주 검다. 검은 밤은 매서운 추위 속으로 석회암 고원을 집어삼킨다. 타야르는 보리에서 멀지 않은 돌리네 가장자리까지 다시 기어서 올라왔다. 하지만 그는 얼음장 같은 바람에 밀려 다시 크레이터 바닥으로 천천히 미끄러진다. 그는 축축한 풀 속에서 몸을 웅크린다. 그리고 좀전에 보았던 빛의 길을 다시 떠올린다. 그를 닮은 어린 소년이 보여주었던 그 길.

하지만 추위가 모든 걸 앗아갔다.

희미하게 모습을 드러낸 별들이 갈수록 점점 더 또렷하게 반짝인다. 별들이 그토록 찬란하게 빛나 보였던 적은 이제껏 한 번도 없었다. 타야르는 풀을 베고 행복하게 별을 쳐다본다. 지난밤처럼, 그는 그 별들을 알아본다. 별자리, 별들이 그려낸 그림을 알아본다. 지상에서 아주 가까이, 가까스로 깜빡이는 가장 작은 별들까지. 오늘밤, 별들 속에는 다른 무언가가 있다. 마치 별들이 미지의 어떤 메시지를 품고 있기라도 한 것 같다. 그의 몸속 깊숙한 곳까지 들어와 그를 동요시키는 어떤 음악 같다. 타야르는 검은 하늘을 가로지르는 별들의 길을 바라본다. 진공 속으로 흩어지는 경쾌하고 날카로운 별들의 노래에 귀를 기울인다. 하늘은 모든 것을 담고 있고, 모든 것을 덮고 있다. 그리고 그 아래, 시간은 다양한 현기증을 불러일으키며 사라진다. 새로운 형체, 새로운 별들이 끊임없이 나타난다. 타야르는 자신에게 더이상 얼굴도 육체도 없다는 것을, 이제 자신이 한밤중 차가운 땅 위에서 움직이지 않는 하나의 점이 되었다는 것을 안다. 눈을 감지 않은 채로 그는 차가운 잠 속에서 뻣뻣하게 굳어져간다. 잠은 그의 심장박동과 호흡을 느려지게 한다. 타야르 위에 떠 있는 별들은 강렬하고 눈부시게 살아 있다. 별들은 한밤의 벌레 소리를 닮은 날카로운 음악을 만들어내고 있다.

새벽녘, 타야르의 얼굴은 축축하게 젖어 있다. 새벽 첫 빛에 그는 꿈에서 깨어난다. 그리고 처음에는 흐릿했지만 차차 분명하게 드러나는, 그를 닮은 아이의 형체를 본다. 어린 소년은 크레이터 가장자리에서 균형을 잡으며 서 있다. 햇빛에 소년의 얼굴이 더 어둡게, 거의 검게 보인다. 소년의 머리칼은 불에 그을린 풀 색깔이다.

꼼짝도 하지 않고 아이는 타야르를 내려다본다. 그는 아이에게 이리 오라고 말하고 싶고, 어제처럼 손짓하고 싶다. 하지만 전혀 움직일 수가 없다. 밤 추위가 그를 돌처럼 무겁게 만들었다. 그는 옴짝달싹하지 못한 채 눈으로 아이에게 도와달라는 신호를 보낼 뿐이다.

소년은 몇 번 펄쩍펄쩍 뛰어, 그가 있는 돌리네 밑바닥까지 내려온다. 소년이 파카 주머니에서 빵 한 조각과 오렌지 한 알과 칼을 꺼낸다. 그리고 아무 말도 하지 않고 타야르 옆에 그것들을 늘어놓는다.

타야르가 움직이지 못하는 것을 보자, 소년은 빵을 조금 잘라 그의 입속에 넣어준다. 그러고 나서 오렌지 껍질을 벗긴 뒤 네 쪽으로 잘라 그중 한 쪽을 타야르에게 준다. 오렌지즙이 그의 목구멍 속으로 흘러들어온다. 그리고 차츰차츰 몸에 힘이 돌아온다. 그는 팔꿈치에 힘을 주고 일어나려 애쓰면서 몸을 떤다. 아침 첫 햇살이 크레이터 가장자리를 환히 비추고, 바람에 살랑거리는 키 작은 검은 나무들을 비춘다. 타야르는 계속 빵을 씹어 넘기고, 사등분한 오렌지를 빨아먹고, 껍질을 내뱉는다.

"배고파요?"

타야르는 빵을 씹으면서 고개를 끄덕인다.

"추워요?"

소년은 자신의 파카를 벗어 타야르의 목 양옆으로 소매를 늘어뜨리면서 상체를 덮어준다.

"다쳤어요?" 소년이 다시 묻는다. 목소리에는 이제 두려움이 없다. 그저 걱정뿐이다. 타야르는 고개를 저으면서 아니라고 말한다. 오렌지즙이 입안을 가득 채우고, 얼굴과 뱃속에 생기를 불어넣는다.

"이름이 뭐니?"

타야르는 그렇게 물으려 하지만 목소리가 너무 작아서 자기 귀에만 들릴 뿐이다. 소년이 그에게로 몸을 기울인다. 소년의 두 눈이 몸속에서 나오는 듯한 신비로운 빛과 함께 검은 얼굴에서 반짝인다. 소년은 말하지 않고 그저 타야르를 바라볼 뿐이다. 소년의 눈빛이 마치 양식처럼 타야르에게 힘을 준다.

타야르는 잠시 눈을 감는다. 그는 지금 모든 것을 잊는다. 더러운 감방 벽, 곰팡내와 지린내, 복도를 따라 울리는 발소리, 그의 머리 위로, 침대 밑으로, 온 사방의 복도에서 끊임없이 또각 또각 울려대는 구둣발소리를. 그 소리들은 마침내 사라진다. 그리고 지지직거리는 형광등소리, 쇠창살이 삐걱거리는 소리, 언제나 쾅! 쾅! 쾅! 하고 세 번 울리는 무시무시한 철문소리도. 심장소리, 문소리, 두드리는 소리. 이곳에서, 석회암 고원의 부드러운 아침햇살 속에서, 그의 옆에 무릎을 꿇고 앉은 아이의 반짝이는 눈길 아래에서 그것들은 전부 사라진다. 그는 눈을 뜬다. 꼼짝도 하지 않고 있는 소년의 실루엣, 풀잎처럼 햇빛에 밝게 빛나는 소년의 머리칼이 보인다. 그는 들릴 듯 말 듯 희미하게 말한다. "아지……" 그리고 소리 없이 약간 웃는다. 그가 소년의 손을 잡으려고 자기 손을 들어올린다. 소년은 단번에 벌떡 일어나, 언제라도 달아날 수 있게 자세를 취하고 근육을 팽팽히 긴장시킨 채 잠시 그대로 서 있다.

얼굴에 비오듯 솟아오르는 땀과 가슴속에 이는 불타는 듯한 통증을 견디며 간신히 몸을 일으킨 타야르는 크레이터 가장자리로 어린 염소처럼 가볍게 달려올라가는 소년을 바라본다. 소년의 실루엣은 잠시 크레이터 가장자리에 그대로 있다. 마치 망설이고 있는 것처럼. 그리고 잠시 후 타야르가 영문을 모르게 아이는 사라져버렸다. 이제는 거대하고 텅 빈 하늘, 빛, 바람소리밖에 없다.

타야르는 손을 더듬어 옆에 놓여 있는 빵조각, 축축한 오렌지 껍질들을 찾아낸다. 빵 한 조각을 잡으려 애쓰지만, 손가락에 힘이 없다. 빵은 그의 옆쪽 풀 속으로 굴러간다. 가슴에 파카가 덮여 있는데도 타야르는 어느새 몸속으로 들어와 점점 더 자신을 잠식해가는 한기를 느낀다.

타야르는 바닥에 엎드린 채 돌리네의 경사면 위로 기어올라가려 애쓴다. 너무 더디고 오래 걸려서, 왜 그 위로 올라가려고 하는지조차 기억나지 않을 지경이다. 그의 흐린 눈이 위쪽을 물끄러미 올려다본다. 날카로운 돌들과 하얀 하늘을 배경으로 삐져나온 가시덤불의 가지들. 때때로 세상이 텅 비워지는 것 같다. 마치 영원히 끝나지 않을 무시무시한 밤이 오고 있는 것처럼. 아니면, 피의 베일이 그 공간을 뒤덮고 덤불 속 가시들을 위협적으로 번쩍이게 하는 것 같기도 하다. 타야르는 도마뱀처럼 바닥에 배를 깔고 엎드린 채로 기어서 크레이터 사면을 천천히 올라간다. 자갈들이 팔뚝과 무릎을 찢고, 가슴과 얼굴에 생채기를 낸다. 하지만 그는 그런 것에 신경쓰지 않는다. 타야르는 마지막 남은 힘을 그러모아 기어올라간다. 보고 싶기 때문이다. 아이는 가느다란 빛의 흔적을 길게 남기면서 사라졌다. 타야르가 뒤따라가고 싶은 건 바로 그것이다. 그가 잘 알고 있는 돌의 풍경, 산속에 입을 벌리고 있는 골짜기로 이끌어가, 세상 끝으로 가는 것 같은 그 빛의 길을 따라가고 싶다.

사실 그곳은 그가 한 번도 떠나본 적이 없는 장소다. 타야르는 크레이터 가장자리까지, 빛의 길을 볼 수 있는 곳까지 천천히 기어올라간다. 푸른 하늘 아래의 석회암 고원은 고독하고, 가시덤불숲 속에는 얼음처럼 차가운 바람이 분다. 저멀리, 높은 산들, 벌써 잿빛으로 변한 비현실적인 산들이 보인다. 똑같은 힘에 이끌린 타야르는 마지막 남은 힘을 다해 은신처인 돌리네에서 아주 멀리 떨어진 고원 위로 계속 나아간다. 그는 아이가 가시덤불 사이로 절벽 끝까지 만들어놓은 빛의 길을 따라간다. 자갈들이 두 손에 생채기를 내고 옷을 찢는다. 하지만 타야르는 아무것도 느끼지 못한다. 그는 때때로 무릎으로 기면서, 고원 저편 끝까지 몸을 끌고 간다. 그곳에는 햇빛이 찬란하게 쏟아지고 있다. 그는 서두른다. 곧 밤이 올 것이고, 그러면 이제 곧 땅 위에 내려앉을 추위를 더 견디지 못할 것이다. 해가 산등성이에 닿기 전에 절벽 끝에 다다라야 한다. 그러지 않으면 너무 늦을 것이다.

그는 배를 깔고 땅바닥을 기어서 간다. 양들의 배설물 냄새가 풀냄새, 계곡 움푹한 곳에 있는 농가들에서 흘러나오는 연기 냄새와 뒤섞인다.

하지만 해는 빠르게 기울고 있다. 해는 번쩍이는 커다란 배처럼 땅을 향해 내려온다. 빛이 타야르의 이마에 부딪치면서 그가 나아가는 길을 방해한다. 눈이 부셔서 앞을 제대로 볼 수가 없다. 그렇지만 그는 이미 절벽 끝에 와 있다. 앞을 바라보던 그는 아찔한 현기증이 엄습하는 것을 느낀다.

그는 그곳에 있다. 예전처럼 숨을 참으면서, 돌밭에 배를 납작하게 깔고 엎드려 있다. 아마도 삼촌인 듯한 목소리가 속삭이며 말한다. "움직이지 마라, 아지, 말하지 마라……"

해가 타오르면서 눈을 멀게 한다. 하지만 타야르는 마침내 자기가 찾는 것을 본다. 세상 저편 끝으로 이어진 거대한 골짜기, 그곳의 돌 하나하나, 식물 하나하나, 가시덤불 하나하나가 다른 어디에도 존재하지 않는 찬란한 빛으로 반짝인다. 빛은 하늘에서 오는 게 아니라 그것들에서 뿜어져나오고 있다.

그림자 없는 골짜기를 응시하면서, 타야르는 마음속 깊이 행복을 느낀다. 두 눈은 눈물로 축축해지고, 며칠 만에 처음으로 더이상 배고프지도 춥지도 않다. 가슴 한복판의 통증이 해처럼 빛난다.

골짜기 위의 정적은 거대하다. 새 한 마리 날지 않는다. 그림자 하나 없다. 두려움도 없다. "소리 내지 마라, 아지, 똑바로 쳐다보렴……" 태양이 찢어진 옷 사이로 그의 목덜미와 어깨를 불태운다. 그는 더 빠르게 걷기 위해 바위틈에 염소가죽 부대와 배낭을 놓아두었다. 밤이 되기 전에 멀리 가야 한다. 셸리아산의 비탈길 위로, 형과 호리야 누나가 기다리고 있는 동굴까지. 이제 다른 건 아무것도 없고, 이 세상에 다른 사람도 아무도 없다. 입을 벌리고 있는 거대한 골짜기는 타무가디보다 더 멀리, 람베사보다 더 멀리, 세상 저 끝으로 인도한다. 그에게 길을 안내하기 위해, 불빛으로 신호를 보내기 위해 아이가 돌아왔다. 이제는 오로지 앞만 보면서, 눈부신 길 위로 몸이 미끄러져가도록 내버려두기만 하면 된다.

타야르는 이제 산 쪽으로 내려오는 태양도, 골짜기를 그 안에 잠그는 그림자도 더이상 보지 않는다. 땅바닥에 머리를 내려놓고 바람에 머리칼을 휘날리면서, 마치 잠자고 있는 것처럼 꼼짝도 하지 않는다. 하지만 두 눈을 뜨고 있고, 눈의 흰자위가 빛 속에서 반짝인다. 그는 아주 힘겹게 노력하면서 천천히 숨을 쉰다.

그래서 그는 메마른 돌벽 사이로 길을 걸어오고 있는 남자들을 보지 못한다. 그들은 제복을 입었고, 그중 한 사람은 맹수 같은 커다란 개가 묶인 줄을 손에 쥐고 있다. 개는 코를 킁킁대며 돌에서 냄새를 맡기 위해 때때로 멈춰 선다. 남자들은 자신들이 어디로 가는지 알고 있다. 한 소년이 선두에서 한마디 말도 없이 그들을 안내한다. 그들은 석회암 고원 위로, 이미 그림자에 잠긴 돌리네 쪽으로 나아가고 있다. 그들은 말없이 서두른다. 그들의 군화 소리가 잠시 땅의 침묵을 방해한다.

아리안

ARIANE

LA
RONDE
ET
AUTRES
FAITS
DIVERS

메마른 강 인근에 서민 임대아파트 단지가 있다. 그곳은 그 자체로 완벽한 하나의 도시를 이룬다. 수십 채의 아파트 건물, 아스팔트 벌판 위에 우뚝 솟은 커다란 잿빛 콘크리트 절벽, 돌 언덕, 도로, 다리들로 이루어진 전체 풍경 속에 푸석한 조약돌이 깔린 강, 그리고 계곡 위 하늘에 매캐하고 묵직한 연기 구름을 떠다니게 하는 화장터가 있는 도시. 이곳은 바다와도 멀고, 다른 도시와도 멀고, 자유와도 멀고, 화장터의 연기 때문에 신선한 공기와도 동떨어져 있으며, 사람들과도 멀리 떨어져 있다. 버려진 도시처럼 보이는, 집단주택 단지다. 어쩌면 정말로 아무도 없는 건 아닐까? 수많은 정방형 창문이 난 그 커다란 회색 건물들 안에도, 건물 계단실과 엘리베이터 안에도, 그리고 차들이 세워져 있는 그 드넓은 주차장 안에도 아무도 없는 게 아닐까? 어쩌면 그 창문들과 문들이 모두 벽으로 막히고 메워져 있어서, 그 벽들, 그 아파트들, 그 지하실들에서 더이상 아무도 밖으로 나올 수 없는 건 아닐까? 하지만 커다란 잿빛 벽들 사이로 오가는 사람들, 남자, 여자, 아이, 때로는 개 들, 그들은 보이지도 않고 잡을 수도 없는, 텅 빈 눈으로 온기 없는 공간 속에서 길을 잃고 헤매는 그림자 없는 유령 같은 존재들이 아니다. 그럼에도 그들은 결코 만날 수도, 결코 존재할 수도 없다. 마치 그들에게 진짜 이름이 없었던 것처럼.

때때로 흰 벽들 사이로 그림자 하나가 휙 하고 지나간다. 안개에도 불구하고, 서쪽 화장터 굴뚝이 뿜어대는 시커먼 연기 구름에도 불구하고 이따금 하늘이 보인다. 구름에서 잠시 빠져나와 반짝이는 날개 뒤로 가늘고 긴 선을 희미하게 그리며 지나가는 비행기들도 보인다.

하지만 이 근처에 새들은 보이지 않는다. 파리도 메뚜기도 없다. 간혹 드넓은 시멘트 주차장들에서 길을 잃은 무당벌레가 보이긴 한다. 무당벌레는 바닥을 기어가다가, 쩍쩍 갈라진 흙이 가득한 화분 쪽으로 둔한 날갯짓을 하면서 달아나려 애쓴다. 그 화분들 안에는 제라늄이 바짝 말라 죽어 있다.

간혹 아이들도 보인다. 자기집 문 앞에 멈춰 선 아이들은 집안으로 들어갈 생각도 하지 않고 현관 바닥에 책가방을 내던진다. 그리고 함께 놀며 고함을 지르고, 서로 싸운다. 하지만 그것도 오래가지 않는다. 아이들은 결국 벽 사이로, 벌집 같은 구멍 안으로 들어가고, 으르렁거리고 낄낄대고 흥얼거리는 텔레비전소리가 들려온다. 아니면 밤이 내릴 무렵, 갑자기 귀청을 찢는 오토바이 소리가 들린다. 오토바이 무리는 주차장 사이로 지그재그를 그리고 전봇대 주위를 맴돌면서 전속력으로 지나간다. 열대, 어쩌면 스무 대인 것 같기도 하다. 소년들은 하나같이 검은 인조가죽 점퍼를 입고, 머리에는 오렌지색이나 삼색 헬멧을 쓰고 플렉시글라스 마스크를 얼굴까지 내리고 있다. 그들의 오토바이 소리는 시멘트 벽 위로 울려퍼지고, 복도와 지하도 안에서 포효하고, 개들을 짖어대게 만든다. 이윽고 그들은 순식간에 사라진다. 오토바이 소리는 점점 작아지면서 다른 벽들 사이로, 다른 지하 통로들 속으로 사라진다.

간혹 그들은 화장터 너머 아리안 골짜기 높은 곳까지 가거나 묘지로 이르는 커브길들을 거슬러올라가기도 한다. 그들은 로베트의 가파른 비탈길을 오른다. 그 소리는 한밤중에 울부짖으며 포효하고 골짜기 깊숙한 곳에서 메아리로 울려퍼지는, 야생동물 무리가 내는 이상한 소리와도 같다. 그것은 두려움을 불러일으킨다. 사방에서 동시에 불가사의하게, 거의 초자연적으로 들려오기 때문이다.

밤이면 마치 돌밖에 없는 고원지대에서처럼, 집과 주차장 위로 찬바람이 분다. 별도 달도 뜨지 않은 하늘은 새까맣고, 아스팔트 위의 커다란 철탑들은 눈부신 빛을 내뿜는다. 낮에는 커다랗고 묵직한 구름들에 갇힌 햇빛이 시멘트색 벽들 위로 반사되고, 햇빛 내부의 정적은 무한하다. 반사광들이 있고, 그림자들이 있다. 강을 따라 난 대로大路 위로 차들이 지나가고, 그보다 더 아래쪽의 차량 전용 다리 위로도 차들이 지나간다. 차들은 높다란 장벽들 사이에서 콘크리트 바닥을 울리며 쉴새없이 달린다. 시멘트 공장 트럭, 목재 운반 트럭, 석유 혹은 벽돌 트럭, 육류 혹은 우유를 실은 트럭. 그 차들은 마치 운전자가 없는 것처럼 맹목적으로 슈퍼마켓들을 향해 달리거나 그곳들로부터 돌아온다.

부활절 월요일*인 오늘, 서민 임대아파트 단지는 평상시보다 훨씬 더 휑하다. 하늘은 잿빛을 띠고, 메마른 강을 따라 불어오는 찬바람이 제방 벽들 사이로, 높은 절벽 같은 건물들 사이로 되올라간다. 구름의 흰빛이 십칠층 창문 위까지 반짝이고, 움직거리는 다채로운 섬광과 온갖 형상을 비춘다. 텅 빈 커다란 주차

---

* 대부분의 유럽 기독교국에서는 부활절 다음날인 월요일까지 공휴일로 정하고, 이를 부활절 월요일이라 부른다.

장 위로 창백한 그림자들이 드리워 있다.

오늘, 사람들은 그곳에 없다. 그들은 사라져버렸다. 보이는 거라곤 저기, 강 상류쪽 자동차들의 드넓은 공동묘지 같은 곳에 세워져 있는 앙상한 차체들뿐이다. 오늘은 그것들을 위한 날이다. 엔진도 문도 바퀴도 없이, 전조등은 깨지고 유리는 부서지고 실린더헤드들이 뽑혀져나간 자리에 검은 구멍을 드러낸 채 보닛이 열려 있는, 그런 버려진 뼈대들의 날이다.

텅 빈 거리에는 희고 검은 공을 쫓아 달리는 아이들이 몇몇 보이고, 인도 가장자리에 멈춰 서서 얘기를 나누고 있는 몇몇 여인들이 있다. 이따금 음악소리도 들린다. 음악은 찬바람이 부는데도 활짝 열어놓은 어떤 창문에서 흘러나오고 있다. 한없이 떨리는 날카롭고 기괴한 목소리로, 질질 끌면서 부르는 우울한 노랫소리, 그리고 박수를 치며 장단을 맞추는 사람들의 손. 그 목소리는 누구를 위해 노래 부르는 걸까? 저 너머의 침묵은 아주 크고, 아주 길다! 침묵은 헐벗은 산에서, 구름 속으로 능선이 사라진 산에서 온다. 침묵은 길에서, 바싹 마른 강의 어귀에서, 그리고 저기 저멀리 거대한 기둥들 위의 커다란 고속도로에서 온다. 그 침묵은 매섭고 차가우며, 화장터 굴뚝들에서 뿜어져나오는 시커먼 연기처럼 농도 짙고, 시멘트 먼지처럼 서걱거린다. 그것은 부르릉거리는 엔진소리 너머의 침묵이다. 침묵은 언덕 높은 곳, 묘지 근처 화장터의 매캐한 연기 냄새와 뒤섞인 채 존재하다가 골짜기 밑바닥, 서민 임대아파트 단지의 주차장으로 무겁게 내려앉은 후 빛 없는 지하실 밑바닥까지 내려간다.

이곳에서 크리스틴은 주위에 눈길을 주지도, 걸음을 멈추지도 않고 높은 건물들을 따라 걷는다. 그녀는 키가 크고 날씬하다. 검은 코듀로이 바지와 굽이 아주 높은 앵클부츠를 신고 있어서 더욱더 늘씬해 보인다. 거기에 붉은색 흰색 줄무늬 풀오버를 받쳐입고, 그 위에 흰 인조가죽 재킷을 입었다. 금발은 포니테일 스타일로 묶었고, 귓불에는 금빛 금속 귀고리를 달았다. 찬바람이 쉴새없이 길을 휩쓴다. 저기, 언덕 저편 바다에서 불어오는 바람이다. 바람은 먼지를 일으키며 강 유역으로 되올라온다. 아직도 겨울바람이다. 그래서 크리스틴은 인조가죽 재킷을 바짝 여민다. 오른손으로 목깃을 여미면서 왼손은 엉덩이에 달린 바지 뒷주머니에 쑤셔넣는다.

사위가 너무도 고요해서 주차장의 모든 미로 같은 길 사이, 높다란 아파트 벽, 심지어 지하실 밑바닥까지 울려퍼지는 자신의 구둣굽소리가 그녀의 귓가에 들린다. 하지만 그녀가 다른 소리들을 듣지 못하는 건 아마도 추위 때문일 것이다. 그녀의 구둣굽은 귀에 거슬리는 금속성 소리를 집요하게 내면서 시멘트 바닥을 두드리고, 그 소리는 그녀의 몸속에서, 머릿속에서 울려댄다.

걷는 동안 때때로 그녀는 멈춰 서 있는 소형 트럭들의 창유리나 대형 화물트럭들의 사이드미러에 자신의 모습을 비춰보려고 한다. 그녀는 살짝 불안한 마음으로, 고개를 앞으로 숙이고 눈살을 찌푸리면서 자기 모습을 보려고 애쓴다. 작은 볼록거울 속에, 푸른 안개 한가운데에서처럼 춤을 추듯 너울거리며 다가오는 자신의 검고 하얀 실루엣이 보인다. 긴 다리, 긴 팔, 둔부에서 넓어지는 몸, 그리고 금발로 둘러싸인, 작디작은 얼굴. 그러고 나서 얼굴은 커지고 옆으로 퍼지다가 마침내 약간 일그러진다. 기다란 코, 물고기 눈처럼 사이가 벌어진 검은 눈, 새하얀 이를 드러내며 웃고 있는 체리 빛깔 입술. 예전 같았으면 거울에 비친 자신의 일그러진 모습에 웃었을 것이다. 하지만 지금은 너무 불안해서, 거울 앞을 지나가는 내내 눈을 감고 그 기이한 모습에서 자신의 진짜 얼굴, 진짜 몸을 되찾으려고 애쓴다.

그녀는 왜 그렇게 스스로의 모습을 보고 싶어하는지 알 수가 없다. 내부에서 끓어오르는 그 알 수 없는 충동은 끈질기게 그녀를 괴롭히고 거의 고통스럽게까지 한다. 창유리에 비친 자신의 잿빛 모습이나 사이드미러에 비친 일그러진 얼굴 말고는 아무것도 찾아내지 못한 채 거리를 오래 걸으면서 그녀는 거울을, 진짜 거울을 찾는다. 아무데서나, 어느 집 현관에서, 어느 술집의 화장실에서, 미용실 앞에서. 그녀는 그에게로 다가가 멈춰 선다.

그리고 오랫동안 움직이지 않고, 거의 숨도 쉬지 않고 현기증이 날 때까지 그 여자의 눈 속을 뚫어져라 노려보면서 열심히, 탐욕스럽게 뜯어본다.

잿빛 구름 때문에 해가 보이지 않는다. 하지만 크리스틴은 시간이 늦었음을 느낀다. 이제 곧 밤이 올 것이다. 너무 빠르지는 않게, 강 유역을 따라 바람과 함께 다시 거슬러올 것이다. 하지만 크리스틴은 집으로 돌아가고 싶지 않다. 그녀의 집은 구역질나는 퀴퀴한 부엌냄새에, 텔레비전소리, 이웃들의 고함소리, 식기 부딪치는 소리, 시멘트 계단을 울리는 소리가 나고 열고 닫힐 때마다 삐걱거리고 쿵쿵대는 엘리베이터가 있는, 더러운 벽으로 둘러싸인 비좁은 아파트다. 크리스틴은 아버지도 생각한다. 면도도 제대로 하지 않은 뺨에 머리칼은 텁수룩한 채 텔레비전 앞에 앉아 있는 아버지. 그녀는 막냇동생을 생각한다. 눈가가 거무스레하고 창백한 얼굴, 열 살 먹은 어린 여자아이의 의뭉스러운 눈빛. 그녀는 동생에 대해 너무 골똘히 생각한 나머지 눈썹을 찌푸리고 뭐라고 중얼거린다. 무슨 말인지 분명히 알 수 없는 그 말은 무슨 욕이거나 아니면 단순히 "꺼져!" 같은 말일 것이다. 그녀는 어머니도 생각한다. 삶에 찌든 얼굴, 염색한 머리, 팔다리와 묵직한 배, 그리고 나쁜 지방덩어리 비슷한 무언가가 한 무더기 축적되어 있는 것 같은 엄마의 무거운 침묵.

크리스틴은 그 모든 것을 정말로 생각하는 것이 아니라, 그 소리, 이미지, 냄새 들을 감각으로 아주 빠르게 인지한다. 그 소리, 이미지, 냄새 들은 물밀듯이 쇄도해오며 드넓은 주차장과 삼백 개의 똑같은 창문이 뚫린 벽들로 이루어진 풍경을 잠시 은폐한다. 그녀는 멈춰 서서 눈을 감는다. 너무도 드넓은 그 백색 지대, 그 소금층, 그 눈밭 앞에서.

찬바람이 그녀를 다시 붙잡는다. 그녀 앞 거대한 건물 아래에는 '밀크 바'가 있다. 하교 후 아버지와 말없는 어머니, 그리고 의뭉스러운 눈빛의 여동생이 있는 비좁은 아파트로 돌아가기 전에 시간을 보내기 위해 자주 가는 곳이다. 그녀는 경쾌하게 계단을 올라가 유리문을 밀고, 자신이 좋아하는 냄새를 한껏 들이마신다. 바닐라냄새, 커피냄새, 담배냄새. 오늘 밀크 바에는 아무도 없다. 모두 시내로, 바닷가로 산책을 나갔거나 오토바이를 타고 산으로 갔다. 밀크 바의 주인뿐이다. 안경을 쓴 그 뚱뚱한 남자는 계산대 뒤에 앉아 신문을 읽고 있다. 그는 신문 쪽으로 몸을 기울인 채, 크리스틴이 들어와 창가 플라스틱 테이블에 앉는데도 그쪽을 볼 생각조차 않을 정도로 한 줄 한 줄 기사를 읽어내려가는 데 집중하고 있다.

뭘 그렇게 열심히 읽는 것일까? 하지만 크리스틴은 더 깊이 생각하지 않는다. 아무래도 상관없다. 그녀는 그곳 플라스틱 테이블 위에 양 팔꿈치를 괴고 창유리 너머로 밖을 바라보며 앉아 있는 걸 무척 좋아한다.

밤이 내리고 있다. 텅 빈 거리에 잿빛 하늘 아래 어둠이 서서히 다가와 자리를 잡고 있다. 가끔씩 지나가던 사람들이 밀크 바 안을 보고 가던 길을 계속 간다. 크리스틴은 몇시인지 알고 싶다. 하지만 신문 내용을 이해하지 못하는 듯 한 자 한 자 곱씹어 읽고 있는 주인에게 물어볼 용기가 나지 않는다.

얼마 후 카티가 밀크 바 앞을 지나가다가 크리스틴을 알아보았다. 카티는 큰 몸짓으로 알은체를 하더니 큰 소리로 뭐라고 말하면서 카페 안으로 뛰어들어왔다. 그녀가 너무 큰 소리로 말해서 주인이 깜짝 놀라 정신을 번쩍 차릴 정도였다. 주근깨가 가득한 얼굴에 검은 곱슬머리인 카티는 크리스틴보다 키가 크고 더 강해 보인다. 그녀는 크리스틴보다 나이도 더 많다. 열일곱이나 열여덟 살쯤인 게 분명하다. 그렇지만 크리스틴은 입고 있는 옷과 하이힐과 화장 덕분에 그녀와 나이가 비슷해 보인다. 밀크 바의 주인이 일어나 두 소녀 앞으로 왔다.

"뭐 마실래?"

"블랙커피." 카티가 말한다.

"저는 크림 넣은 커피요." 크리스틴이 말한다.

가게 주인은 그들이 무언가 더 할말이 있는지 기다리면서 다시 그들을 보았다. 그러더니 중얼거렸다.

“좋아, 하지만 십 분 후에 문 닫을 거다.”

카티는 항상 그런 식이다. 몸짓을 지나치게 곁들여가면서 너무, 너무 빠르게 말한다. 그리고 그런 그녀 때문에 크리스틴은 약간 정신이 없다. 특히 오늘은 아침부터 아무것도 먹지 않았고, 하루종일 텅 빈 거리와 광장과 바닷가를 쏘다녀서 더하다. 이제 카티는 자기가 알고 있는 모든 사람들에 대해 험담을 늘어놓는다. 그 지독한 독설 때문에도 크리스틴은 마치 너무 빨리 도는 회전목마를 타고 있는 것처럼 어지럽다.

다행히 이제 밖은 밤이다. 좀전에 한 말과 달리 밀크 바 주인은 금방 문을 닫을 생각이 없는 듯하다. 그는 계속 신문을 읽고 있다. 하지만 좀전보다 주의를 덜 기울이면서 자주 고개를 들어 두 소녀를 본다. 크리스틴은 무심결에 주인 쪽을 힐끗 보다가 그의 반짝이는 눈길이 자기한테 꽂혀 있는 것을 발견한다. 얼굴이 빨개진 그녀는 황급히 창유리 쪽으로 고개를 돌린다.

“가자!” 그녀가 느닷없이 카티에게 말한다. “우리 나가자!”

그리고 기다리지도 않고 플라스틱 테이블 위에 커피값을 놓고 먼저 나간다. 카티는 계단 아래에서 그녀와 다시 만난다.

“무슨 일이야? 집에 가려고?”

“아니, 아무것도 아니야.” 크리스틴은 말한다. 하지만 밖으로 나온 그녀는 더러운 아파트 벽, 저 혼자 떠들어대는 텔레비전, 아버지의 무표정한 얼굴, 피곤에 찌든 엄마의 몸, 여동생의 눈길이 어쩔 수 없이 다시 떠오른다.

"좋아, 가자, 안녕, 난 집에 갈래." 카티가 말한다. 갑자기 지겨워진 표정이다. 크리스틴은 정말로 그녀를 붙잡고 싶고, 그래서 붙잡으려는 몸짓을 한다.

"아, 아니, 그게 말이야……"

하지만 무슨 말을 해야 할지 모르겠다. 어둠이 내린 거리는 춥고, 바람이 분다. 카티는 파란 재킷의 목깃을 세우더니 크리스틴에게 손을 흔들고 달려가버린다. 크리스틴은 그녀가 맞은편 건물 안으로 들어가 타임스위치를 누르는 것을 본다. 그녀는 일층 문 앞에서 잠시 기다리고, 이윽고 문이 열렸다가 다시 닫힌다. 카티가 사라졌다.

크리스틴은 몇 걸음 걸어 주차장 모퉁이까지 간다. 그리고 빛이 닿지 않는 으슥한 벽에 기대어 몸을 숨긴다. 밀크 바의 감미로운 온기에 젖어 있다가 밖으로 나온 그녀는 밤의 추위에 몸을 떤다. 그녀 앞에, 도시에 가까운 잿빛 하늘이 장밋빛으로 변한 채 빛나고 있다. 아직도 화장터 굴뚝들 위로 나오고 있는 묵직한 막대기 같은 시커먼 연기와 함께. 아무 소리도 들리지 않는다. 다시 말해, 의미 있는 소리는 하나도 들리지 않는다. 오직 저기,

고속도로 교각 위 자동차들과 트럭들이 부르릉거리는 둔탁한 소리, 아파트 안에서 남자들과 아이들이 내는 소리, 혹은 텔레비전의 앵앵거리는 소리뿐.

그녀는 부모가 있는 집으로 돌아가고 싶지 않다, 아직은. 거기 그대로 차가운 벽에 등을 기댄 채 꼼짝도 하지 않고 밤을, 흐릿한 잿빛 하늘을, 수백 개의 창문에 불이 켜진 커다란 하얀 벽들을 바라보고 싶다. 그리고 주차장 안의 움직이지 않는 차들, 점점이 흩어진 가로등 불빛을 받으며 도로에 서 있는 트럭들, 흐릿한 별 같은 도시의 불빛들을 바라보고 싶다. 아파트 안에서 나는 어수선한 삶의 소리들에 귀를 기울이고 싶다. 그 소리들을 한꺼번에 들으며 밤의 추위를 느끼고 싶다. 그녀는 벽에 기댄 채 꼼짝도 않고, 팔과 다리와 어깨가 추위에 마비될 때까지 오랫동안 그렇게 그곳에 머문다. 그녀의 하얀 인조가죽 재킷 위에, 부츠 위에 이슬이 맺히며 반짝거린다.

그녀는 다시 걷기 시작한다. 텅 빈 거리를 걷고, 아파트 단지를 한 바퀴 돈다. 그녀는 자기가 어디로 가고 있는지 잘 모른다. 우선 학교 건물 쪽으로 가다가, 방향을 바꿔 도로 아래쪽 놀이터를 지나간다. 그러고 나서 엉망으로 방치해놓은 정원 안에 황폐한 작은 집들이 있는 골목들을 다시 올라간다. 그녀가 지나가자 철책 안에서 사나운 작은 개들이 짖어댄다. 그녀를 보고 재빨리 주차된 차 밑으로 달려가 숨는 검은 고양이들도 있다.

황량한 땅과 주차장 한복판에 거인들처럼 서 있는 아파트 단지로 돌아오자 그녀는 차갑고 축축한 가로등 불빛을 다시 느끼고 몸서리를 친다.

그때 오토바이 소리가 그녀 쪽으로 순식간에 다가온다. 그 소리는 건물들 사이에서 터져나오고 있다. 하지만 정확히 어디서 나는 소리인지는 알 수가 없다. 어디로 가지? 크리스틴은 숨고 싶다. 그녀는 대로 한복판에 서 있고 가로등 불빛이 그녀를 난폭하게 비추기 때문이다. 그녀는 가장 가까운 건물을 향해 달리기 시작한다. 그리고 오토바이족들이 전속력으로 그 거리를 지나는 순간 그녀는 벽에 등을 찰싹 갖다붙인다. 그들은 예닐곱 명쯤 되고, 헬멧으로 얼굴을 가린 채 검은 인조가죽 옷을 입었고, 진흙투성이의 트라이얼 오토바이*를 타고 있다. 크리스틴은 교차로를 빠져나가는 그들의 뒷모습을 주시하고, 소리가 점점 멀어져 완전히 사라질 때까지 귀를 기울인다.

갑자기, 그녀는 공포를 느낀다. 자신이 무엇을 두려워하는지 잘 모르지만, 그 공포는 분명히 거기, 그녀 안에 마치 오한처럼 자리하고 있다. 공포는 그녀 주위의 텅 빈 대로의 침묵 속에, 거

* 장애물 경기용 오토바이.

인처럼 서 있는 수백 채의 집과 수많은 창문, 오렌지빛 가로등 불빛 속에, 맵싸한 연기 냄새와 고속도로의 소음을 실어오면서 강을 따라 거슬러올라가는 찬바람 속에도 존재한다. 그것은 이상하고 불분명한 두려움이다. 두려움은 크리스틴의 목구멍을 조이고, 추위에도 불구하고 그녀의 등과 손바닥을 땀으로 축축하게 적신다.

이제 그녀는 아무것도 생각하지 않으려 애쓰면서 빠르게 걷는다. 그런데 갑자기, 밀크 바 주인의 음흉한 눈길이 떠오른다. 그녀의 심장이 더 빠르게 뛰기 시작한다. 마치 아직도 자기에게로 향하는, 어둠 속에서 자기를 엿보고 있는 그 시선을 느끼는 것처럼. 그는 정말로 그곳에 있는지도 모른다. 그녀는 가게 문을 닫으러 나온 그를 기억한다. 그때 그는 밀크 바에서 나와 거리에 서 있는 그녀를 쳐다보았다.

그리고 갑자기 다시 한번, 오토바이족들이 그곳에 있다. 이번에는 그들이 오는 소리가 들리지 않았다. 그들은 오토바이 소리와 동시에 나타났다. 아마도 아파트 주차장에서 방향을 돌려, 주차된 차들 사이로 지그재그를 그리며 교묘히 빠져나와 그녀를 깜짝 놀라게 하려고 천천히 왔을 것이다.

이제 크리스틴은 주차장 안에서 꼼짝도 하지 않는다. 그녀의 금발과 하얀 인조가죽 재킷과 부츠를 비추는 노란 가로등 불빛 아래에서 오토바이들이 그녀 주위를 천천히 돌고 있다. 오토바이족들은 헬멧의 선바이저로 얼굴을 가리고 있어서, 그들 중 아무도 그녀를 보는 것 같지 않다. 그들은 오토바이를 펄쩍 뛰어오르게 하고, 헤드라이트와 빨간 불빛이 꺼지지 않도록 액셀러레이터를 지그시 밟으면서 그녀 주위를 돌기만 한다. 그들은 원을 그리면서 점점 더 거리를 좁혀 들어온다. 이제 오토바이들은 그녀에게 머플러 소음기가 뿜는 뜨거운 기운이 느껴질 정도로 아주 가까운 거리에서 돌고 있다. 크리스틴은 다리에 힘이 쭉 빠지고 심장이 쿵쾅거린다. 그 자리에 그대로 얼어붙은 채 그녀는 주위를, 커다란 건물들 쪽을 둘러본다. 하지만 벽들이 너무 높다. 불이 켜져 있는 창문들은 아주 많고, 커다란 주차장에 주차되어 있는 많은 차들은 반사광으로 번쩍거리고 있다! 맴을 도는 오토바이들의 느리고 깊게 울리는 소리가 지면을 떨리게 하고, 그녀의 온몸을 흔들고, 그녀의 머릿속을 가득 채운다. 그녀는 몸 아래쪽에서 두 다리가 후들거리는 것을 느낀다. 그리고 일종의 현기증에 사로잡힌다. 그때 갑자기 그녀가 앞으로 달려들어, 비명을 내지르며 있는 힘을 다해 주차장을 가로질러 곧장 내달리기 시작한다.

하지만 오토바이들은 여전히 그녀 뒤에 있다. 이윽고 오토바이들이 주차되어 있는 차들을 빙 돌아 다시 그녀 쪽으로 온다.

헤드라이트로 그녀의 눈을 부시게 하고, 액셀러레이터를 마구 밟아 웅웅거리는 모터 소리를 울려퍼뜨리면서.

크리스틴은 멈추지 않는다. 그녀는 주차장을 가로질러나와 대로를 따라 달린다. 건물 벽을 따라 달리고, 깎아놓은 잔디밭을 건넌다. 너무 빠르게 달려서 더이상 숨을 제대로 쉴 수가 없다. 찬바람 때문에 뺨에 눈물이 흘러내린다. 정신없이 달리다보니, 자기가 어디에 와 있는지도 모를 지경이다. 주위에 아득히 늘어서 있는, 온통 똑같은 건물들의 커다랗고 하얀 벽, 수백 수천 개의 똑같은 창문, 차들이 멈춰 서 있는 옥외 주차장, 오렌지빛 가로등이 켜진 거리, 지저분한 잔디밭밖에는 보이지 않는다. 잠시 후 오토바이족은 갑자기 나타났던 것처럼 한순간에 사라졌다. 다시 무거운 정적, 추위, 텅 빈 공허가 임대아파트 단지를 점령한다. 크리스틴은 저기, 강을 가로지르며 커다란 다리 위를 달리는 차들의 먼 소음을 다시 들을 수 있다.

마침내 그녀는 자기가 어디에 와 있는지 안다. 어떻게 해서였는지 자신도 모르는 사이에, 그녀의 두 다리가 달려 그녀를 집 앞까지 인도했다. 그녀는 고개를 들어 아버지, 어머니, 여동생이 있는 아파트의 창문을 찾는다. 그들이 그곳에 산 지는 벌써 다섯 달째다. 하지만 제라늄 화분들이 놓여 있는 창문들 옆으로 아무것도 놓여 있지 않은 창문 세 개를 찾아내려면 아직도 한참을 쳐다봐야 한다. 큰방의 창문 두 개는 불이 켜져 있다. 바로 그곳에서 아버지가 안락의자에 앉아 음식을 먹으면서 텔레비전을 보고 있기 때문이다. 크리스틴은 몹시 피곤하다. 그래서 비좁은 아파트로 돌아가 퀴퀴한 음식냄새를 맡고, 앵앵거리는 텔레비전소리를 들을 생각에 거의 행복감마저 느낀다.

그녀는 계단을 올라가 아파트 일층 현관문을 밀고, 타임스위치를 누른다. 그리고 그들을 본다. 그들은 그곳에서 그녀를 기다리고 있다. 그들은 하나같이 검은 인조가죽 점퍼 차림에 헬멧의 선바이저를 내린 모습이다. 선바이저가 계단 조명을 받아 번쩍거린다.

목구멍 안에서 무언가가 방해를 해서 그녀는 소리를 지를 수도, 다리를 움직일 수도 없다. 그들이 다가왔다. 그들 중 항공점퍼를 입고 시커먼 플렉시글라스 마스크가 달린 헬멧을 쓴 덩치 큰 남자가 그녀에게 바싹 다가온다. 그녀는 빠져나가려 애쓰면서 입을 벌리고 소리를 지르려 한다. 그러자 덩치 큰 남자가 그녀의 배를 있는 힘껏 주먹으로 가격한다. 몸이 푹 고꾸라지면서 그녀는 한순간 숨이 멎는다. 그들은 그녀를 엘리베이터 옆 문 쪽으로 끌고 가더니, 시멘트 계단을 쿵쿵 울리며 내려간다. 일층에서 텔레비전소리, 설거지 소리, 아이들 고함소리가 들린다. 지하의 불빛은 잿빛이다. 배관과 하수관들 한가운데 켜진 두세 개의 전구에서 나오는 불빛이다. 오토바이족들은 빠른 걸음으로 크리스틴을 거의 들다시피 하며 끌고 간다. 그들은 아무 말도 하지 않는다. 그들이 어떤 문을 연다. 그곳은 사오 제곱미터가 될까 말까 한 잿빛 시멘트 지하실로, 상자들이 놓여 있고, 바닥에는 낡은 매트리스들이 있다. 그들은 바닥에 크리스틴을 던진다. 그리고 그 중 하나가 지하실 한구석에서 촛불을 켜고는 쓰러지지 않도록 지저분한 접시 위에 양초를 고정한다. 공간이 너무 좁아서 그들은 서로 바짝 붙어 서 있다. 바깥의 타임스위치의 불빛이 꺼진다. 이제 불빛이라고는 흔들리는 촛불밖에 없다. 크리스틴은 숨을 가다듬는다. 눈물이 뺨으로 흘러내리면서 얼굴이 마스카라와 파운데이션으로 얼룩진다. 그녀의 이가 딱딱 맞부딪친다.

"옷 벗어."

덩치 큰 남자의 목소리가 좁은 지하실 안에 울려퍼진다. 크리스틴이 한 번도 들어본 적이 없는 냉혹하고 거친 목소리다. 그녀가 꼼짝도 하지 않자, 남자는 그녀에게로 몸을 굽히고 그녀의 재킷을 거칠게 잡아당긴다. 크리스틴은 겁에 질린다. 자신의 옷이 금방이라도 발기발기 찢어질 것 같다. 그녀는 재킷을 벗어서 바닥에 내려놓는다. 그리고 한구석에 놓인 촛불 쪽으로 가까이 가서 줄무늬 스웨터를 벗고, 부츠의 지퍼를 내리고, 바지를 벗는다. 그러고 나서 팬티와 브래지어를 마저 벗는다. 그녀는 지하실의 추위 속에서 뼈만 앙상한 병약한 모습으로 발가벗은 채 벌벌 떤다. 이가 사정없이 맞부딪쳐서 소리를 지르고 싶어도 지를 수가 없다. 그녀는 처량하게 흐느껴 운다. 눈물에 마스카라와 파운데이션이 번져 뺨 위에 얼룩진다. 이윽고 남자가 그녀에게로 다가온다. 그가 허리띠를 푼다. 그리고 그녀를 매트리스 위에 쓰러뜨리고, 헬멧도 벗지 않은 채 그녀를 덮친다. 다른 남자들이 다가온다. 그녀는 자기 쪽으로 기우는 그들의 얼굴을 본다. 살갗 위로 그들의 숨결이 느껴진다. 끝도 없이 그들은 차례로 그녀를 열고, 그녀를 찢는다. 고통이 너무 심해서 그녀는 더이상 두려움도 추위도 느끼지 못한다. 단지 몸속을 깊이 파고드는 현기증, 그것이 그녀의 배보다 더 멀리, 더 아래쪽으로 그녀를 짓누른다. 축축한 매트리스가 얼어붙은 검은 우물 밑바닥으로 떨어지면서 허리를 부러뜨리는 것만 같다. 그것이 너무 오래 계속되어서, 이제 그녀는 무슨 일이 일어나고 있는지도 알 수 없다. 소년 하나가 그녀 안으로 강제로 들어올 때마다, 몸속의 고통은 더 커지면서 우물 밑바닥으로 그녀를 끌고 간다. 손들이 그녀의 양 손목을 바닥에 짓누르고 두 다리를 벌린다. 입들이 그녀의 입을 헤집고, 가슴을 물어뜯고, 숨을 막는다.

그러고 나서 촛불이 요동을 치더니 촛농 속에 잠긴다. 이윽고 모든 것이 멈춘다. 정적이 감돈다. 끔찍한 추위에 크리스틴은 매트리스 위에서 둥글게 몸을 만다. 그리고 정신을 잃는다.

전깃불이 들어왔을 때, 그녀는 열려 있는 지하실 문을 본다. 오토바이족들이 복도에 서 있다. 그녀는 마침내 그것이 끝났음을 직감한다. 그녀는 몸을 일으키고, 옷을 입고, 비틀거리면서 지하실에서 나온다. 배는 욱신거리며 피가 흐르고, 입술은 부풀고 퉁퉁 부어 있다. 눈물은 마스카라와 파운데이션과 함께 뺨 위에 말라 있다.

그들은 시멘트 계단에서 그녀를 떠밀며 앞서 걷게 한다. 현관 입구에는 헬멧을 쓰고 항공점퍼를 입은 덩치 큰 남자 혼자만 남는다. 떠나기 전에 그는 크리스틴에게로 몸을 굽히고, 그녀의 목에 손을 갖다댄다.

"더러운 자식!" 크리스틴이 말한다. 목소리가 분노와 두려움으로 떨린다. 하지만 그 말을 들은 그는 그녀의 어깨 위에 올려놓은 손에 힘을 준다.

"입 함부로 놀리면 죽을 줄 알아."

크리스틴은 건물 밖 계단에 주저앉는다. 그녀는 오랫동안 그곳에서 꼼짝도 하지 않고 앉아 있는다. 추위가 자신을 무감각하게 만들도록, 밤의 어둠이 자신을 감싸 배의 고통과 입술의 타박상을 가라앉히도록. 그렇게 시간이 흐른 뒤, 그녀는 주차장에서 커다란 사이드미러가 달린 차를 찾는다. 그리고 천천히, 어린 소녀처럼 아주 열심히 눈에 칠한 마스카라를 문질러 닦고, 창백해 진 두 뺨에 엉망으로 뭉쳐 있는 파운데이션을 펴 바른다.

오로르*
빌라

Villa
Aurore

La
ronde
et
autres
faits
divers

* 프랑스어로 '여명' '새벽'이라는 뜻. 비유적으로는 '청춘'이라는 의미가 있다.

오로르는 늘 존재했다, 거기, 언덕 꼭대기에 뒤죽박죽으로 자라고 있는 식물들 속에 반쯤 파묻힌 채, 그러나 종려나무와 라타니아나무의 높은 줄기들 사이로 잎그늘 한가운데 떨고 있는 구름 빛깔 흰 궁전의 모습을 드러내면서. 사람들은 그곳을 '오로르 빌라'라고 불렀다. 현관 기둥 위에 건물 이름이 붙어 있었던 적이 한 번도 없었고, 대리석 판에 숫자 하나만 새겨져 있었을 뿐인데도. 그나마 그 숫자도 내가 기억할 수조차 없을 만큼 아주 오래전에 이미 지워지고 없었다. 어쩌면 그 저택은 바로 그 구름 색깔 때문에 그런 별명이 붙었는지도 모른다. 이른아침의 하늘을 닮은, 진줏빛이 도는 그 우아한 색깔 때문에. 하지만 누구나 그 저택을 알고 있었다. 그리고 그것은 내가 기억하는 최초의 집이었다. 사람들이 내게 보여준, 최초의 기이한 집.

내가 오로르 빌라에 사는 부인에 대해 들은 것도 바로 그 시절이었다. 그리고 그 시절, 나는 다른 아이들과 함께 분명히 그녀를 보았던 것 같다. 때때로 자기집 정원의 오솔길을 거닐거나 챙 넓은 원예용 모자를 쓰고 입구의 담장 옆에서 장미 가지를 치고 있는 그녀를. 하지만 나는 실제로 그녀를 봤다고 완전히 확신할 수 없고, 오히려 나의 상상은 아니었을까 하는 의구심이 이따금 들 정도로 모호하고 찰나의, 거의 인지하기도 어려운 어떤 한 가지 기억을 간직하고 있다. 나는 건성으로 흘려듣곤 했던 사람들의 대화(주로 우리 할머니가 친구들과 나누던)에서 그녀의 이야기를 자주 들었는데 그때마다 그녀는 내게 완전히 미지의 인물, 거의 요정 같은 존재로 여겨졌고, 그 이름조차 신비와 약속들로 가득차 있는 것처럼 느껴졌었다. 오로르 빌라의 부인. 그녀의 이름 때문에, 덤불숲 한가운데에 언뜻언뜻 보이는 그 집의 진줏빛 색깔 때문에, 그리고 온갖 새들과 길고양이들이 살고 있는 거의 방치되다시피 한 엄청나게 넓은 정원 때문에도 나는 그녀를 생각하거나 그녀의 영역 가까이 다가갈 때면 언제나 모험을 하는 것 같은 옅은 전율을 느끼곤 했다.

좀더 자라서 나는 다른 말썽꾸러기들과 함께 좁은 골짜기 근처, 응달진 산비탈 낡은 벽에 뚫린 구멍을 통해 그녀의 정원 안으로 몰래 들어갈 수 있다는 사실을 알게 되었다. 하지만 그 시절 우리는 오로르 빌라의 부인에 대해서도, 오로르 빌라에 대해서도 직접적으로 언급하지 않았다. 그곳에 대해 말할 때면 코흘리개들이나 가질 법한 환상을 떨쳐내고 분명 그곳에 들어가는 것을 정당화하기 위해 만들었을 에두른 표현을 사용하곤 했다. "길고양이들의 정원에 간다"라거나 "개구멍으로 넘어간다" 같은 말들이었다. 하지만 우리는 방치된 정원 한구석에 가만히 있기만 했다. 고양이들과 그 녀석들의 경이로운 눈먼 새끼들이 살고 있고 무성한 잡초 속에 두세 개의 석고상이 버려진 그 부근에서 더는 나아가지 않았다. 종려나무들에 둘러싸인 부채꼴 계단이 있는 그 커다란 하얀 집은, 내가 숨바꼭질놀이나 정찰 탐험을 할 때 아칸서스나무와 월계수 정글을 통해 가끔 아주 멀리서, 비현실처럼 간신히 알아볼 수 있을 정도였다. 그러나 그 집 주인의 목소리를 들은 적은 한 번도 없었고, 계단에서도 자갈이 깔린 오솔길에서도, 심지어 창문 너머로조차 그녀를 본 적이 없었다.

그런데 그 시절을 돌이켜 생각해보면 신기한 일인데, 마치 그 부인이 그곳에 있으며, 그 집 안에 살고, 그곳에 군림하고 있다는 것을 우리 모두는 알고 있었던 것 같다. 그녀를 한 번도 보지도 알지도 못하면서, 심지어 그녀의 진짜 이름이 뭔지도 모르면서 우리는 그녀의 존재를 의식하고 있었다. 우리는 그녀의 단골

손님이자 이웃이었다. 그녀의 무언가가 그때 그 구역 안에, 언덕 위에 살고 있었다. 우리가 정말로 보지는 못했지만, 무언가가 수목들 속에, 종려나무들 속에, 하얀 집의 형체 안에, 정문 앞 두 개의 돌기둥 안에, 쇠사슬로 잠가놓은 커다란 녹슨 철책 안에 존재하고 있었다. 그것은 약간, 아주 오래되고 아주 부드럽고 아주 먼 무언가의 현존 같았다. 늙은 잿빛 올리브나무들의 현존, 벼락 맞은 자국이 있는 거대한 삼나무의 현존, 성벽처럼 빌라가 있는 땅을 에워싸고 있던 낡은 담벼락의 현존. 그 무언가는 먼지투성이 월계수들의 후끈한 냄새 속에, 만리향과 오렌지나무의 총림 속에, 빽빽하게 서 있는 실편백나무 울타리 속에도 존재하고 있었다. 하루하루 그 모든 것은 그곳에, 움직이지도 변화하지도 않은 채 존재했고, 그 영역의 중심에 부인이 현존하고 있다는 사실에 우리는 자신도 모르게 행복했었다.

고양이들, 우리는 녀석들도 아주 좋아했다. 때때로 돌팔매질을 하며 고양이들을 쫓는 심술맞은 아이들도 있었지만, 고양이들이 벽에 뚫린 구멍으로 넘어가면 더이상 괴롭히지 않았다. 거기 그 정원 안에, 그 담벼락 안에 길고양이들의 집이 있었고, 악동들도 그 사실을 알고 있었다. 고양이들은 응달진 산비탈 바위에 옹기종기 모여 있거나 낡은 벽의 움푹 팬 곳에 반쯤 숨은 채 창백한 겨울 볕을 쬐면서 수백 마리씩 떼를 지어 살았다.

나는 마치 하나하나의 이름을 아는 것처럼 녀석들 모두를 아주 잘 알았다. 싸우다가 귀가 찢어진 하얀 애꾸눈 고양이, 다갈색 고양이, 하늘색 눈의 검은 고양이, 항상 발이 지저분한 검고 흰 고양이, 금빛 눈의 회색 암고양이, 그리고 그 고양이의 모든 새끼들, 꼬리가 잘린 고양이, 코가 깨진 줄무늬 고양이, 새끼 호랑이를 닮은 고양이, 앙고라 고양이, 세 개의 작은 점이 있는 하얀 암고양이. 모두들 하나같이 굶주리고, 겁에 질려 동공이 커져 있고, 털이 더러워져 있거나 곤두서 있었다. 그리고 죽음을 향해 다가가고 있는 그 모든 고양이들, 녀석들의 눈과 코에서는 진물이 흘러내리고, 몸은 너무 말라서 털 위로 갈비뼈와 등뼈가 훤히 드러나 보일 정도였다.

그 고양이들은 마치 오로르 빌라의 부인이 만들어낸 피조물들인 양 그 신비롭고 아름다운 정원에서 살고 있었다. 게다가 가끔씩 그 하얀 집 쪽의 오솔길 근처로 모험을 하러 갈 때면, 유산지나 낡은 도자기 접시에 놓아둔 약간의 음식을 볼 수 있었다. 고양이들에게 먹이를 주는 건 바로 그녀였고, 녀석들은 그녀에게 다가가 말을 걸 수 있는 유일한 존재들이었다. 그녀가 고양이들의 고통을 끝내주기 위해 독이 든 음식을 준다는 소문도 돌았지만, 내 생각에 그건 사실이 아니라 그저 오로르 부인을 알지도 못하면서 막연히 두려워하던 사람들이 지어낸 헛소문인 듯했다.

어쨌든 그 시절 우리는 감히 그 집의 오솔길이나 담벼락에 바짝 다가가지 않았다. 마치 우리는 그녀와 같은 부류가 아니라는 듯이, 우리는 언제까지나 이방인들로 머물러 있어야 한다는 듯이.

나는 새들도 아주 좋아했다. 이 나무에서 저 나무로 힘겹게 뛰어다니는 티티새들이 특히 좋았다. 새들은 월계수의 높은 가지에 앉아 있거나 남양삼나무의 그늘진 수관樹冠 속에서 조롱하는 듯한 야릇한 곡조로 휘파람을 불었다. 때때로 나는 그들에게 휘파람으로 화답해주었다. 아무에게도 들키지 않고 덤불 속에 숨어 새처럼 휘파람을 불 수 있는 곳은 그곳밖에 없었다. 울새들도 있었고, 때로는 해질 무렵 정원 위로 밤이 내릴 때면 천상의 음악을 노래하는 신비로운 나이팅게일도 있었다.

그리고 방치된 그 커다란 정원 안에는 신기한 무언가가 더 있었다. 그건 둥근 형태의 신전 같은 것이었다. 높은 기둥들 위에 프레스코화로 장식된 지붕이 얹혀 있는 그 신전의 한쪽 벽에는 이런 신비롭고 이상한 단어가 새겨져 있었다.

ΟΥΡΑΝΟΣ

오랫동안 나는 그곳에서 월계수 잎 사이로, 높게 자란 풀에 반쯤 가려진 그 이상한 글자가 무슨 뜻인지도 모르면서 마냥 쳐다보곤 했다. 그것은 마치 존재하지 않는 나라의 이름처럼 우리를 저멀리, 또다른 시대로, 또다른 세상으로 데려가는 단어였다. 때때로 하얀 대리석 계단 위를 깡충깡충 뛰어다니는 티티새, 그리고 기둥들을 침범하듯 휘감아올라가면서 짙은 얼룩을 남기는 무성한 잡초와 칡넝쿨을 제외하고는 그 신전 안엔 아무도 없었다. 황혼빛에 잠길 때면 그 장소 안에는 훨씬 더 신비로운 무언가가 깃들었는데, 그건 대리석 계단 위의 그림자놀이와 마법의 글자들이 반짝이는 신전의 회랑 때문이었다. 그 시절 나는 그곳이 진짜 신전이라고 믿었고, 때때로 소피와 함께, 뤼카, 미셸, 그리고 이웃의 다른 아이들과 함께 신전을 살펴보기 위해 숨을 죽이며 풀숲 사이로 기어서 그곳으로 갔다. 하지만 그 장소를 지배하는 마법이 풀리지나 않을까 두려워서, 우리 중 누구도 감히 그 신전의 계단 위로 올라가는 모험을 감행할 용기를 내지 못했다.

나중에, 이미 나는 그 무렵 더이상 오로르의 정원에 가지 않았고, 나중에 한 친구에게 들은 바로는, 그 건축물이 그렇게 신비롭고 이상야릇했던 건 자기가 그리스시대에 살고 있다고 믿었던 어떤 미친 사람이 만들었기 때문이라고 했다. 그 친구는 그 마법의 글자에 대해 설명해주었고, 그 단어를 어떻게 발음하는지도 가르쳐주었다. 우라노스, 그건 그리스어로 '하늘'이라는 뜻이라고 했다. 그 친구는 수업 시간에 배웠다며 자기가 그걸 알고 있다는 사실을 아주 자랑스러워했지만, 나에게는 이미 상관없는 일이었다. 모든 것은 이미 내 기억 속에 갇혀 있었고, 그 기억을 다르게 변경시킬 수 없기 때문이었다.

그 시절 오로르 빌라의 정원 안에서 보내는 나날은 길고 아름다웠다. 그 도시 안에 다른 흥밋거리들은 아무것도 없었다. 거리들도, 언덕들도, 심지어 키 큰 수목들과 종려나무들 사이로 멀리 보이는 바다까지도. 겨울이면 정원은 음산하고 빗물이 똑똑 떨어져내렸지만, 가령 어떤 종려나무 둥치에 등을 기대고 앉아 커다란 종려나무와 월계수 잎들을 두드리는 빗소리를 듣고 있으면 그렇게 좋을 수가 없었다. 그럴 때면 대기는 미동도 없이 얼어붙어 있었고, 새소리도 벌레 소리도 전혀 들리지 않았다. 밤은 빠르고 무겁게, 비밀들을 가득 싣고 알싸한 연기 냄새와 함께 찾아왔고, 젖은 그림자는 마치 연못 위로 부는 숨결처럼 살갗을, 나뭇잎들을 떨게 만들었다.

해가 뜨는 날도 있었다. 여름이 오기 직전이면 높은 나뭇가지들 사이로 날카롭고 무자비한 해가 유칼립투스나무들 옆의 작은 빈터들을 불태웠다. 열기가 정점에 달하면 나는 고양이처럼 덤불 속을 기어서 문까지 갔다. 그리고 거기서 신전을 볼 수 있었다. 바로 그 순간이 가장 아름다운 순간이었다. 구름 한 점 없는 파란 하늘, 너무 강렬하고 너무 눈부셔서 눈을 감아야만 했던 신전의 하얀 돌. 그때 나는 그 마법의 이름을 쳐다보았다. 그리고 단지 그 이름만으로도 그곳을 상상할 수 있었다. 마치 또다른 세계, 아직 존재하지도 않는 어떤 세계 속으로 들어가는 것처럼. 그곳에는 벌거벗은 하늘, 하얀 돌, 높다랗고 하얀 대리석 기둥들, 그리고 마치 빛의 소리 자체인 것처럼 사각거리는 여름 벌레들의 소리 외에 아무것도 없을 것이었다. 나는 그 세계의 입구에서, 정말로 그곳에 들어가는 건 생각조차 하지 않고 그저 그곳에 새겨진 마법의 글자를 바라보면서, 빛의 힘과 냄새를 느끼면서 몇 시간이고 그대로 앉아 있었다. 지금도 나는 월계수, 나무껍질, 태양의 열기에 구워지던 부러진 나뭇가지들의 알싸한 냄새, 붉은 흙의 냄새를 생생하게 느낄 수 있다. 그것은 현실보다 더 강력하다. 그 순간 내가 그 정원에서 축적한 빛은 내 몸안에서 아직도 빛나고 있다. 그날보다도 더 아름답고 더 강렬하게. 그리고 그 모든 것은 변함이 없을 것이다.

*

그후 나는 인생의 큰 공백기를 거친 뒤 어느 날 우연히 오로르 빌라의 정원, 그곳의 벽, 철책이 쳐진 문, 그리고 덤불숲과 월계수와 늙은 종려나무들을 다시 만나게 되었다. 나는 왜 그 개구멍을 통해 안으로 들어가 가시덤불 사이를 교묘히 빠져나가면서 새소리를 듣고, 달아나는 길고양이들의 모습을 살피는 짓을 더이상 하지 않게 된 것일까? 마치 오랜 병 때문에 유년 시절과 그 놀이, 비밀, 그 길들과 헤어지게 된 것 같았고, 떨어진 두 조각을 다시 잇는 건 이제 불가능한 것 같았다. 내 안에서 사라진 그 사람, 그는 도대체 어디에 있었을까? 하지만 그 세월 동안 그는 기억상실증에 사로잡혀 또다른 세계 속에 영원히 내던져진 채 그 단절을 알아차리지 못하고 있었다.

그는 더이상 정원을 보지 않았고, 더이상 그곳을 생각하지 않았다. 가짜 신전의 박공에 새겨진 마법의 단어는 완전히 지워졌고, 그의 기억 속에서 사라진 뒤였다. 그것은 아무 의미도 없는 단어였다. 그저 그걸 쳐다보는 사람에게 또다른 세상의 문을 열어주기 위한 단어, 나뭇가지들과 잎들로 벽 안에 반쯤 가려진 채 한 마리 도마뱀처럼 빛 속에서 꼼짝도 하지 않는 그런 단어에 불과할 뿐. 그것을 더이상 보지 않았을 때, 그 단어를 더이상 믿지 않게 되었을 때 그 단어는 지워지고 힘을 잃었다. 우리가 건성으로 보는 벽이나 신문지에 쓰인 단어들, 창유리에서 반짝이는 단어들처럼 다른 모든 단어들과 다를 바 없는 것이 되었다.

바로 그 순간, 그리스어를 공부하던 친구가 어느 날 그 단어가 '하늘'이라는 뜻이라고 스치듯 말했다. 하지만 그건 더이상 전혀 중요하지 않았다. 겨우 대화의 주제가 되었을 뿐. 이를테면, 바람이나 진공 같은 것들과 마찬가지인 하나의 대화 주제일 뿐.

그럼에도 어느 토요일 오후, 시험이 얼마 남지 않았던 때에(내가 법학 공부를 시작했던 시기였다) 모든 걸 다시 찾아가보고 싶다는 생각이 들었다. 떠난 지가 아주 오래되었기 때문에 그 거리를 찾는 건 쉽지 않았다. 언덕 위로, 오로르 빌라의 담벼락이 있는 곳까지 계속 기어올라가야 했던 그 거리. 이제는 높은 건물들이 곳곳에 들어서 있었다. 건물들은 언덕 위에, 꼭대기까지, 커다란 아스팔트 위에 서로 바짝 붙어선 채 무질서하게 솟아 있었다. 나무들은 거의 사라지고 없었다. 그곳을 휩쓸었던 엄청난 재해가 깜빡 잊고 내버려두고 간 것처럼 군데군데 남아 있는 한두 그루 외에는. 올리브나무, 유칼립투스, 오렌지나무 몇 그루, 그것들은 이제 아스팔트와 시멘트의 바닷속에 잠긴 채 늙고 활기 잃은 초라한 모습으로 죽음이 가까워진 것처럼 보였다.

나는 낯선 거리를 걸었다. 내 심장은 조금씩 죄어들고 있었다. 모든 것들이 다 이상해 보였고, 불안 같은, 혹은 현실적인 이유도 없는 막연한 두려움, 죽음의 느낌 같은 것이 느껴졌다. 햇살이 건물 외벽과 발코니에 쏟아지면서 전면 유리들 위에 불똥을 튀기고 있었다. 미지근한 가을바람이 울타리의 잎사귀와 호화 주택 정원에 심은 관상용 식물의 잎을 흔들었다. 그 식물들을 정원에 심은 건 색이 화려하면서도 키우기 까다롭지 않기 때문인 듯했는데, 나는 그것들의 이름을 얼마 전에야 알게 되었다. 포인

세티아, 베고니아, 극락조화, 자카란다. 때때로 내가 지나갈 때면 옛날처럼 원형 교차로의 잔디 위에서 팔짝팔짝 뛰어오르면서 놀리듯 지저귀어대는 티티새들, 아이들 고함소리, 개 짖는 소리가 들렸다. 하지만 그 모든 것의 배후에는 죽음이 있었고, 나는 그것을 피할 수 없다는 걸 느끼고 있었다.

죽음은 사방에서 동시에 모습을 드러내고 있었다. 땅속에서 올라오고 있었고, 지나치게 넓은 길을 따라, 텅 빈 교차로에서, 헐벗은 정원 안에서 발을 질질 끌며 걷고 있었고, 늙은 종려나무의 잿빛 잎들 속에서 흔들리고 있었다. 그것은 하나의 그림자, 하나의 반영, 어쩌면 하나의 냄새, 사물들 속에 숨어 있는 하나의 진공인지도 몰랐다.

나는 이해하기 위해 잠시 멈춰 섰다. 모든 것이 정말로 달라져 있었다! 빌라들은 사라지고 없거나, 칠을 다시 하고, 더 커지고, 변해 있었다. 옛날에 초벽이 떨어져나간 높다란 담벼락으로 둘러쳐진 정원이 있던 자리에는 이제 십층, 팔층, 십이층의 새하얀 건물들이, 기름으로 얼룩진 주차장 위로 엄청나게 커다란 건물들이 우뚝우뚝 서 있었다. 무엇보다 불안한 건, 이제 내가 추억들을 전혀 되찾을 수 없다는 사실이었다. 지금 눈앞에 존재하는 것들은 유년 시절의 모든 추억들을 단번에 지워버렸고, 이제 남은 것은 공허와 훼손에 대한 고통스러운 느낌, 과거의 감정들이 현재의 감정들과 만나지 못하도록 방해하는, 판단력이 마비된 모호한 불편함뿐이었다. 빼앗기고 쫓겨나고 배신당한, 아니 어쩌면 그저 소외당했을 뿐인 나는 그래서 그 죽음의 냄새, 공허의 냄새를 맡을 수 있었다. 시멘트와 아스팔트, 높은 벽, 잔디와 금잔화가 깔린 땅, 니켈 도금 철책으로 둘러싼 낮은 담장들, 그 모든 것이 정형화된 형태를 갖추고 불안의 섬광으로 가득찬 채 불길한 냄새를 풍기고 있었다. 비로소 나는 깨달았다. 나의 세계에 고정해놓았던 시선을 거두고 떠남으로써 이곳을 배신한 건 바로 나였고, 이곳이 변하도록 내버려둔 것도 바로 나였다는 것을. 나는 다른 곳을 바라보고 있었고, 다른 곳에 가 있었다. 그리고 그 시간 동안 이곳의 모든 것은 변해버렸다.

오로르는 지금 어디에 있을까? 나는 텅 빈 거리들을 따라 언덕 꼭대기 쪽으로 서둘러 걸음을 옮겼다. 대리석 박공에 금빛 글씨로 새겨진 건물 이름들이 눈에 들어왔다. 잔뜩 멋을 부린 공허한 이름들, 그것들은 그 건물의 외관, 창문, 발코니 들을 닮아 있었다.

"진주"

"황금시대"

"황금빛 태양"

"물푸레나무"

"양지바른 비탈의 테라스"

나는 그때 내가 결코 발음하지 못했던 그 단어, 누구도 발음하지 못했던 그 마법의 단어, 회반죽으로 지은 가짜 그리스 신전 꼭대기에 새겨진, 읽지도 못하고 그저 바라볼 수만 있었던 그 단어, 빛 속으로, 날것 그대로의 하늘 속으로 모든 것을 넘어, 심지어 아직 존재하지 않는 어떤 장소로 데려가주는 그 단어를 생각했다. 어쩌면 청소년기 동안 그 정원에서 멀리, 오로르 저택에서 멀리, 그 모든 오솔길들에서 멀리 떨어져 있는 동안 내가 내내 그리워한 건 그 단어였는지도 모른다. 이제 내 심장은 더 빠르게 뛰고 있었다. 그리고 내 안에서 나를 짓누르고 숨막히게 하는 무언가가 느껴졌다. 일종의 고통, 불안이었다. 왜냐하면, 내가 찾고 있는 것을 찾지 못하리라는 것을, 이제 다시는 찾을 수 없으리라는 것을, 그것은 파괴되고 집어삼켜졌다는 것을 알고 있기 때문이었다.

언덕 위에는 옛날 그 정원들이 폐허가 되어, 배가 갈라지고 땅속에 움푹하게 입을 벌린 채 곳곳에서 상처를 드러내고 있었다. 곳곳의 공사 현장에는 높다란 크레인들이 꼼짝도 않고 위협적으로 서 있었고, 인도 위에는 트럭들이 지나간 진흙자국이 남아 있었다. 건물들은 아직도 계속 올라가고 있었다. 건물들은 아직도 낡은 벽들을 허물고 땅을 파헤치며 그 주위로 아스팔트와 눈부신 시멘트의 헐벗은 면을 넓혀나가고 있었다.

나는 눈을 반쯤 감고 그 모든 하얀 건물들의 외벽 위로 지는 해의 반사광과 싸웠다. 이제 더이상 비밀스럽고 은밀한 그늘은 존재하지 않았다. 오로지 시커멓고 커다란 문들이 열리면서 침침한 통로 바닥을 드러내는 건물 지하주차장만이 있을 뿐이었다.

때때로 나는 파괴 속에서 살아남은 어떤 집, 어떤 벽, 그도 아니면 심지어 어떤 나무, 어떤 늙은 월계수를 발견했다고 생각해 보았다. 하지만 그건 일종의 그림자나 다를 바가 없었다. 그것은 내가 미처 알아차리기도 전에 나타나는 듯하다가 이내 사라졌고, 이젠 아스팔트의 텅 빈 표면과 하늘을 가리는 높다란 벽들 말고는 아무것도 없었다.

나는 언덕 꼭대기에서 어떤 흔적, 어떤 표시를 찾아 오랫동안 헤매고 다녔다. 날이 저물면서 빛이 흐릿해지고 약해졌고, 티티새들은 잠잘 곳을 찾아 건물들 사이를 무겁게 날아다녔다. 나를 오로르 빌라까지 안내해준 건 바로 그 새들이었다. 어느 순간 갑자기, 눈앞에 그 저택이 나타났다. 처음에는 알아보지 못했다. 커다란 순환도로 아래쪽, 모퉁이의 움푹 들어간 곳에 서 있는 축대 아래에 완전히 처박혀 있어서 지붕 테라스와 굴뚝들만 보였기 때문이다. 어떻게 내가 그 집을 이처럼 알아보지 못할 수 있었을까? 두근거리는 가슴으로, 나는 양방향으로 달려오는 두 대의 자동차 사이를 뚫고 도로를 건너 철책으로 다가갔다. 분명히 그 저택이었다. 나는 그 집을 그렇게 가까이에서 본 적이 한 번도 없었고, 무엇보다도 다리 위처럼 높은 곳에서 보면 그 집이 어떻게 생겼을까 상상해본 적도 없었다. 그래서 덧문이 닫혀 있는 높다란 창문들, 녹과 그을음으로 더럽혀지고 세월과 불행으로 인해 침식된 회반죽벽을 한 그 저택은 내 눈에 슬픈 잿빛 폐가처럼 보였다. 그 집은 이제 더이상 진줏빛을 띤 그 환한 빛깔, 예전에 나지막한 월계수 나뭇가지 사이로 엿보이던 그 비현실적인 빛깔을 띠고 있지 않았다. 이제 더이상 여명의 빛이 아니었다. 이제 빌라는 음산한 회백색, 질병과 죽음의 색깔, 지하실에서 썩어가는 나무의 색깔이었다. 그리고 황혼의 부드러운 빛조차 저택을 비춰주지 않았다.

집을 가려주고 보호해주는 건 이제 아무것도 없었다. 집 주위의 나무들도 사라지고 없었다. 낡은 집 양옆으로, 도로 아래쪽에서 휘어지고 뒤틀리고 일그러진 채 자라고 있는 두세 그루의 올리브나무를 제외하고는. 나는 주의깊게 살펴보면서 옛날의 나무들을 하나둘 찾아나갔다. 종려나무, 유칼립투스, 월계수, 레몬나무, 진달래, 내가 알고 있던 나무 한 그루 한 그루를, 거인 친구처럼 선뜻 다가갈 수는 없었지만 내겐 누구보다도 친숙한 존재였던 그 나무들을. 그것들은 아직도 그곳에 있었다. 정말로 그것들은 여전히 존재하고 있었다.

하지만 오로르 빌라처럼 그것들도 이젠 텅 빈 형체, 안이 텅 비어 있는 것처럼 가볍고 희미한 그림자들에 지나지 않았다.

나는 한참 동안 그곳에, 그 대로에 꼼짝도 않고 서서, 그 낡은 집의 지붕과 나무들, 그리고 아직도 남아 있는 작은 정원을 바라보았다. 그때 내가 보고 있었던 것은 그 너머, 내 유년 시절의 이미지가 있는 곳이었다. 나는 내가 한때 사랑했던 것들을 다시 태어나게 하려 애썼다. 열기와 취기가 어린 어떤 이미지, 그것은 나타났다 사라지고, 다시 망설이고 당황하고 아마도 고통스러워하면서 되돌아와 내 눈과 얼굴을 뜨겁게 달구고 손을 떨리게 했다. 황혼빛이 언덕 위의 하늘을 뒤덮으면서 흔들리다가, 이윽고 재 같은 구름에게 자리를 내어주고 물러났다. 그 도시 전체가 정지되어 있었다. 자동차, 기차, 이리저리 얽힌 고속도로 위의 트럭들은 이제 제자리에 멈춰 있었다. 내 뒤의 대로는 거의 하늘 한복판에 매달린 채 기다란 커브를 그리면서, 한때 오로르 빌라의 정원이었던 곳을 지나가고 있었다. 하지만 도로 위에는 차 한 대 지나가지 않았고, 사람 그림자조차 보이지 않았다. 사라지기 전의 마지막 햇빛이 세상을 아직 몇 분 더 붙잡아두면서 매혹하고 있었다. 가슴이 쿵쾅거리고 얼굴이 뜨겁게 달아오른 채로 나는 내가 사랑했던 세상까지 가능한 한 빨리, 있는 힘을 다해 다다르려 애썼다. 예전에 내가 알고 있던 모든 것들, 나무둥치에

난 구멍, 우거진 나뭇가지 아래의 어두운 터널, 그리고 축축한 흙 냄새, 길고양이들의 비밀 통로, 월계수 아래 그 녀석들의 은신처, 오로르 빌라의 구름처럼 가볍고 하얀 벽, 그리고 무엇보다도 저멀리, 마치 열기구처럼 신비로운 신전, 전면에는 내가 볼 수 있었지만 읽을 줄은 몰랐던 그 단어가 있는 그 신전까지.

한순간 나뭇잎 태우는 냄새가 났고, 그래서 나는 안으로 들어가 그 정원을 다시 만날 수 있을 거라 생각했다. 그리고 그 정원과 함께 소피의 얼굴, 장난을 치며 노는 아이들의 목소리, 그리고 마지막으로 내 몸, 내 다리와 팔, 나의 자유, 나의 뜀박질을 되찾을 수 있을 거라고.

하지만 황혼빛이 흐려지면서 해가 언덕에 걸린 구름 너머로 사라지자 그 냄새도 사라져버렸다. 그 순간 모든 것이 망가져버렸다. 차들까지 전속력으로 커브를 돌면서 대로 위를 다시 달리기 시작했고, 멀어져가는 자동차 엔진소리에 내 마음은 고통스러웠다.

나는 오로르 빌라의 벽을 바라보았다. 이제 그 벽과 아주 가까이 있어서, 도로에 쳐놓은 철조망만 없었다면 팔을 내밀어 만질 수도 있을 것 같았다. 나는 벽을 꼼꼼히 살펴보았다. 비늘처럼 일어나고 긁힌 자국들이 있는 회반죽벽, 빗물받이 홈통 주위의 곰팡이 얼룩, 아스팔트에 타르를 칠하다 튀긴 자국, 길 떠나는 차들이 남긴 생채기들. 높은 창의 덧문들은 이제 더이상 열 필요가 없는 것처럼, 꽉 감은 장님의 눈꺼풀처럼 닫혀 있었다. 집 주변에 깔아놓은 자갈 틈 사이로 잡초가 자라나 있었고, 아칸서스 덤불이 온 사방을 뒤덮으면서 개머루와 오렌지나무들을 질식시키고 있었다. 집안에는 소리 하나, 움직임 하나 없었다. 하지만 그건 옛날의 그 정적, 마법과 신비가 깃든 정적이 아니었다. 그것은 내 심장과 목구멍을 조이고, 달아나고 싶다는 마음을 불러일으키는 고통스럽고 무거운 정적이었다.

하지만 나는 떠날 수가 없었다. 이제 나는 그 저택 안에서 최소한의 생명의 징후, 최소한의 숨결이라도 감지하려 애쓰면서 철책을 따라 걸었다. 좀더 먼 곳에, 초록색으로 칠한 대문이 보였다. 옛날에 마치 성문이라도 되는 것처럼 일종의 경외심을 가지고 바라보았던 바로 그 문이었다. 그것은 예전 그대로였지만, 문을 받치는 기둥들은 달라져 있었다. 이제 그 두 개의 시멘트 기둥들은 대로에 붙어 매연으로 잿빛이 되어 있었다. 대리석판에 새겨진 아름다운 숫자도 찾아볼 수가 없었다. 모든 게 노쇠로 인해 초라하고 처량하고 옹색해 보였다. 때가 잔뜩 낀 플라스틱 덮개 아래 초인종이 있고, 그 밑에 이런 이름이 있었다.

마리 두세

내가 모르는 이름이었다. 아무도 나에게 그 노부인에 대해, 오로르 빌라의 부인에 대해 이야기해준 적이 없었기 때문이다. 하지만 나는 그 쓸모없는 초인종 아래 적힌 이름을 보는 순간 바로 그녀의 이름이라는 것을 알 수 있었다. 내가 사랑했던 그녀, 월계수 아래 나의 은신처에 오랫동안 숨어서 살폈지만 한 번도 볼 수 없었던 그녀의 이름이라는 것을.

그녀의 이름을 보는 순간, 나는 그 이름이 무척 마음에 들었다. 내 추억과 너무도 잘 어울리는 그 아름다운 이름. 나는 아주 행복했고, 옛 추억이 깃들었던 곳을 걸으면서 느꼈던 실망감과 소외감은 사라진 듯했다.

그토록 오래 사랑했던 부인의 얼굴을 보고 싶은 마음에, 한순간 나는 앞뒤 가리지 않고 초인종을 누르고 싶은 욕망이 일었다. 하지만 그럴 수 없었고, 그래서 나는 발길을 돌렸다. 텅 빈 거리로, 불 켜진 창문들이 있는 커다란 건물들 사이로, 자동차로 가득찬 주차장이 있는 곳으로 다시 내려갔다. 하늘에는 더이상 새가 없었고, 길 잃은 늙은 고양이들은 더이상 살 곳이 없었다. 나 역시, 이방인이 되어 있었다.

*

일 년 후에야 나는 그 언덕 위로 돌아갈 수 있었다. 하지만 그

동안에도 그곳에 대한 생각은 내 머릿속을 떠나지 않았다. 학교 공부와 자질구레한 많은 활동과 무의미한 일상들로 정신없이 지냈지만, 그럼에도 내 마음속 깊은 곳에는 여전히 그 불안이 남아 있었다. 왜였을까? 사실 나는 이제 내가 과거의 나, 벽에 난 구멍으로 들락거리던 그 아이, 거기 그 커다란 원시적인 정원 안 길고양이들과 벌레 울음소리 한가운데에서 은신처와 길을 찾아내던 아이가 아니라는 사실을 완전히 받아들일 수 없었던 것 같다. 내 마음속에는 여전히 그 아이가 있었다. 모든 사람들과 헤어졌음에도 그 아이만은 내 가슴속 깊은 곳에 살아 있었다.

이제 나는 오로르 빌라로 가서 마리 두세라는 이름 위에 있는 초인종을 누르고, 그리하여 덧문이 닫혀 있는 그 하얀 집 안으로 마침내 들어갈 수 있게 되었다는 것을 알았다.

이상하게도, 내가 그 저택 문 앞으로 가 초인종을 누를 수 있는 충분한 구실이 있는데도, 마드무아젤 두세가 "집을 관리하고 지켜줄 학생에게 방을 제공하겠다"는 광고를 냈는데도, 나는 그곳으로 가 문을 넘어 그 낯선 영역에 발을 들여놓는 것이 더한층 겁이 났다. 뭐라고 말해야 할까? 내가 오로르 빌라의 부인에게 제대로 말할 수 있을까? 목소리를 떨거나 말이 꼬이지 않고, 불안한 눈빛을 들키지 않고, 무엇보다 나의 추억들, 내 어린 시절의 경외심과 욕망을 드러내지 않고 담담하게 말할 수 있을까? 부질없는 짓이라는 회의가 느닷없이 들지는 않을까 두려워, 되도록 생각하지 않으려 애쓰면서 나는 거리를 따라 천천히 언덕 꼭대기를 향해 올라갔다. 배수로 속의 낙엽, 지름길인 계단 위에 흩뿌려져 있는 솔잎, 개미들, 죽은듯이 움직이지 않는 파리들, 버려진 담배꽁초 같은 사소한 것들에 시선을 고정시킨 채.

오로르 빌라 아래 다다랐을 때, 나는 또 한번 그곳의 변화된 모습에 놀랐다. 몇 달 전에 짓고 있던 건물들은 이미 완공되어 있었고, 다시 새로운 건축 현장들이 생겨나 몇몇 옛 저택들이 허물어지고 정원들은 파헤쳐져 있었다.

하지만 그보다 훨씬 더 끔찍하게 텅 비고 버려진 듯한 인상을 준 건 오로르 빌라 주위로 커브를 그리고 있는 대로였다. 자동차들이 아스팔트 위로 낮게 쉭쉭 소리를 내면서 빠르게 미끄러지듯 멀어져가 커다란 건물들 사이로 사라져갔다. 태양은 사방에서 번쩍이고 있었다. 너무 새것처럼 보이는 건물 벽 위에서, 검은 역청 위에서, 차체들 위에서.

예전의 그 아름다운 빛은 어디에 있는 걸까? 내가 그 가짜 신전의 박공 위, 나뭇잎들 사이에서 발견했던 그 빛은? 심지어 지금은 그림자조차 예전 같지 않았다. 주택단지 아래쪽에 있는 커다랗고 어두운 물웅덩이들, 가로등과 철책의 기하학적인 그림자, 멈춰 서 있는 차들의 딱딱한 그림자. 나는 잎사귀 사이에서 춤을 추는 가벼운 그림자, 늙은 월계수, 종려나무, 복잡하게 뒤얽힌 나무들의 그림자를 생각했다. 햇빛이 나뭇잎들을 가로지르며 만들어내는 둥근 점들과 잿빛 구름 같은 모기떼가 불현듯 떠올랐다. 지금 내가 헐벗은 땅 위에서 찾고 있는 건 바로 그것이었고, 내 눈은 빛 때문에 뜨겁게 불타올랐다. 지난 세월 동안 내 마음속에 남아 있었던 것들이 지금 이 끔찍한 헐벗음과 화끈거리는 빛 속에서 마치 눈앞에 드리운 베일, 현기증, 안개 같아 보였다. 정원의 그림자, 나무들의 부드러운 그림자, 그곳의 정원, 그곳의 신비, 그곳의 고양이들로 둘러싸인 채 아름다운 진줏빛 저택의 눈부신 출현을 준비하고 있던 그 그림자.

나는 딱 한 번, 짧게 초인종을 눌렀다. 어쩌면 아무도 나오지 않기를 마음속으로 바랐는지도 몰랐다. 하지만 잠시 뒤, 저택의 문이 열렸다. 그리고 내 눈앞에 시골 아낙이나 정원사처럼 옷을 입은 늙은 여자가 나타났다. 여자는 문간에 우뚝 서서, 반사광 때문에 눈살을 찌푸리며 나를 보려 애썼다. 그때 그녀는 그 철책 사이로, 나에게 무슨 일이냐고도 내가 누구냐고도 묻지 않았다. 나는 그녀에게 큰 소리로 말했다.

"저는 제라르 에스테브라고 합니다, 광고를 보고 부인께 편지를 썼지요, 방을 구하려고요……"

늙은 여자는 대답하지 않고 계속 나를 쳐다보았다. 그러다가 이윽고 미소를 살짝 짓더니 말했다.

"기다려요, 열쇠를 갖고 올게요, 금방 올 거예요……"

지친 듯 나른하고 온화한 그녀의 목소리를 듣자, 나는 그렇게 소리를 지를 필요가 없었다는 걸 깨달았다.

오로르 빌라의 부인을 한 번도 본 적이 없었음에도 그녀의 모습이 내가 항상 상상해오던 그대로라는 걸 분명히 알 수 있었다. 햇볕에 그을린 얼굴, 짧게 자른 흰머리, 그리고 그녀와 함께 나이를 먹은 옷, 햇빛과 세월에 낡고 색이 바랜, 가난뱅이나 농부가 입음직한 옷. 그녀의 아름다운 이름 마리 두세가 그렇게 낡고 색이 바랬듯이.

그녀와 함께 나는 오로르 빌라 안으로 들어갔다. 나는 주눅이 들었고, 한편으로는 불안하기도 했다. 그곳의 모든 것이 너무 낡아 금방이라도 허물어져내릴 것 같았기 때문이다. 집안으로 들어간 나는 한마디 말도 하지 않고 거의 숨을 죽이다시피 하면서 노부인의 뒤를 따라 천천히 걸어갔다. 어두컴컴한 복도를 따라 가다가 이윽고 금빛으로 눈부신 거실 문이 열렸다. 그리고 출입문 겸 창문 구실을 하는 문의 창유리를 통해, 아름다운 빛 속에서 움직이지 않는 수목과 종려나무의 잎들이 보였다. 마치 해가 영원히 지지 않고 빛을 발하는 것 같은, 그런 빛이었다. 그리고 내가 그 낡고 커다란 방 안으로 들어가는 동안, 그곳의 벽들이 한없이 뒤로 밀려나고 집이 점점 커져 언덕 전체로 펼쳐지면서, 주위의 모든 것을, 건물, 도로, 한산한 주차장, 콘크리트 구렁들을 전부 사라지게 하는 것 같았다. 나는 옛날의 내 키, 내가 결코 잃어버려서는 안 되었을 어린아이 시절의 키로 돌아가고 있었고, 오로르 빌라의 노부인은 그 집 벽의 빛에 환하게 비춰진 채 점점 키가 커지고 있었다.

나는 현기증이 너무 심하게 일어 안락의자에 몸을 기대야만 했다.

"왜 그래요?" 마리 두세가 물었다. "피곤해요? 차 좀 마시겠어요?"

나는 내 허약함에 약간 창피해하면서 고개를 저었다. 하지만 노부인은 물음에 스스로 대답하더니 금세 사라졌다.

"아니, 아니, 마침 불에 물을 올려놓았어요, 곧 돌아올 테니까, 거기 앉아요……"

그러고 나서 우리는 말없이 차를 마셨다. 현기증은 사라졌지만 멍한 진공상태는 그대로였고, 그래서 나는 아무 말도 할 수 없었다. 그저 노부인이 하는 말을 듣고 있을 뿐이었다. 그녀는 그 집의 모험에 대해 이야기했다. 그녀의 집이 최근에 겪고 있는 모험에 대한 이야기였다.

"그 사람들이 왔어요. 그들은 다시 또 올 거예요, 난 알아요.

그래서 내가 도움을 필요로 하는 거예요. 그러니까, 당신 같은 사람의 도움을 말이에요, 날 도와줄 사람. 난 사실 여학생을 원했어요, 그게 나을 거라고 생각했죠, 그 여학생을 위해서나 날 위해서나. 두 사람이 찾아왔었어요. 하지만 그 여학생들은 이 집을 보더니 정중하게 작별인사를 하더군요. 그후로 두 번 다시 그들을 보지 못했죠. 그들은 겁을 집어먹고 이곳에 있고 싶어하지 않았어요. 난 이해해요, 비록 지금은 모든 게 조용해 보이지만, 그 사람들이 다시 올 거라는 걸 알아요. 그들은 밤에 올 거예요, 쇠파이프로 덧문들을 두드려댈 거고요, 그리고 자갈돌을 던지며 야만적인 고함을 질러대겠죠. 몇 해 전부터 날 겁주려고 그러고 있답니다, 이해하겠어요? 날 여기서 쫓아내려고요. 하지만 내가 어디로 가겠어요? 난 이 집에서 평생을 살았어요, 난 어디로 가야 할지 몰라요, 그럴 수 없어요. 그렇게 난리를 치르고 난 다음 날이면 어김없이 부동산업자가 찾아와요. 그 사람은 우리집 초인종을 눌러요, 당신처럼. 하지만 이제부터 그를 맞이할 사람은 바로 당신이에요, 당신이 내 비서라고 말하세요. 그리고…… 하지만 아니, 사실 그럴 필요 없어요, 난 그 사람이 원하는 게 뭔지 잘 알아요, 그리고 그는 그걸 어떻게 손에 넣을지 잘 알고 있지요. 그건 조금도 달라지지 않을 거예요. 그들은 도로와 학교를 짓는다면서 땅을 손에 넣고는 그걸 사람들에게 분양했어요, 그리고 사람들은 그 땅에 건물들을 지었죠. 하지만 아직도 이 집이 남아 있어요. 그들이 원하는 건 바로 이 집이에요. 이 집을 손에 넣지 못하는 한 그들은 날 편안히 놔두지 않을 거예요. 왜 그러는 거겠어요? 아직도 더, 더 많은 건물들을 짓기 위해서죠. 그들이 앞으로도 계속 밤에 찾아올 거라는 걸 알고 있어요. 그들 말로는, 소년원을 들락거리는 불량 청소년들 짓이라고 하더군요, 그들은 그렇게 말해요. 하지만 나는 그게 거짓말이라는 걸 알아요. 그런 짓을 하는 건 바로 그들이에요, 그들 모두, 건축업자, 부동산업자, 시장과 보좌관 들, 그들 모두. 그들이 이 땅을 노린 지는 아주 오래되었어요, 아주 오래전부터 이 집을 탐냈어요. 그들은 바로 저기다 도로를 만들었어요, 저 너머에요, 그들은 내가 저것 때문에 떠날 거라고 생각했죠. 하지만 나는 덧문들을 닫아걸었어요, 그 이후로 한 번도 덧문을 연 적이 없어요. 나는 정원 쪽에서만 생활해요…… 아주 지쳤어요, 가끔은 정말로 떠나버릴까, 저들이 원하는 대로 집을 넘겨주고 떠나야 하는 건 아닌가 하는 생각이 들기도 해요, 그러면 이 모든 게 끝날 테니까. 하지만 그럴 수가 없어요, 어디로 가야 할지 몰라요, 나는 여기서 평생을 살았어요, 그래서 다른 곳은 전혀 몰라요……"

그녀는 들릴락 말락 한 나직한 목소리로 그렇게 말했다. 텅 빈 하늘에서 태양이 천천히 내려오며 이울고 있었고, 나는 고가구들로 장식된 커다란 방 안에서 감지할 수 없을 만큼 조금씩 움직이고 있는 아름다운 빛을 바라보고 있었다. 나는 옛 시절, 거기 정원 덤불 속에 숨어 있던 그 시절을 떠올렸다. 그때까지만 해도 이곳은 아직 언덕 발치의 무성한 나무들에 가려진 하나의 풍문에 지나지 않았다. 나는 옛날에 개구멍을 통해 정원에 들어가 놀았던 일, 그리고 길고양이들이 잡목림 속으로 달아나던 일을 그녀에게 몇 번이나 말하려 했다. 종려나무들 사이로 갑자기 눈부시게, 구름처럼, 깃털처럼 솟아오르던 그 커다랗고 환한 점에 관해 말하고 싶었다. 그리고 나는 실제로 말을 꺼냈다.

"저는 기억하고 있습니다, 부인, 저는……"

하지만 그 문장은 거기서 그대로 걸려 있었고, 노부인은 맑은 눈으로 조용하게 나를 바라보았다. 나는 왠지 모르게, 감히 계속할 용기가 나지 않았다. 그리고 현대의 도시가 오로르 빌라를 잠식하려 하고 있는 지금, 내 어린 시절의 추억들이 하찮게 여겨졌다. 지금 이곳에 군림하고 있는 상처와 고통과 불안은 무엇으로도 감춰질 수 없기 때문이었다.

그때 갑자기, 나는 내가 그 집안에 계속 머물러 있을 수 없으리라는 것을 알아차렸다. 마치 전율을 느끼듯 그것이 느껴졌다. 그 깨달음은 단번에 내 온몸을 사로잡았다. 도시의 파괴적인 힘, 자동차, 버스, 트럭, 레미콘, 기중기, 공기해머, 살수차, 그 모든 것이 조만간 이곳으로 와 잠들어 있는 정원 안으로 쳐들어온 다음, 저택의 벽 안으로 들어와 창유리들을 산산이 부수고, 회반죽 천장에 구멍을 내고, 갈대 울타리를 무너뜨리고, 누르스름한 벽과 바닥, 문틀 들을 뒤집어엎을 것이었다.

그것을 깨달았을 때 또다시 멍한 진공이 나를 사로잡았다. 노부인은 더이상 말을 하지 않았다. 그녀는 식어가는 찻잔 위로 몸을 약간 굽히고 시선을 창 쪽으로 향한 채, 사위어가는 빛을 바라보고 있었다. 그녀의 입술은 아직도 무언가를 말하려는 것처럼 약간 떨렸다. 하지만 그녀는 더이상 입을 열지 않았다.

그녀 안에는, 그리고 여기 이 죽어가는 저택 안에는 그런 침묵이 깃들어 있었다. 더이상 아무도 오지 않은 지는 아주 오래되었다. 부동산업자들, 건축업자들, 심지어 시장의 보좌관도. 학교와 도로를 짓기 전에 공공의 이익을 위한다는 명분으로 공용징수 결정을 통보하러 누군가가 이곳을 찾아온 이후로 더이상 아무도 오지 않았고, 더이상 아무도 그 문제에 관해 말하지 않았다. 지금 이 낡은 집을 옥죄며 죽이고 있는 것은 바로 침묵이었다.

내가 어떻게 그 집에서 나왔는지는 알 수 없다. 나 역시 도둑처럼, 일전에 숙식을 제공해주는 일자리를 구하러 왔다던 그 아가씨들처럼 슬그머니 달아난 게 틀림없는 듯하다. 노부인은 혼자 그곳에 남겨졌다. 버려진 자신의 커다란 집 한가운데에, 호박색 햇빛이 비치고 석회 벽이 군데군데 떨어져나간 그 커다란 방 안에 혼자. 나는 언덕을 다시 내려가 대로가 있는 곳을 향해 걸어갔다. 전조등을 켠 차들이 붉은빛을 남기고 도망치듯 어둠 속으로 돌진하고 있었다. 언덕 아래, 대로에 파인 홈을 따라 엔진들이 위협과 증오로 가득찬 소리로 일제히 부르릉거렸다. 아마도 지금이 바로 그 저녁, 마지막 저녁인지도 몰랐다. 그날 저녁 그들 모두가 오로르 빌라를 공격하러 언덕을 올라가고, 소년원 출신의 사내아이들과 계집아이들이 그을음으로 더러워진 얼굴을 한 채 칼과 쇠사슬을 들고, 잠들어 있는 그 정원 안으로 쳐들어갈지도 몰랐다. 아니면 똬리를 튼 뱀처럼 그 낡은 저택을 옥죄고 있는 커다란 커브길을 따라 소형 오토바이를 타고 달리면서 빈 코카콜라 병을 평평한 지붕 위로 던질지도 몰랐다. 그리고 어쩌면 그 병들 중 하나에는 불을 붙인 휘발유가 들어 있을지도 몰랐다…… 내가 자동차들과 트럭들 사이로, 건물들의 높다란 벽 사이로 들어가는 동안, 아주 멀리서 오로르 빌라의 문들을 하나하나 차례로 부서뜨리는 용역 깡패들의 야만적인 고함소리가 들리는 것 같았다.

안느의
놀이

LE JEU
D'ANNE

LA
RONDE
ET
AUTRES
FAITS
DIVERS

그는 안느를 다시 만나러 가기 위해 구형 포드 자동차에 올라탄다. 시동을 걸고 차고에서 나오는데 자갈길에 서 있는 어머니가 보인다. 노부인은 한낮의 햇빛 때문에 실눈을 뜨고 있다. 차를 운전하는 게 누구인지 확인하려는 듯 그녀는 안경 위로 챙처럼 손을 갖다댄다. 하지만 그 집에 사는 사람이라고는 그와 그의 어머니 둘뿐인 터에 그는 어머니의 그런 행동이 아주 이상하고, 가슴속이 살짝 공허하고, 뭔가 아득하고 이해할 수 없는 느낌이다. 그래서 그는 눈길을 돌린다. 차는 정원의 자갈길을 굴러가다가 인도 아래로 내려온다. 그런 낯선 느낌을 불러일으키는 건 어쩌면 햇빛, 어머니의 흰 머리칼과 저택의 흰 벽과 자갈길 위에서 마치 집요하게 살피는 눈길처럼 번쩍이는 그 햇빛 때문인지도 모른다.

차가 거리를 따라 광장을 향해 달리자 그는 차창을 내리고 얼굴에 후끈한 공기를 느낀다. 여름의 메마르고 뜨거운 숨결이 셔츠 소매 속으로 밀려들어와 등에서 셔츠를 부풀린다. 아스팔트 위에서 타이어들이 질척거리는 소리를 낸다. 그는 태양빛이 도로 포장을 녹여버린 거라고 생각한다. 그는 그 소리를, 여름의 열기를, 특히 산 위의 눈부시도록 푸르고 광활한 하늘을 아주 좋아한다.

언덕 위로 접어들면서 그는 자신이 무척 사랑하는 풍경을 바라본다. 그는 그 풍경을 속속들이 알고 있다. 밤과 낮의 매 순간을, 거기에 있는 모든 것들을 알고 있다. 나무 한 그루 한 그루, 바위의 움푹 팬 곳 하나하나, 그리고 아래에 펼쳐진 집들의 지붕, 단층을 닮은 도로, 정원, 드넓은 잿빛 광장 들.

차가 커브길을 차례로 돌아 대로를 따라 언덕 위까지 올라가는 동안 그는 그 모든 것을 생각한다. 하늘은 눈부시고, 비탈길들에 매달린 콘크리트 건물들은 어느 때보다 더 하얗다. 건물들의 벽이 햇빛에 달궈진 것처럼 보인다. 안느는 무엇보다 바다, 해변, 금송, 그리고 요트경기가 열릴 때 바다에 떠 있는 요트들의 하얀 돛을 좋아한다. 그녀는 산을 경계한다. 산 풍경은 너무 험준하고 메말라 있다고 말한다.

반면에 그는 산을 무척 좋아한다. 어린 시절부터 그가 사랑한 건 산에 있는 돌들, 잿빛 골짜기, 다리를 할퀴는 마른 가시덤불, 바위틈 깊은 곳에서 올라오는 사향냄새와 풀향기, 그리고 무엇보다도 바람의 침묵이다. 그는 어느 가을 일요일에 아버지를 따라 잡목숲 속으로, 고원으로, 혹은 벌거벗은 산허리로 사냥을 나갔던 때를 기억한다. 아버지가 어떤 사람이었는지, 아버지가 그를 사랑했는지조차 더이상 기억나지 않는다. 아버지에 대해 기억하는 건 오직 이런 것들뿐이다. 어스름한 새벽빛이 비치는 푸른 하늘 아래 돌들이 침묵하는 가운데 골짜기 밑바닥을 한없이 걷던 일, 그러고 나서 갑자기 자고새가 푸드득거리며 날아가거나 산토끼가 내달리던 일, 그리고 바로 그 순간 천둥처럼 깊은 골짜기까지 한 발의 총소리가 요란하게 울리던 일.

힘 좋은 차가 건물들이 쭉 늘어선 넓은 커브길을 따라 도는 동안, 그는 그런 생각을 하고 있었다. 한순간 햇빛이 유리창 하나 하나에 눈부신 광채를 일으키며 부서진다. 저 아래쪽의 바다는 단단해지고, 물결은 잔잔하다. 눈부신 빛 위에 잔물결들이 그물무늬를 그린다.

그 순간 그는 이상한 현기증을, 아주 먼 추억에 잠겨 있었음을 느낀다. 그 때문에 그의 내면에 고통스러운 구멍이 생기고, 동시에 그는 안심하고 진정한다. 그가 집에서 몰래 빠져나와, 아직 안느를 몰랐던 그 시절을 떠올릴 때면 늘 그래온 것처럼. 심장이 두방망이질치고, 핸들을 잡고 있는 손에서 땀이 난다. 바지에 손을 닦아야 한다, 한 손씩 번갈아가며. 그는 약간 속도를 늦추고 오른쪽 인도에 차를 바짝 갖다붙인다.

그의 눈앞에 대로가 곧게 뻗어 있다. 정오에서 두시 사이엔 으레 그렇듯이 교통량은 별로 없다. 이탈리아에서 오는 무거운 화물이나 목재를 적재한 트럭, 아니면 휘발유를 실은 탱크로리 같은 화물차 몇 대만 가끔씩 눈에 보일 뿐이다.

대로 끝에 아직 모퉁이가 하나 더 있다. 거기선 산맥이 선명하게 보인다. 구름 한 점 없는 하늘과 맞닿은 험준한 산맥이. 그곳을 지나 천문대로 가려면 울창한 숲의 그늘 지대를 통과해야 한다. 앙투안은 눈을 감고도 운전할 수 있을 정도로 그 길을 훤히 안다. 언젠가 안느에게도 그런 말을 했었다. 하지만 오늘은 무언가 다르다. 왠지 이곳에 처음 와보는 것 같은 기분이 든다. 그곳을 지나가는 동안 각각의 세부가, 나무 한 그루 한 그루, 송전탑, 경계석, 벽 하나하나, 집 한 채 한 채가 고통스러울 정도로 선명하게 떠올라 영원히 그의 가슴속에 아로새겨진다. 아마도 오늘처럼 열심히 주의를 기울여 바라본 적이 이제껏 한 번도 없었기 때문일지도 모른다. 사실상 두려움 때문이기도 하다. 노면, 울타리, 기둥, 흰 종잇조각과 유리 파편 들이 흩뿌려진 사면들이 미끄러지듯 빠르게 지나간다. 앞으로 나아가는 것은 자동차가 아니라 길이다. 땅이 쇠로 만들어진 차의 밀폐된 공간 주위로 펼쳐지고, 사물과 이미지, 추억 들을 던진다. 그는 눈을 감고 싶다. 마음속에 일종의 피로가 느껴진다. 하지만 그의 시선은 계속 도로를 응시하고, 온몸은 운전에 필요한 것들에 자동적으로 반응한다. 핸들을 잡은 손의 미세한 동작, 액셀러레이터 페달 위의 오른발에 가하는 압력, 백미러 혹은 계기판 쪽으로 던지는 눈길.

그는 천문대 방향으로 가는 갈림길을 지나쳐가며 곁눈질로 보지만, 그의 몸은 반응하지 않는다. 오히려 그는 고통스러울 정도로 경직된 주의력과 속도를 유지하며 계속 도로와 경사면들을 빠르게 뒤로 달아나게 할 뿐이다. 그는 기억하고 싶지 않다, 정말 그러고 싶지 않다. 마치 졸음에 다시 빠져드는 바로 그 순간 그를 사로잡고 더 고통스럽게 하는 나쁜 꿈인 것처럼.

하지만 그의 의지와 달리 기억은 찾아온다. 그것은 햇빛을 깜빡이게 하는 나뭇잎들이다. 마치 앞유리창에 비가 반짝이는 것 같다. 차를 멈춰 세우고 솔잎 카펫 위에 누워 숨을 고르고 푸른 하늘을 올려다볼 사람들을 위해 바깥공기는 분명 부드럽고 가벼울 것이다. 곳곳에 안느의 냄새가 떠돈다. 그는 그 냄새를 맡는다. 창이 모두 닫힌 차 안에 있는데도, 갈라진 바닥 시트에서 휘발유 냄새가 풍기는데도 그는 그 감미롭고 강렬한 냄새를, 안느의 머리칼 냄새를, 그녀의 체취를 맡는다. 그들은 천문대의 정원에 드러누워 무언가를 먹었다. 뭘 먹었는지는 이제 기억이 나지 않는다. 아마도 안느가 준비해온, 오이와 옥수수가 들어간 샐러드였으리라. 그녀가 좋아하는 음식들이었다. 둘이서 로제 와인을 마신 것은 기억이 난다. 안느는 담배에 불을 붙였다. 미국산 담배. 그녀는 담배를 살 때마다 다른 걸 골랐다. 하지만 두 사람은 아무 말도 하지 않았다. 거의 대화를 나누지 않았다. 낮은 목소리로, 마치 은밀한 속내 이야기를 하듯이, 의미 없는 말을, 단편적인 말을, 바람이 불면 담배 연기와 함께 빛 속으로 사라지는 불완전한 말들을 주고받듯이. 여름철에 말을 하는 건 귀뚜라미들이었다.

지금 그가 달리는 도로는 산 가장 높은 곳에 있다. 왼편으로 안개에 잠긴 어두운 골짜기 밑바닥이 마치 비행기에서 내려다보이듯 보인다. 도로엔 이제 거의 아무도 없다. 시간 때문이다. 하지만 그는 허기도 피로도 느껴지지 않는다. 그는 자기가 어디로 가고 있으며 어디로 가야 하는지 알고 있다. 기억해내려고 일부러 노력할 필요조차 없다. 그런 식이었다, 모든 게 완전히 그런 식으로 일어났을 것이다.

도시는 바다 앞 산기슭, 골짜기의 움푹한 바닥에 펼쳐진, 빛의 파편들이 흩뿌려진 잿빛 반점이 되어 있었다. 어쩌면 그들은 저기 복잡하게 얽힌 도로들 속에 파묻혀 있는 안느의 집을 찾아보려 했을 것이다. 혹은 밤이면 파란 네온사인이 빛나는 보험회사 건물을 찾아보려 했거나. 어쩌면 그들은 작은 숲 속의 날카로운 가시 카펫 위에 다시 드러누웠을 것이다. 거기서 그는 처음으로 그녀의 입술을 맛보았으리라. 그는 그 엷은 맛을 떠올린다, 그녀의 몸 깊은 곳에서 나오는 공기와 뒤섞인 엷은 담배의 맛을. 그러자 심장이 더 세차게 뛰기 시작하고, 이마와 뺨에서 땀이 살짝 배어나온다. 그런 걸 생각해서는 안 됐다, 그 기억이 되돌아오게 해서는 안 됐다. 그는 자기가 곧 아플 거라는 것을 안다. 비탈 가장자리에 차를 세운다. 거기서 그리 멀지 않은 길모퉁이에 아지프 주유소가 있다. 전에 한 번도 본 적이 없는 주유소다. 커다란 시멘트 지붕을 받치고 있는 세 개의 잿빛 기둥에 매달린 간판이 갑자기 불어온 질풍에 덜컹거린다. 주유기들 사이에 늑대처럼 생긴 커다란 개 한 마리가 바닥에 엎드려 있다. 차가 멈춰 서자 개는 귀를 쫑긋 세우지만 움직이지는 않는다.

그는 간신히 차에서 내려 바람 속에서 휘청거린다. 차에서 내린 건 차가운 공기를 마시고 싶어서라기보다는 개 짖는 소리를 듣기 위해서다. 그의 안에 자리잡은 정적을 몰아내기 위해 누군가의 목소리를, 무슨 소리를 듣고 싶은 것이다. 도로 위에 선 그의 눈에 바람이 휩쓸고 지나가는 드넓은 고원의 돌들과 잡목들이 보인다. 그는 자기가 왜 그곳에, 고원 바로 앞에서 멈춰 섰는지 잘 모르겠다. 그곳은 그 도시의 남자들이 저녁에 클럽에서 술을 마시며 춤을 추고 난 뒤 여자를 데려가는 곳이다. 옛날에 고등학교에 다니던 시절 친구들은 모두 그 고원에 대해 말하고, 여자아이들과의 데이트에 대해 이야기했다. 한번은 낡은 2CV*를 타고 다니던 카로니라는 이름의 친구가 그에게 디스코텍에 함께 가자고 한 적이 있었다. 그 친구는 거기서 춤을 추고 고원으로 여자아이들을 데려가 즐기자고 했다. 그는 분노를 느끼며 단호하게 거절했고, 그 소문은 학교에 퍼져 많은 남자아이들이 그를 조롱했다.

그 생각을 하면 그는 아직도 현기증이 나는 것 같다. 그건 안느 이야기와 아주 먼 또다른 시절의 이야기이기 때문이다. 하지만 바로 그런 이유로 지금 그는 비탈을 올라 자갈길과 잡목숲을 뚫고 고원 쪽으로 가기 시작하는 것이다. 그는 자기가 뭘 찾고 있는지 잘 모른다. 그는 앞으로 몸을 내민 채 황량한 고원을 가로질러 빠르게 달린다. 돌풍이 몰아친다. 눈물이 찔끔 날 정도로 맵찬 바람이다. 이곳에서 빛은 아름답고 몹시 강렬하다. 광활한 푸른 하늘에는 성층권을 날아가는 비행기들이 남긴 기이한 모양

* 시트로앵사가 제조한 프랑스의 대표적인 소형차.

의 하얀 선들이 보인다.

그는 덤불들을 가로질러 구불구불한, 어디로 나 있는지도 모르는 좁은 길을 따라간다. 바람과 빛, 넓고 푸른 하늘 때문에 이곳의 정적은 아주 밀도가 높다. 그는 몸을 살짝 앞으로 숙인 채 나아간다. 수풀의 가시들이 바지를 할퀴어대는 게 느껴지고, 잡목숲의 알싸한 냄새에 취기가 오른다. 바로 여기야, 그는 생각한다. 여기다, 여기야…… 여기가 뭐? 모르겠다. 어린 시절, 어쩌면 청소년 시절이었으리라, 그가 여자를 데리고 가시덤불숲 속으로 달려가, 옷을 찢고 살갗에 핏방울이 맺히게 하는 키 작은 관목들 사이에서, 흙냄새가 올라오는 뜨겁게 달궈진 땅바닥 위에서 뒹굴 용기가 없었다는 것을 이제 깨닫는다. 뜨겁게 달아오른 벗은 몸을 어루만지고, 자신의 입으로 여자의 말소리를 멈추게 하고, 목구멍 깊숙이 웃음소리를 삼킬 용기가 없었다는 것을.

하지만 고원은 적막하고 아무도 없다. 온통 바람과 푸른 하늘, 눈부신 빛뿐이다. 마치 자기 자신의 그림자로부터 벗어나고 싶어하는 것 같다. 그건 불가능한 일이다.

그는 바닥이 움푹 팬 곳, 숲속의 빈터 같은 곳에 앉아 있다. 붉은 땅은 헐벗었다. 그의 머리 위로 바람이 불어 소관목들의 나뭇가지가 흔들리지만, 움푹 들어간 곳에 있는 그는 그걸 느끼지 못한다. 단지 얼굴과 손에 태양의 뜨거운 열기만이 느껴질 뿐이다.

다리가 아프다. 그리고 그는 불현듯 자신의 바지가 찢어졌다는 것을 알아차린다. 아까 가시덤불에 걸려 찢어진 모양이다. 허벅지의 살도 까져 있다. 그곳 역시 화끈거린다. 그는 자기도 모르는 사이에 고원을 가로질러 오랫동안 걸은 것이다. 그래서 아버지와 함께 덤불숲 속에서 보냈던 날들이 떠오른다. 그 시절 그는 날아오르는 자고새나 산토끼를 노리면서 아버지 뒤에서 소리를 죽이며 한없이 걸었다. 아버지는 개를 데리고 다닌 적이 없었다. 심지어 혼자 사냥을 나갈 때에도. 개들은 소리를 내는데다 진한 냄새를 풍겨 사냥감들이 미리 겁을 집어먹기 때문이라고 했다. 그에게 그 이야기를 해준 건 물론 그의 어머니다. 왜냐하면 그는 아버지가 한마디라도 하는 걸 들어본 기억이 없으니까.

그는 뒤에서 아버지의 발자국 위에 정확히 발을 디디려 애쓰면서 소리 죽여 따라 걸었다. 그는 두려웠다. 때때로 혹시라도 자기가 떨거나 이를 덜덜 맞부딪치지나 않을까 걱정이 됐다. 마치 아버지가 곧 쌍발 엽총으로 바로 자기를 죽일 것처럼 겁이 났다. 하지만 산속을 멀리 걷고 자갈 깔린 비탈길을 오르고 어깨에 목을 파묻을 때처럼 깊은 골짜기를 소리 없이 걷는 것이 마냥 좋았다.

좋은 날들이었다. 그리고 어느 날 아버지가 죽었다. 그는 다시는 산에 올라가지 않았다, 단 한 번도. 그후로 처음 산에 왔다. 하지만 이건 진짜 산이 아니다. 여기, 이곳은 관능적인 장소이기 때문이다. 밤이 되면 이곳으로 사람들이 찾아온다. 그들이 아래쪽 도로에 있는 아지프 주유소 옆에 차를 세우면, 커다란 늑대개가 목에 묶인 사슬을 끊어져라 당기면서 미친듯이 짖어댄다. 그들은 덤불숲을 헤치며 달려간다. 흥분으로 가득한, 약간은 겁을 먹은 듯한 웃음소리가 들린다. 사내들이 덤불숲 속으로 사라진 척할 때 여자들이 내는 웃음소리. 그들은 땅바닥에 쓰러져 덤불을 짓이기며 뒹군다. 옷이 가시에 찢기고, 여자들의 머리칼에는 흙과 잔가지들이 잔뜩 들러붙는다. 여름밤이면 메뚜기 소리가 울려퍼진다. 그 소리는 마치 사람을 취하게 만드는 톱 연주 소리 같다.

다시 현기증이 인다. 그는 일어나 잡목숲 속을 비틀거리며 걸어간다. 벌레들의 노랫소리가 들고일어나 굽이친다. 때로는 그의 앞 아주 가까이에서, 때로는 저 뒤쪽 멀리에서. 햇빛의 열기 때문에 그의 얼굴에, 몸에 땀이 솟아오르고, 등과 겨드랑이에 셔츠가 들러붙는다. 그는 양복 윗도리를 벗어 마치 넝마쪽처럼 오른손에 꽉 움켜쥔다. 옷자락이 소관목 가시에 걸려 찢어진다. 이윽고 바람이 분다. 차가운, 거의 얼음장 같은 바람이다. 몸이 떨린다. 그는 지난밤 육체들의 흔적이 남아 있는 덤불숲과 붉은 흙, 그 모든 숲속의 빈터들을 바라보면서 정처 없이 오랫동안 고원을 어슬렁거린다.

함정에 빠졌을 때와 같은 현기증이다. 여기 이 고원에 안느의 그림자가 없다는 것을 알고 있기 때문이다. 그녀는 올 수 없다, 이곳은 증오와 폭력으로 가득찬 장소, 쌍발 엽총을 든 늙은 남자가 걷는 그 황야처럼 거칠고 고독한 장소다.

그녀는 다른 곳에 있다. 그녀는 거기서 기다린다. 다른 곳, 그것은 그녀의 빛, 그녀의 하늘, 그녀의 태양, 그녀의 나무들, 그녀의 돌들이다. 그는 바다를 생각한다. 갑자기 현기증이 잦아들고 폭력, 분노, 증오가 해소되어 사라진다. 그는 해가 지기 시작하는 서쪽으로 몸을 돌린 채 그대로 움직이지 않고 서 있다. 거대한 도시가 있다, 으르렁거리는 간선도로들에, 깜빡이는 불빛에. 바다가 있다, 검은빛에 가까운 푸른색의, 금속처럼 단단하고 고요하고 무한한 바다.

그는 거의 달리다시피 하면서 벌레들이 바스락거리는 고원을 가로질러 도로까지 간다. 차는 햇빛 속에 서 있다. 검은 차체가 이글거리는 광채로 번쩍인다.

운전석에 앉으면서 그는 숨막히는 열기를 느낀다. 창을 열고 시동을 건다. 그리고 기어를 일단으로 놓고 앞으로 나아간다. 지금 도로는 길게 뻗어 있다. 하지만 그는 자기가 가야 할 곳을 안다. 이제 더이상 그것을 잊어버릴 수는 없을 것이다. 그의 뒤로 멀어져가는 도시는 바람이 휘몰아치는 저주받은 고원처럼 고독하다. 그곳은 모두 하나인 증오, 기쁨, 그리고 두려움을 위한 장소다.

이제 저곳에는 그를 위한 집이 없다. 방들은 그를 원하지 않는다. 방들은 벽으로 그를 조이고, 벽지의 함정들 속으로 그를 끌어당긴다. 창날, 바늘 다발, 소용돌이, 백금 철심의 모난 광채. 매일 저녁 그는 마치 경찰에 쫓기는 사람처럼 호텔을 바꿨지만, 아무 소용이 없었다. 매일 저녁, 매일 낮. 어머니 집에서는 훨씬 더 끔찍하다. 그가 음식을 먹기 위해 식탁에 앉아본 지도 며칠이 되었는지 모른다. 그의 어머니는 머리가 하얗게 세고 안경 너머 푸른 눈은 색이 바랬을 정도로 늙었다. 그녀의 흰머리와 안경알에 비친 빛이 그의 심장을 뛰게 하고, 그의 척추를 따라 고통스러운 전율을 일으킨다. 그는 두려워하는 걸까? 아니, 그런 게 아니다. 오히려 그의 내면에 도사린 두려움, 오랜 떨림으로 몸밖으로 퍼져나가는 두려움이다.

지금 그는 햇빛을 받으면서 천천히 차를 몰며 도로를 달려간다. 오른편에 바다가 있다. 조감도처럼 아주 높은 곳에서 내려다보니, 파도가 태양이라는 하나의 점을 중심으로 동심원을 그리는 수많은 원의 형태로 멈춰 있는 것처럼 보인다. 바로 안느가 제일 좋아하는 것이다. 그녀와 수평선 사이에 끼어드는 것 없이,

하늘이 놓인 거대한 곡선이 보일 때. 그녀는 바위에 앉아 몇 시간이고 바다를 바라보며 낚시꾼처럼 꼼짝도 않고 그대로 있을 수 있다. 어느 날 그가 그렇게 말하자 그녀는 웃기 시작했다. 그녀는 옛날에 남자아이들과 함께 낚시를 하러 다녔다고 했다. 어머니의 머리핀을 훔쳐 낚싯바늘을 직접 만들었지만, 결국 해초 덩어리 말고는 아무것도 건지지 못했다고 했다.

그는 이제 평화지대 안으로 들어섰다. 안느의 영역으로 돌아온 것이다. 심장이 진정되었고, 이제 그녀 외에는 아무것도 생각하지 않는다. 차가 조용히 도로를 따라 달린다. 정확히 일 년 전 오늘, 그 젊은 여인이 달렸던 도로다. 천문대를 떠나면서 안느는 바다를 보기 위해 이탈리아를 향해 차를 몰았다. 그날의 날씨는 아주 보기 드물 정도였다. 드넓은 하늘에는 구름 한 점 없었고, 바다는 광채로 가득찬 짙푸른색을 띠고 있었고, 환한 햇빛이 산을 비췄다. 안느의 차는 부드럽게, 천천히, 열린 빛 속으로 달려간다. 짙은 초록색 차체에 반사광이 미끄러지면서 별들을 만든다. 아마도 그녀는 바로 그 순간에 라디오를 듣고 있었을 것이다. 비지스의 음악, 아니면 〈물레르 헨데이라(수놓는 여인)〉라는 브라질 노래를!

그런데 앞유리창으로 바람소리가 들린다. 바람이 쉭쉭거리는 소리를 내며 차 안으로 새어들어온다. 때때로 화물을 지나치게 적재한 대형 트럭이 한쪽으로 차체가 기운 채 연안을 따라 아슬아슬 커브길을 돈다. 하지만 트럭은 이내 다시 중심을 잡고 달린다. 이제 서쪽으로 햇살이 더 뜨거워졌고, 커브길을 도는 트럭들이 있고, 산들은 쇳빛이 도는 회색 바다 위에 부동의 그림자를 드리운다.

이제 곧 황혼이다. 날은 수평선 저 너머로 미끄러져 넘어갔다. 구름 한 점 없이, 시간에 제동을 거는 건 아무것도 없이. 날은 산 자들을 죽은 자들 쪽으로 이끌고 가면서, 마치 과거를 향해 가듯이 미끄러지듯 지나가버렸다. 오늘은 일 년 전의 바로 그날이다. 짙은 초록색 자동차가 바다와 하늘 사이에 매달린 채 뜨거운 도로 위를 달려간다. 빛이 거대한 통로를, 혹은 천사의 두 날개를 닮은 번쩍이는 궁륭을 펼쳐 만든다.

이제 더이상 난폭함과 잔인함은 있을 수 없다. 그녀는 언제나 그렇게 결론을 내렸다. 그리고 그녀는 사랑하는 남자의 손을 세게 꽉 잡는다. 그는 자신의 심장이 그녀의 손바닥 안에서 뛰는 것을 느끼고, 그녀의 입술에서 나는 맛을, 집요하게 들러붙어 있는 그녀의 머리칼냄새를, 풀냄새를, 살냄새를 느낀다. 짭짤한 눈물이 천천히 고통 없이 흐르면서 입가를 축축하게 적신다.

그때 빛이 더 부드러워지고 약간 흐릿해진다. 마치 황혼이 다가오는 것처럼. 바람이 앞유리창에서, 바퀴 안에서, 멀리서 들려오는 음악소리처럼 휘파람소리를 낸다. 도로는 큰 커브길 쪽으로 이어지고, 거기서부터 이탈리아의 연안이 멀리, 비행기 날개 아래 높은 산들의 섬처럼 보인다.

안느의 진초록색 차는 커브길을 향해 빠르게 달린다. 하지만 그 순간 갑자기 튀어나온 어떤 대형 화물트럭의 차체 위로 폭발하듯 번쩍이는 빛 때문에 그녀는 길이 구부러져 있는 것을 보지 못하고 곧장 내달린다. 그녀는 눈을 감는다, 오랫동안, 필사적으로 핸들을 움켜쥔 채. 차가 귀청을 찢을 듯한 쇳소리를 내며 시멘트 난간을 들이받고 골짜기 아래로 떨어지는 동안. 나중에 화물트럭 운전사가 말한다. 그는 쉬지 않고, 자기가 무슨 말을 하는지도 모른 채 되풀이한다. "그 여자는 마치 돌멩이처럼 떨어졌어요, 그리고 저 아래에서 폭발했어요. 마치 불덩이 같았어요. 불덩이 같았어요."

그러나 이제 더이상 난폭함은 없다. 몸의 중심을 물어뜯고 갉아먹으며 밤낮으로 따라다니는 운명도 더이상 존재하지 않는다. 어머니의 하얗게 센 머리칼 속에서도, 행인들의 굳은 얼굴에서도 죽음은 더이상 반짝이지 않는다. 아무것도 남아 있지 않고, 아무것도 저항하지 않는다. 바람 속에, 빛 속에, 하늘 속에 존재하는 것은, 그리고 귓속에 속삭이는 것은 어떤 음악이다. "이리와, 이리……" 그 음악은 도로 위에 기호를, 화살표를, 숫자를,

보물이 숨겨져 있는 장소의 도면을 그린다.

커브길 중간에선 실수를 하면 안 된다. 일 년 전, 바로 오늘이었다. 시멘트 난간은 제대로 보수조차 되어 있지 않다. 사람들은 그곳에다 쇠말뚝을 박고 닭장을 만들 때 쓰는 철망을 쳐놓았다. 검은 차가 시속 백 킬로미터로 쇠말뚝 하나를 향해 돌진한다. 차는 쇠말뚝들과 철망을 얇은 커튼처럼 가볍게 날려보낸다. 반사광에 불타오른 채 광활하게 펼쳐진 하늘을 배경으로 날아오르던 검은 차는 한순간 공중에 멈춰 있다. 이윽고 차가 다시 떨어지기 시작한다. 골짜기 밑바닥을 향해, 돌처럼 떨어지는 차는 마침내 땅에 닿으면서 폭발한다. 완전히, 불덩이처럼.

멋진
인생

LA GRANDE
VIE

LA
RONDE
ET
AUTRES
FAITS
DIVERS

그들은 푸스와 푸시*로 불린다. 그건 둘이 아주 어렸을 때 붙여진 별명이다. 사실 그들의 진짜 이름이 크리스텔Christèle과 크리스텔Christelle이라는 걸 아는 사람은 거의 없다. 쌍둥이 자매 같은데다 키도 별로 크지 않아서 사람들은 그들을 푸스와 푸시라고 불렀다. 솔직히 말해서, 두 사람은 그냥 작은 게 아니라 작아도 너무 작다. 그리고 둘 다 가무잡잡하고, 기이한 느낌이 들 정도로 어린아이 같은 얼굴에 작은 코끝, 초롱초롱하고 아름다운 검은 눈을 가졌다. 그런데도 그들은 별로 아름답지 않다. 키가 너

* 푸스(Pouce)는 엄지, 푸시(Poussy)는 영어 'pussy'의 음차로 작은 고양이라는 뜻이다.

무 작기 때문이다. 게다가 좀 지나치다 싶을 정도로 마른데다 팔은 짧고 다리는 길고 어깨는 각이 졌다. 하지만 그들에겐 매력이 있다. 그리고 모두 그들을 아주 좋아한다. 특히 그들이 웃을 때 방울소리처럼 울리는 야릇하고 날카로운 웃음소리를. 그들은 둘이 함께 있을 때면 버스에서건, 거리에서건, 카페에서건 어디서든 자주 웃어댄다. 뿐만 아니라 그들은 거의 언제나 함께 다닌다. 둘 중 하나가 없을 때(수업을 듣거나 둘 중 한 사람이 아프면 그런 일이 일어난다) 그들은 더이상 즐겁지 않다. 그러면 그들은 울적해지고, 그 특이한 웃음소리는 들리지 않는다.

사람들 중엔 푸스가 푸시보다 키가 더 크다거나, 푸시가 푸스보다 얼굴이 더 갸름하다고 말하는 이들이 있다. 그럴 수도 있다. 하지만 그들을 구분하는 건 사실상 거의 불가능하다. 그걸 구분할 수 있는 사람은 이 세상에 아무도 없을 것이다. 그들은 늘 똑같은 스타일로 옷을 입고, 똑같은 식으로 걷고 말하고, 둘 다 사람들을 동요시키는 방울소리 같은 똑같은 웃음소리를 내기 때문에 더더욱 그렇다.

그들이 그 엄청난 모험에 뛰어들 생각을 하게 된 것도 바로 그래서였을 것이다. 그 시절 그들은 어느 봉제 공장에서 일하고 있었다. 거기서 그들은 오른쪽 뒷주머니에 '오하이오 U.S.A.'라는 마크가 붙어 있는 바지에 주머니를 달고 단춧구멍을 만드는 일을 했다. 그들은 하루에 여덟 시간씩 일주일에 닷새 동안 일했다. 아침 아홉시부터 저녁 다섯시까지 쉬지 않고. 점심식사는 일하는 중간에 잠시 멈추고 재봉틀 앞에 선 채로 이십 분 만에 후다닥 해치웠다. "여긴 감옥보다 더해." 옆자리의 올가가 말했다. 하지만 작업중에는 잡담이 금지되어 있어 큰 소리로 말하지는 않았다. 떠드는 여자들, 지각하는 여자들, 또는 허락 없이 자리를 이탈하는 여자들은 사장에게 벌금 이십 프랑을, 때로는 삼십 프랑, 심지어 오십 프랑까지 물어야 했다. 시간을 낭비해서는 안 됐다. 여공들은 정확히 오후 다섯시에 일을 멈췄다. 하지만 일이 끝나고 나면, 작업대를 정리하고 재봉틀에 기름칠을 하고 자투리 천들과 실밥들을 쓸어담아 공장 뒤 쓰레기통에 갖다 버려야 했다. 그러니 사실상 일은 다섯시 삼십분이 다 되어서야 겨우 끝나는 셈이었다. "아무도 여기 오래 있으려 하지 않아," 올가는 말했다. "난 여기서 일한 지 이 년째야, 집이랑 아주 가깝거든. 하지만 무슨 일이 있어도 삼 년은 넘기지 않을 거야." 사장은 마흔 살가량의 키 작은 남자였다. 잿빛 머리칼에 뚱뚱한 몸집의 그는 털이 텁수룩한 가슴이 보이게 셔츠 단추를 항상 열어놓고 다녔다. 그는 스스로 잘생겼다고 생각했다. "두고 봐, 분명히 너한테 수작을 걸걸." 올가는 어린 여자들 한 사람 한 사람을 붙잡고 그렇게 말했었다. 또다른 여자는 콧방귀를 뀌며 말했다. "그 자식 바람둥이야, 아주 비열한 놈이라고." 푸스는 상관하지 않았다. 출근 첫날 일을 하고 있는데 베이지색 아크릴 소재 양복을 빼입은 그가 작업장에 나타나 주머니에 두 손을 찌르고 가슴을 한껏 내민 채 다가왔을 때 푸스와 푸시는 그를 쳐다보지도 않았다. 그리고 사장이 말을 걸자 두 친구는 대답 대신 방울 같은 웃음소리를 내며 둘이 함께 웃었다. 너무 크게 웃어서 모든 여자들이 일손을 멈추고 무슨 일이 일어났는지 쳐다볼 정도였다. 사장은 심하다 싶을 정도로 얼굴이 새빨개졌다. 화가 난 건지 아니면 분해서인지 알 수 없었다. 여하튼 그가 부리나케 그곳을 떠났기 때문에 두 자매는 그가 공장 문을 닫고 사라진 뒤에도 계속 웃고 있었다. "그는 너희한테서 꼬투리를 잡으려 할 거야, 앞으로 진저리가 나게 괴롭힐 거라고." 올가는 단언했다. 하지만 그런 일은 일어나지 않았다. 필리피라는 이름의 작업반장이 두 자매가 일하는 작업대 쪽을 조금 더 많이 감시할 뿐이었다. 사장은 그날 이후로 그들 가까이에는 되도록 오지 않으려 했다. 그들의 웃음소리는 정말이지 사람의 기분을 황폐하게 만드는 데가 있었다.

당시에 푸스와 푸시는 그들이 자닌 엄마라고 부르지만 사실은 양어머니인 여자와 함께 두 칸짜리 작은 집에서 살고 있었다. 푸스의 엄마가 세상을 떠나자 자닌은 푸스를 자기집으로 데려왔고, 얼마 지나지 않아 빈민구호소에 있던 푸시도 데려왔다. 자닌은 두 여자아이를 돌봤다. 그 아이들에겐 이 세상에 달리 아무도 없었고, 그녀 또한 결혼을 하지 않은데다 아이가 없었기 때문이었다. '칼리 미니 슈퍼마켓' 계산대에서 일하는 그녀는 자신의 운명에 불만이 없었다. 그녀의 유일한 고민은, 두 여자아이가 쌍둥이처럼 서로 찰싹 달라붙어 한시도 떨어지지 않으려 한다는 것이었다. 그들이 살고 있는 건물 사람들 모두, 심지어 그 구역 사람들 모두 두 아이를 "말썽꾸러기들"이라고 불렀다. 그들은 어렸을 때 만난 이후로 오륙 년 동안 단 하루도 떨어져 지낸 적이 없었다. 그리고 그 시간 동안 거의 대부분 바보 같은 짓거리나 짓궂은 장난을 쳤다. 집집마다 초인종을 누르고, 편지함의 이름표들을 바꿔치기하고, 벽에 낙서를 하고, 종이로 바퀴벌레를 만들어 문 밑으로 밀어넣거나 자전거 바퀴의 바람을 빼놓거나 했다. 열여섯 살이 되었을 때 그들은 둘 다 퇴학을 당했다. 복도에서 교장 선생의 얼굴에 달걀을 던지고, 학급 회의가 한창 진행되고 있는데 방울소리 같은 웃음을 미친듯이 터뜨렸기 때문이었다. 그날따라 더더욱 기괴하고 걷잡을 수 없는 웃음소리였다. 그래서 결국 자닌 엄마는 그들을 재봉 학원에 보냈다. 거기서 그들이 재봉사 자격증을 어떻게 땄는지는 의문이었다. 여하튼 그들은 그때부터 공장에 들어갔다가 한두 달 만에 그만두기를 규칙적으로 반복했다. 공장을 난장판으로 만들고 천이 잔뜩 쌓여 있는 곳을 잿더미로 만들어버릴 뻔한 후에.

그들이 열아홉 살 되던 날 또 '오하이오 Made in U.S.A.' 공장에 취직해 사장 자크 로시를 위해 주머니를 박음질하고 단춧구멍을 만드는 일을 하게 된 것도 바로 그런 식이었다. 그곳에 취직했을 때, 푸스는 앞으로 이성적으로 처신하고 직원으로서의 본분을 지키겠다고 자닌 엄마에게 약속했고, 푸시도 같은 약속을 했다. 하지만 며칠 지나지 않아, 공장의 감옥 같은 분위기는 그들이 약속을 깰 충분한 이유가 되었다. 그들과 로시 사이에는 일종의 전쟁이 벌어졌다. 다른 여공들은 말 한마디 없이 일이 끝나자마자 재빨리 사라졌다. 그 여자들에게는 하나같이 약혼자가 있었고, 약혼자들이 그들과 춤을 추러 가려고 차를 끌고 와 밖에서 기다리고 있었기 때문이다. 하지만 푸스와 푸시에게는 약혼자가 없었다. 두 사람은 서로 떨어져 있는 걸 원하지 않았다. 그래서 남자들과 데이트를 나갈 때면 두 소녀는 둘이 함께 저녁 시간을 보낼 수 있도록 계획을 짰다. 그런 그들을 견뎌낼 수 있는 남자는 한 사람도 없었다. 그러나 푸스와 푸시는 개의치 않았다. 그들은 함께 공장 옆 거리 모퉁이의 카페 바에 가서 센 담배를 피우면서 맥주를 마셨다. 그리고 서로 수다를 떨다가 중간중간 폭포수 같은 소리로 웃었다.

그들은 항상 같은 이야기를 했다. 공장의 형광등, 골함석 지붕, 쇠창살이 쳐진 창문들, 지겹도록 똑같은 주머니와 똑같은 단춧구멍과 똑같은 '오하이오 Made in U. S. A.' 라벨을 박아대는 기계들에서 나는 귀가 멍해지는 소리, 그 지긋지긋한 공장으로부터 그들을 멀리 데리고 가는 한없는 이야기였다. 그들은 벌써 떠나고 있었다. 그들은 모험을 떠나고 있었다, 세상을 가로질러, 영화 속에서 본 나라들을 향해. 인도, 발리, 캘리포니아, 피지섬, 아마존, 카사블랑카. 아니면, 마법 같은 기념물, 지붕 위에 정원이 펼쳐져 있는 환상적인 호텔, 분수, 심지어 바다처럼 파도가 이는 수영장까지 있는 그런 대도시들로. 뉴욕, 로마, 뮌헨, 멕시코, 마라케시, 리우데자네이루. 그런 이야기들을 끝도 없이 더 많이 조잘거리는 건 푸스였다. 푸스는 그 모든 것을 책과 신문에서 읽어서 그 도시들, 그 나라들에 관해 모르는 게 없었다. 겨울과 여름의 기온, 우기, 요리의 특성들, 진기한 물건들, 거주민들의 풍습까지. 게다가 그녀는 자기가 모르는 것은 지어냈다. 그리고 그게 훨씬 더 흥미진진했다.

푸시는 그 이야기들을 귀담아들으면서 세부적인 것들을 덧붙이거나 이의를 제기하곤 했다. 마치 기억들을 수정하고, 부정확한 것들을 바로잡거나 과장된 사실들을 원래대로 되돌려놓으려는 것처럼. 그들은 곳곳에서 끝없이 이야기를 했다. 언제 어디서든, 정오에 아주 잠깐 쉬는 동안에도, 이른아침 공장으로 가는 버스를 기다리면서도. 때때로 사람들은 약간 놀라워하며 귀를 기울이다가 어깨를 으쓱하곤 했다. 푸스의 남자친구 프랑수아는 농담을 하려고 애썼지만, 잠시 뒤 제풀에 지쳐서 가버렸다. 하지만 푸시는 카페 바에서 마르크가 그들 자리로 와서 합석하는 걸 아주 좋아했다. 왜냐하면 그는 그 게임에 아주 능숙했기 때문이다. 그는 있을 법하지 않은, 황당무계한 이야기들을 곧잘 했다. 밤중에 티켓도 없이 '트랜스 유럽 익스프레스'*를 타고 여행을 했다거나, '메종 드 라 라디오'**에서 며칠 동안 수위들과 함께 식사를 하고 빈 사무실에서 자기 친구들에게 전화를 하면서 살았다거나 하는 이야기들이었다. 하지만 그가 말하는 것들은 어쩌면 사실인지도 몰랐다. 그의 반짝이는 눈을 보면 알 수 있었다. 그리고 푸시는 그의 말을 듣는 걸 몹시 좋아했다. 마르크는 그녀의 애인이 아니었다. 그는 아주 예쁘지만 약간 멍청한 니콜이라는 여자와 약혼한 상태였다. 그 여자의 이름은 니콜이지만, 다른 사람들은 무슨 까닭인지 그녀를 '미니'라는 별명으로 불렀다.

그들이 멋진 인생에 대해 이야기한 것도 바로 그런 식이었다. 처음엔 별생각 없이 이야기를 시작했다. 마치 앞으로 적도나 나

---

* 서유럽을 연결하던 특급열차. 전 좌석이 일등석으로 구성됐으며 인터시티와 유로시티에 밀려 점차 사라졌다.

** 프랑스 공영 라디오방송국 건물.

일강 같은 곳으로 가게 될 다른 여행들에 대한 이야기처럼. 그러니까 그건 일종의 게임이었다. 단순히 꿈꾸기 위한, 감옥 같은 공장과 다른 여자들과 사장 로시와 얽혀 있는 모든 일들을 잊어버리기 위한 게임. 그러다가 이야기는 점차 구체화되어갔고, 어느새 그들은 그게 분명한 사실인 것처럼 진지하게 말하기 시작했다. 그들은 떠나야 했다. 더이상 견딜 수가 없었다. 푸스와 푸시는 오로지 그 생각만 했다. 계속 참고 기다리기만 한다면 그들은 다른 사람들과 다를 바 없어질 것이었다. 늙고, 아주 신경질적으로 변하고, 어쨌든 절대로 돈을 벌지 못할 터였다. 사장 로시가 그들을 해고하지 않는다 해도 그들 스스로 앞으로 그리 오래 버티지 못하리라는 것을 알고 있었다.

그래서 어느 날, 그들은 떠났다. 3월 말이었고, 도시엔 비가 내렸다. 온통 우중충하고 더럽기만 한 도시. 모든 것을 적시는, 심지어 머리칼과 장화 속의 발과 침대 시트까지 축축하게 만드는 차가운 가랑비가 내리고 있었다.

두 소녀는 공장으로 가는 대신, 역 앞의 차양 밑에서 비를 피하고 있었다. 둘이서 몬테카를로행 일등석 편도 기차표 한 장만 달랑 든 채로. 정말로 가고 싶은 곳은 로마나 베네치아였지만 돈이 모자랐다. 몬테카를로행 일등석 기차표가 저금한 돈의 대부분을 벌써 먹어버렸다.

자닌 엄마를 위해 그들은 엽서 한 장을 썼다. 우리는 휴가를 떠나. 걱정하지 마. 사랑해요. 그리고 둘이 함께 웃으면서 엽서를 우편함에 넣었다.

멋진 기차에 올라타 푸른 카펫 위에 발을 디디고 잿빛 펠트 천을 씌운 깨끗한 좌석에 앉았을 때, 그들의 심장은 아주 빠르게, 어느 때보다도 더 빠르게 뛰었다. 기차는 흔들리면서 지저분한 도시 외곽을 가로지르며 굴러가다가, 이윽고 전속력으로 경사면을 따라 내달렸다. 푸스와 푸시의 좌석은 차창 바로 옆이었고, 그래서 그들은 말하거나 웃는 것도 잊을 정도로 열심히 풍경을 바라보았다. 그들은 분명히 떠나고 있었다. 드디어 그렇게, 무슨 일이 일어날지 모르는 채, 돌아올 수 있을지 없을지도 모르는 채. 그들은 짐도 제대로 챙겨오지 않았다. 자닌 엄마를 놀라게 하지 않기 위해 몇 가지 소지품을 넣은 여행가방 하나만 달랑 들고, 먹을 것도 마실 것도 전혀 없이 집을 나왔다. 몬테카를로까지 가는 여행은 길었고, 그들에겐 이제 돈도 얼마 남지 않았다. 하지만 불안감은 어쩌다가 가볍게 스치는 정도에 지나지 않았다. 어쨌든 신나는 일이었다. 푸스는 때때로 몰래 푸시를 쳐다보았고, 그러면 바로 마음이 놓였다. 푸시는 달리는 기차가 일으키는 바람에 으스러지면서 창문에 길게 자국을 남기는 물방울들과 함께 반대 방향으로 연이어 지나가는 초록 풍경에서 눈을 떼지 않았다.

기차 안은 더웠고, 레일 위의 트롤리 소리가 규칙적으로 그들의 머릿속을 울렸다. 푸스는 잠이 들었고, 푸스가 잠든 동안 푸시는 망을 보았다. 디종을 지나고 나서부터는 검표원들을 조심해야 했다. 그래서 푸시는 푸스를 깨웠다. 그들의 계획은 간단했다. 검표원이 나타나면 둘 중 한 명은 다른 열차간으로 가 있기로 했다. 검표원을 먼저 보는 사람이 표를 갖고 있다가 검사를 받고, 그런 다음 그 표를 다른 열차간에 있는 사람에게 갖다준다는 계획이었다. 그리고 그들은 서로 동일 인물인 것처럼 행세할 터였다. 검표원은 가는 수염을 기른 젊은 남자였다. 그는 푸스의 기차표보다는 그녀의 젖가슴을 더 열심히 보았다. 좀더 가서 다른 열차간에서 그녀를 다시 보고는 그저 이렇게만 물었다. "여기가 더 나아요?" 그때부터 푸스와 푸시는 무사히 여행할 수 있으리라 확신했다.

기차는 하루종일 달렸다. 이윽고 밤이 찾아왔을 때, 푸스와 푸시는 난생처음으로 지중해를 보았다. 검은 산들 사이의 깊숙한 곳에 금속빛을 띤 커다란 물웅덩이들.

"정말 아름답다!" 푸스가 말했다.

푸시는 반쯤 열린 차창으로 밀려드는 찬 공기를 들이마셨다.

"봐, 공장들이야."

커다란 굴뚝들이 황혼빛 속에서 불꽃을 뿜어내고 있었다. 마치 바다가 그 불을 피워올리고 있는 것 같아 보였다.

"정말 아름답다!" 푸스가 말했다. "저곳에 가고 싶어!" 그녀는 탱크들과 굴뚝들 사이로 강철 같은 호숫가까지 걸어갈 수 있을 거라고 생각했다. 그것은 바닷가의 고독이었다. 물과 불의 색깔을 한 하늘은 더없이 청명했다.

마르세유를 지나자 기차는 밤의 어둠 속에 파묻혔다. 불빛에 밝혀진 모든 것, 닫힌 유리창 위의 반사광들. 푸스와 푸시는 배고프고 목마르고 졸렸다. 그들은 객실의 커튼을 치고 기다란 좌석 위에 누웠다. 검표원이 열차간의 문을 열었을 때 그들은 잔뜩 겁을 먹었다. 하지만 아까 그 검표원이 아니었고, 그는 이렇게 묻기만 했다.

"두 분 표 검사 받으셨어요?"

그리고 대답도 제대로 듣지 않고 가버렸다.

밤늦게 기차는 니스역에서 멈춰 섰다. 두 사람은 바깥을 보려고 차창을 열었다. 단단해 보이는 쇠로 만든 엄청나게 큰 돔 천장, 그 아래에서 추위에 몸을 웅크린 여행객들이 걸음을 서두르고 있었다. 차가운 바람이 역 안으로 불어와 푸스와 푸시는 피로로 안색이 창백해지고 몸을 덜덜 떨었다.

얼마 후 기차가 아주 느린 속도로 다시 출발했다. 기차가 역에 닿을 때마다 그들은 이제 다 왔다고 생각하면서 보리외, 카프다이 같은 역이름을 확인하느라 창밖으로 몸을 내밀었다.

마침내 기차가 몬테카를로에 도착했다. 그들은 플랫폼에 내렸다. 밤이 이슥해져 있었다. 열시가 넘은 시각이었다. 사람들이 이상한 눈으로 그들을 보았다. 특히 남자들이 외투 속에 고개를 파묻은 채 그들을 힐끔거렸다. 푸스는 "저 사람들 왜 저럴까, 응?" 하고 말하는 표정으로 푸시를 쳐다보았다. 하지만 그들은 너무 피곤해서 더이상 웃을 힘조차 없었다.

호텔("가장 멋진 호텔, 바다 조망과 멋진 레스토랑 겸비")로 향하는 택시 안에서 그들은 뭘 먹을지 소곤거렸다. 생선, 바닷가재, 새우, 그리고 샴페인. 지금은 맥주를 마실 때가 아니었다.

택시비를 내고 나자 푸시의 주머니엔 이제 정말로 남은 돈이 거의 없었다. 다음날 무슨 돈으로 카지노에 가고 팁을 줄까. 호텔 앞에 도착한 뒤, 일단 푸시가 먼저 내려 화단 뒤에 몸을 숨기고, 그동안 푸스는 방을 잡으러 갔다. ("큰 침대 하나, 바다가 보이는 전망.") 잠시 후 열쇠를 들고 410호실을 보러 가는 건 푸스가 아니라 푸시였다. 호텔 밖으로 나온 푸시는 푸스에게 '바다가 보이는 전망'을 위해서는 발코니로 나가야 한다는 것과 욕실이 좀 작다는 것만 빼놓고는 대체적으로 만족스럽다고 말했다. 푸스는 그녀를 한 번 툭 쳤고, 그래서 두 사람은 아주 큰 소리로 웃음을 터뜨렸다. 둘은 피곤한 것도 잊어버렸다. 그들은 음식을 먹기 위해 서둘렀다. 푸스는 뭐든 게걸스럽게 먹어치울 준비가 되어 있다고 말했다. 그들은 방으로 올라가기 위해 서로 헤어졌다. 푸스가 삼 분 먼저 올라간 뒤, 푸시는 홀 안쪽의 계단을 통해 올라갔다. 호텔은 아주 멋진 사람들로 가득했다. 정장을 제대로 갖춰 입고 화사한 색깔의 외투와 스카프를 두른 신사들, 금박 장식 원피스나 하얀 새틴 바지를 입은 숙녀들. 두 친구의 바지와 남색 스웨터는 누구의 시선도 끌지 않았다. 커다란 하얀 방에서 다시 만났을 때 그들은 한순간 현기증을 느꼈다. 그들은 소리를 지르고 머리에 떠오르는 대로 아무 노래나 목소리가 나오지 않을 때까지 목청껏 불러댔다. 그러고 나서 푸스는 차가운 바람이 부는데도 테라스로 나가 자리를 잡았고, 그동안 푸시는 전화로 저녁 식사를 주문했다. 생선이나 바닷가재를 먹기에는 너무 늦은 시간이었지만, 따뜻한 샌드위치와 샴페인 한 병을 주문할 수 있었다. 호텔 보이가 작은 이동식 테이블에 음식을 갖다주었다. 그는 창 앞에 서 있는 푸스의 실루엣은 보지도 않았다. 푸시가 팁을 건네자 그의 얼굴이 환해졌다. "멋진 밤 보내세요, 아가씨." 그는 그렇게 말하고는 문을 닫았다.

두 친구는 먹고 마셨다. 샴페인 때문에 두 사람 모두 얼근하게 취기가 올랐고, 그러고 나서 갑자기 머리가 아팠다. 그래서 그들은 불을 끄고, 옷을 그대로 입은 채로 깨끗한 킹사이즈 침대에 누웠다. 두 사람은 즉시 잠에 곯아떨어졌다.

다음날, 그리고 그다음날들도 마치 축제 같았다. 우선, 일출이 장관이었다. 날이 밝기도 전에 푸스는 침대에서 나왔다. 그리고 욕실로 들어가 오랫동안 아주 뜨거운 물로 샤워를 했다. 한 번도 사용하지 않은 자그마한 노란색 비누의 약간 알싸한 향을 음미하면서. 목욕을 끝내면 커다란 하얀 타월이 기다리고 있었다. 그녀는 타월로 몸을 감싸고, 문에 달린 거울에 자기 모습을 비춰보았다. 푸스는 습기 때문에 몸을 떨면서 나와 해뜨는 것을 보려고 베이지색 커튼을 젖혔다. 잠시 후 욕실에서 물소리가 들렸다. 그리고 푸시도 타월 재질의 분홍색 가운으로 온몸을 포근하게 감싼 채 그녀에게로 다가왔다. 그들은 함께 잿빛 바다를, 진주 빛깔을 바라보았다. 바다색이 점점 더 밝아지는 동안 구름 한 점 없는 근사한 하늘이 동쪽의 어두운 곳 쪽에서 빛을 발했다. 아무 소리도 들리지 않았고, 텅 빈 수평선은 마치 절벽의 가장자리처럼 드넓었다. 이제 막 해가 떠오르려고 할 때 바다 위로 갈매기들이 날아올랐다. 새들은 바람을 뚫고 두 어린 여자가 있는 층 높이에서 떠돌다가 곧 그보다 훨씬 더 높은 곳으로 날아갔다. 그 모습이 이상한 현기증을 일으켰다, 일종의 행복 같은.

"아름답다……" 푸스가 되뇌었다. 그리고 환하게 빛나는 바다에서 눈길을 떼지 않고 목욕 가운을 입은 푸시의 몸에 자기 몸을 바짝 붙였다.

얼마 후 그들은 작은 이동식 테이블에 먹을 것을 갖다달라고 말하려고 차례로 호텔 레스토랑에 전화를 걸었다. 그들은 메뉴판에 있는 것들을 아무거나 닥치는 대로 주문했다. 그리고 바닷가재 요리를 주문하기에는 너무 이르다는 말을 들었을 때 깜짝 놀라는 척하면서, 샴페인을 한 병 더 주문했다. 그들은 가벼운 잔에 윗입술을 적시며 입술과 콧구멍 안에서 톡 쏘는 기포를 느끼는 것이 무척이나 좋았다. 젊은 남자는 그 방을 빈번하게 들락거렸다. 이제 음식과 샴페인을 갖고 오는 건 항상 그였다. 그리고 지나치게 격식을 차려 이동식 테이블 위의 쟁반에 고이 접어 올려놓은 아침 신문도. 아마도 그는 그 어린 여자들이 주는 후한 팁이 아주 마음에 들었을 것이다. 아니면 그들을 보는 게 좋았던 건지도 모른다. 그들은 호텔의 다른 손님들과 달랐으니까. 그들은 항상 웃고 있었고, 항상 즐거워 보였다.

그들에게 샤워기의 냉온수 사용법을 가르쳐준 것도, 플라스틱 살을 돌아가게 하려면 버튼을 누르면 된다고 전기 블라인드 작동법을 가르쳐준 것도 그였다. 그는 곱슬거리는 갈색 머리칼에 눈이 초록색이었고, 이름은 에리크였다. 하지만 그들은 그에게 자신들의 이름을 가르쳐주지 않았다. 그래도 여전히 그를 좀 경계했기 때문이다.

처음 며칠 동안 그들은 별로 한 게 없었다. 낮 동안에는 거리로 산책을 나가 상점들의 진열창을 바라보다가 그다음엔 바닷가로, 항구로 가서 배들을 바라보았다.

"저건 분명히 떠나겠지." 푸스가 말했다.

"배를 타려고?" 푸시가 물었다.

"그래, 멀리 가려고, 멀리…… 그리스로, 아니면 터키로, 아니면 이집트까지 갈 수도 있고."

그래서 그들은 선착장에 정박해 있는 배들 중 타고 가고 싶은 배를 고르기 위해 부두를 걸었다. 하지만 아직 겨울이었고, 차가운 바람에 선구船具들이 삐거덕거리고 밧줄들이 신음하고 있었다. 배 위에는 아무도 없었다.

마침내 그들은 마음에 쏙 드는 배를 발견했다. 나무 돛대를 단, 개집보다 약간 클까 말까 한 선실이 있는 파란색 보트였다. 배의 이름은 'Cat'이었다. 그 이름 역시 그들의 마음에 쏙 들었다. 그들은 배 위로 올라가보기까지 했다. 푸스가 먼저 올라가, 짙은 바닷물을 보려고 뱃머리 끝에 기대어 엎드렸다. 그리고 푸시는 선실 옆에 서서 혹시 누가 오지나 않는지 망을 보았다.

그러다가 갑자기 비가 쏟아지기 시작했다. 그들은 닫혀 있는 레스토랑들이 죽 늘어선 아케이드 아래에서 비를 피했다. 그리고 항구의 물속으로 빗방울들이 떨어지는 광경을 바라보면서 웃고 얘기했다. 정말로 아무도 없었다, 아니 거의 없었다. 때때로 산책로를 따라 자동차 한 대가 느린 속도로 달리다가 시내 쪽으로 나갔다.

그후에 두 소녀는 호텔로 돌아왔다. 그리고 언제나처럼 차례차례로 한 사람은 승강기로, 다른 한 사람은 계단을 통해 방으로 올라왔다. 그리고 그들은 전화로 엄청나게 많은 음식들을 주문했다. 생선, 갑각류, 과일, 케이크. 하지만 샴페인은 더이상 마시지 않았다. 그걸 마시고 나면 머리가 깨질 듯 아팠기 때문이다. 그 대신 그들은 레모네이드나 과일주스, 또는 코카콜라를 주문했다.

처음 며칠 동안은 그렇게 보냈다. 하지만 푸스가 호텔방 안에서 식사를 하는 것에 질리기 시작했고, 누군가가 문을 두드릴 때마다 그 호텔 보이가 아닐까봐 겁이 나서 욕실 안으로 숨어야 했다. 그들은 호텔이 지겨워졌다. 게다가 사람들이 그들을 이상하게 보기 시작했다. 아마도 그들이 한 번도 옷을 갈아입지 않았기 때문인 듯했다. 뿐만 아니라 그들이 함께 있는 것을 본 사람들이 있었다. 그래서 푸시는 마침내 들통나고 말 거라고 말했다.

어느 햇빛 찬란한 아침에 그들은 차례차례로 호텔을 빠져나갔다. 푸시가 먼저 나갔다. 마치 아침식사 후에 수영장 옆의 정원으로 산책을 나가는 것처럼. 방에 남아 있던 푸스는 소지품들과 함께 여행가방을 창문 너머의 푸시에게로 던졌다. 그러고 나서 몇 분 뒤에 아래층으로 내려가서 대로로 나갔다. 주택가 끝에서 그녀는 가방을 든 푸시와 다시 만났다. 그들은 웃고 떠들어대며 걸었다. 그리고 이제 돈이 거의 다 떨어졌기 때문에 히치하이크를 하기로 했다.

푸스는 니스 쪽으로 가고 싶어했고, 푸시는 이탈리아 쪽으로 가고 싶어했다. 그래서 그들은 동전을 던져서 정하기로 했다. 이긴 사람은 푸시였다. 출발하기 전에, 푸스는 그래도 집에 전화를 걸어 아무 일 없이 잘 지낸다고 알려주고 싶었다. 그녀는 전화기에 동전 하나를 넣었다. 그리고 자닌 엄마가 수화기를 들자 통화가 끊기기 전에 할말을 다하기 위해 아주 빠르게 말했다.

"크리스텔이야. 잘 있어요, 걱정하지 마, 사랑해요."

푸시는 그렇게 짧게 통화할 거면 뭐하러 전화를 했느냐고, 게다가 자닌 엄마는 그들이 납치되었고, 그래서 누가 아주 빠르게 말하도록 시켰다고 생각할 거라고 했다.

"그렇게 생각할까?" 푸스가 말했다. 그녀는 잠시 불안해하는 것 같았지만, 이내 더이상 생각하지 않았다. 잠시 후 푸시가 말했다. "엄마에게 몬테카를로 엽서를 보내자. 그게 도착할 때쯤이면 우린 이탈리아에 있을 거고, 그러면 위험할 건 전혀 없을 거야."

담뱃가게 안에서 그들은 모나코항이나 모나코궁 또는 그런 비슷한 장소가 찍힌 엽서를 한 장 고른 다음, 볼펜을 빌려 둘이서 이렇게 썼다. "곧 갈게요, 사랑해." 그리고 거기다 각자 사인을 했다. 크리스텔, 크리스텔. 그들은 자닌 엄마의 주소를 적고 우체통에 엽서를 넣었다.

히치하이크를 하기 위해 그들은 바닷가 산책로에 있는 신호등 옆에 자리를 잡았다. 날씨는 아주 화창했고, 그들은 오래 기다릴 필요가 없었다. 플레이보이 같은 옷차림에 비누 냄새를 풍기는 쉰 살가량의 남자가 운전하는 메르세데스가 그들 앞에 멈춰 섰다. 푸스가 뒷좌석에 타고, 푸시는 운전석 옆에 앉았다.

"어디로 가는 거야?"

"이탈리아요." 푸시가 대답했다.

남자는 쓰고 있던 선글라스 한가운데에 손가락 하나를 갖다 댔다.

"난 망통까지만 가는데. 하지만 거기서 이탈리아까지는 바로 코앞이지."

남자는 빠르게 차를 몰았다. 그래서 푸시는 멀미가 약간 났다. 아니면 비누 냄새 때문인지도 몰랐다. 그는 때때로 옆쪽을 힐끔힐끔 쳐다봤다. 푸시를 보려는 거였다.

"쌍둥이인가?"

"네." 푸시가 말했다.

"한눈에 알겠어." 남자가 말했다. "둘이 판에 박은 것처럼 똑같이 생겼으니까."

두 여자아이가 말을 섞고 싶어하지 않아서 남자는 신경이 거슬렸고, 그래서 담배에 불을 붙였다. 그는 커브길에서 중앙선에 바짝 붙어 어떻게든 앞차를 추월하려 했고, 양보를 해주지 않으면 분통을 터뜨리며 경적을 울려댔다.

갑자기 그가 말했다.

"이런 식으로 히치하이크하는 건 위험하다는 거 아나? 특히 아가씨들처럼 예쁠 경우에는 더더욱."

"그래요?" 푸시가 말했다.

남자는 낮게 낄낄댔다.

"그렇고말고. 만일 내가 한 바퀴 빙 돌아서 아가씨들을 아무도 없는 곳으로 데려간다면 아가씨들이 뭘 어떻게 하겠어?"

"우린 스스로 충분히 지킬 수 있어요."

남자가 속도를 늦추었다.

"어떻게 할 건데?"

곰곰이 생각한 끝에, 푸시가 조용히 말했다.

"음, 내가 먼저 당신의 목울대를 팔뚝으로 칠 거예요, 그러면 엄청나게 아프겠죠, 그리고 그동안 내 친구가 당신 귀를 두 대 때릴 거예요, 고막이 터지도록. 그리고 만일 그거로도 안 되면 내가 갖고 있는 핀으로 당신 불알을 사정없이 찔러줄 거예요."

잠시 동안 남자는 아무 말 없이 차를 운전했다. 푸시는 그가 힘들게 침을 삼키는 것을 보았다. 그때 차가 망통 시내로 들어섰다. 남자가 예고도 없이 브레이크를 밟았다. 그는 옆으로 몸을 숙이고 푸시 위로 팔을 뻗어 차문을 열더니, 기괴하고 심술궂은 목소리로 말했다.

"자, 다 왔다. 내 눈앞에서 당장 꺼져."

두 소녀는 인도 위에 내렸다. 남자가 차문을 쾅 하고 닫았다. 그리고 메르세데스는 길 끝으로 쏜살같이 사라졌다.

"저 사람, 갑자기 왜 저러는 거지?" 푸시가 물었다.

"너 때문에 겁먹었나봐." 푸스가 말했다. 두 소녀는 그곳에 서서 한참 동안 웃었다.

두 사람은 걸어가기로 했다. 그들은 작은 도시를 가로지르며 햇빛에 환하게 밝혀진 거리를 걸었다. 어느 식료품점 안에서 푸시가 상점 주인에게 무언가를 묻는 동안, 푸스는 사과 두 알과 오렌지 한 알을 낚아채 여행가방 안에 재빨리 쑤셔넣었다. 한참을 더 걸은 후 그들은 잠시 쉬기 위해 바닷가에 앉아 사과와 오렌지를 먹었다. 차가운 바람 아래 거품을 장식 술처럼 드리운 질

푸른 바다는 아름다웠다. 한마디 말도 없이 초록색 사과를 깨물어 먹으면서 바다를 바라보니 아주 좋았다. 그들은 모든 사람들을 잊어버리고, 마치 바다 한가운데 떠 있는 섬처럼 아주 멀리 와 있었다. 푸시가 생각하는 건 바로 이런 거였다, 바로 이것. 떠나서 사람들과 장소들을 잊어버리고 새로워지는 건 어려운 게 아니구나. 그건 태양, 바람, 바다 때문이었다.

하얀 새들이 물결 위를 맴돌고 있었다. 푸스가 자갈 해변에 오렌지 껍질을 던지자 새들이 끼룩끼룩 울어댔다. 그리고 서로 다투며 소리를 질러대더니 이내 흩어져서 다시 바람에 실려 떠다녔다.

"참 좋다, 여기." 푸스가 말했다.

그녀는 푸시 쪽을 돌아보았다. 그리고 푸시의 모습을 바라보았다. 그녀의 예쁘장한 각진 얼굴은 벌써 한낮의 햇볕에 검게 그을려 있었고, 검은 머리칼은 소금과 햇빛에 반짝였다. 푸스는 푸시보다 더 빨갰다. 특히 코가 새빨갛게 타서 껍질이 벗겨지기 시작했다.

"여기서 며칠 묵으면 어떨까?"

푸시가 대답했다.

"내일까지라면, 좋아."

그들은 바닷가 산책로에서 호텔을 발견했다. 뒤쪽으로 정원이 있는 아주 하얀 낡은 호텔이었다. 몬테카를로의 호텔보다는 덜 호화로웠지만, 이번에는 2인실을 잡기로 했다. 푸시가 숙박계를 쓰면서 물었다. "숙박비를 미리 내야 하나요?" 물론 프런트 직원은 "언제든 괜찮습니다. 나가실 때 내십시오, 그게 더 좋습니다"라고 대답했다. 그러자 그들은 왠지 마음이 놓였다. 방은 밝고 아름다웠다. 그리고 멀리, 종려나무 사이로 하늘과 뒤섞인 바다가 보였다.

그날 저녁은 특히 아름다웠다. 잠시 멈춘 숨결처럼 바람이 잠잠해졌고, 노르스름한 아름다운 햇살에 황갈색, 흰색, 분홍색 집들이 반짝이면서 창백한 하늘 위로 오래된 도시의 윤곽이 또렷이 드러났다. 마치 세상 끝에 와 있는 느낌이었다. "꼭 베네치아에 와 있는 것 같아." 푸시가 말했다. "우리 정말 갈래? 다음엔 베네치아로?" 푸스가 거의 어린아이 같은 억양으로 물었다. 푸시가 미소를 지으며 푸스를 꼭 껴안았다.

한번은, 저녁식사를 마친 뒤 그들은 빌라와 정원들 사이로 구불거리며 난 길을 따라, 도시 너머로 해가 지는 풍경을 보려고 어떤 언덕 위로 올라갔다. 주차된 차들 아래, 그리고 담벼락 위에 길고양이들이 있었다. 녀석들은 동그래진 눈동자로 그들을 관찰했다. 그곳은 바람이 거의 불지 않았고, 마치 여름처럼 미모사 향기를 머금은 공기는 감미롭고 포근했다. 좋은 곳이었다, 이곳은 잊어버리기 위한 장소였다. 푸스와 푸시는 언덕 위로 올라가 작은 소나무 한 그루가 서 있는 비탈에 자리를 잡고 앉았다. 저택들의 정원 안에 포로처럼 갇혀 있는 개들이 짖어댔다. 조금씩 조금씩, 저녁이 그림자도 없이, 그저 색깔들을 차례차례 지워버리면서 찾아왔다. 마치 재 같았다. 곳곳에서 올라가는 연기, 수평선까지 이어지는 구름들, 황금빛과 불의 색이 어우러지는 그 저녁은 아주 감미로웠다. 그러고 나서 밤이 자리를 잡자 거의 온 사방에서 불빛들이 반짝이기 시작했다. 집들의 지붕 위에서, 직방체의 건물들 안에서. 불빛들은 바다에도 있었다. 빨간 항로표지등, 부두의 가로등, 그리고 먼바다에서 제노바 쪽으로 가는 듯한 거대한 화물선의 어렴풋한 불빛.

두 여자아이는 저 아래, 연안을 따라 이어지는 골짜기 안에, 언덕 위의 구불거리는 도로에 켜지는 그 모든 불빛을 바라보고 있었다. 그리고 마치 반딧불이처럼 아주 느리게 다가오고 있는 차량 전조등들, 그 작고 노란 점들도 바라보았다. 그것들은 여기이 언덕들에서 바라볼 때 너무도 멀고 너무도 작아서 지금은 별로 대단할 게 없었다.

"참 좋다, 여기." 푸스가 속삭였다. 그리고 그녀는 마치 곧 잠이 들 것처럼 친구의 어깨에 머리를 기댔다. 하지만 푸시는 그녀에게서 무언가 이상한 것을 느꼈다. 마치 누군가가 등뒤에서 자기를 보고 있을 때처럼, 아니면 무언가 나쁜 일이 곧 일어날 것 같은 예감이 들 때처럼. 심장이 빠르고 세차게 뛰었다. 그 느낌은 그녀의 머릿속을, 목구멍 안을 고통스럽게 휘저어댔다. 그리고 팔을 따라, 등을 따라 이따금 경련이 일었다. 목덜미에 달라붙는 이상한 따끔거리는 느낌. 어쩌면 밤 추위 때문인지도 몰랐다. 하지만 그녀는 푸스에게 아무 말도 하지 않았다. 푸스가 꿈꾸는 것을 방해하지 않도록. 푸시는 숨을 죽였다. 그리고 잠시 뒤 커다란 한숨이 새어나왔다.

"왜 그래?" 푸스가 말했다.

"아무것도 아냐…… 자, 가자." 푸시가 말했다. 그리고 그녀는 언덕을 내려가 도시 쪽으로, 부지런한 벌레들처럼 꼬물꼬물 움직이면서 반짝이는 숱한 불빛들을 향해 내려가기 시작했다.

끼니를 때우는 것은 항상 쉽기만 한 일이 아니었다. 소녀들이 들어간 호텔은 저녁에 레스토랑을 열지 않았고, 그래서 배가 고플 땐 어떻게든 알아서 해결해야 했다. 어느 날 저녁 그들은 바닷가에 있는 커다란 레스토랑으로 식사를 하러 갔다. 그리고 돈을 지불해야 할 때가 되자 화장실 창문으로 차례로 달아났다. 아주 작은 채광창이었지만, 그들은 아주 작고 날씬해서 그리 어렵지 않게 밖으로 빠져나올 수 있었다. 그런 다음 두 사람은 있는 힘껏 호텔까지 달려갔다. 그다음날, 그들은 시내 중심가의 한 카페에서 똑같은 짓을 했다. 간단히 밖으로 나와서 조용히 걷다가 각자 다른 방향으로 사라지기만 하면 되었다. 그들은 항구에서 만나기로 약속하고, 매번 그렇듯이 성공적으로 도망쳐나온 것에 만족스러워하면서 웃으며 얘기를 나눴다. "만약 우리 둘 중 한 사람이 붙잡히면, 안 붙잡힌 사람이 최선을 다해 붙잡힌 사람이 달아날 수 있도록 도와주겠다고 맹세하자." 푸스가 말했고, 푸시가 "맹세할게" 하고 대답했다.

하지만 얼마 지나지 않아 그곳이 너무 위험해져서 다른 도시로 옮겨가야 했다. 푸스는 이탈리아로 가려면 옷을 갈아입어야 한다고 결론을 내렸다. 그들은 한 백화점에서 입고 있던 파란 바지와 티셔츠를 벗어놓고 아래위로 온통 하얀색 옷으로 갈아입은 뒤 그곳을 떠났다. 푸스는 반바지와 스웨터에 나일론 점퍼, 푸시는 일자 스커트와 모직 재킷을 입었다. 기념품 매장에서 푸시는 자신을 위해서는 인디언 문양이 있는 진주 머리띠를, 친구를 위해서는 아이보리색 플라스틱 팔찌 한 쌍을 골랐다. 그리고 신발 매장에서 푸스와 푸시는 약간 낡고 지저분해지기 시작한 구두를 벗어두고 하얀 인조가죽으로 된 웨스턴 스타일의 짧은 부츠로 갈아 신었다.

복장이 완전히 달라진 후, 그들은 호텔로 가방을 가지러 가지도 않고 곧바로 이탈리아를 향해 출발했다. 그렇게 해야 숙박비

지불 문제를 피할 수 있었고, 어쨌든 가방 안에는 찾으러 돌아가야 할 만큼 중요한 물건은 하나도 들어 있지 않았다. "게다가," 푸스가 말했다. "손에 아무것도 없는 게 히치하이크를 하기에 더 편해." 신분증과 얼마 남지 않은 돈은 푸시가 작은 돈주머니에 넣어 보관했다. 푸스는 립스틱 한 개조차 지니고 있는 것이 없었다.

기차로 떠나는 게 더 좋았겠지만, 지금 그들은 기차표를 살 돈이 없었다. 그래서 두 사람은 걸어서 도시를 빠져나와, 지나가는 차들을 향해 손짓을 했다. 그들은 그리 오래 기다리지 않았다. 흰색 알파 로메오를 탄 이탈리아 남자가 차를 세웠다. 푸시는 여느 때처럼 앞쪽에 탔고 푸스는 뒤에 탔다. 남자는 마흔 살이었고, 뺨에 수염자국이 있고 푸른 눈은 생기가 넘쳐흘렀다. 그는 프랑스어에 서툴렀고, 어린 여자들은 이탈리아어를 전혀 할 줄 몰랐다. 하지만 그럼에도 그들은 서로 농담을 주고받았다. 그리고 남자가 토막 문장들을 엉터리로 말할 때마다 그녀들은 웃음보를 터뜨렸고, 그 역시 따라 웃었다.

국경을 넘어가는 순간 모두들 다시 심각해졌다. 하지만 문제는 없었다. 이탈리아 세관원이 어린 여자들의 신분증을 확인하더니 운전석에 앉은 남자에게 무언가 말을 했다. 그리고 그들은 동시에 웃음을 터뜨렸다. 잠시 후 세 사람은 저택들과 정원들 사이를 우회하며 곶과 만에 나란한 해안도로를 따라 알라시오를 향해 전속력으로 달리기 시작했다.

오후 늦게 그들은 시내에 도착했다. 인도는 사람들로 북적댔고, 차도에는 찢어질 듯한 엔진소리를 왱왱거리는 스쿠터들이 꼬리를 물고 트롤리버스와 자동차들 사이로 묘기를 부리듯 요리조리 빠져나가고 있었다. 푸스와 푸시는 감탄어린 눈길로 그 모든 것을 바라보았다. 그들은 그렇게 많은 사람들과 그렇게 정신없는 혼잡함, 그렇게 많은 색깔과 빛들을 본 적이 한 번도 없었다. 알파 로메오의 남자가 아케이드와 종려나무들로 둘러싸인 커다란 광장에서 차를 세웠다. 그는 경찰의 주차 단속 따위는 걱정하지도 않고 아름다운 새 차를 아무데나 내버려두었다. 그는 푸스와 푸시에게 하얀 테이블보를 씌운 테이블들이 놓인 커다란 카페를 가리켜 보이고는 그들을 해가 내리쬐는 노천 테이블로 데리고 갔다. 남자는 웨이터에게 뭐라고 말했고, 잠시 후 웨이터가 크림과 녹인 초콜릿을 얹은 엄청나게 큰 아이스크림 두 개를 들고 돌아왔다. 남자는 작은 잔에 든 새카만 커피로 만족했다. 아이스크림을 맛본 두 소녀는 크게 탄성을 질렀고, 너무 크게 웃는 바람에 다른 사람들이 고개를 돌려 소리가 나는 곳을 쳐다볼 정도였다. 하지만 사람들은 불쾌해하는 것 같지도, 이상하게 생각하지도 않는 것 같았다. 사람들 역시 구릿빛 피부에 바다와 태양 때문에 머리칼이 곱슬거리고 하얀 옷을 입은, 눈덩이를 닮은 두 개의 아이스크림을 앞에 두고 앉아 있는 예쁜 두 아가씨를 보면서 웃고 있었다.

소녀들은 아이스크림을 남김 없이 모두 먹어치운 뒤, 시원한 물을 한 잔씩 마셨다. 남자는 손목시계를 보면서 "메 보노"라고 몇 번이나 말했다. 아마도 그녀들이 다시 자기와 함께 갈 거라고 생각하며 기다리고 있는 것 같았다. 하지만 푸시는 고개를 젓고는, 그 도시와 회랑이 있는 집들, 차들과 스쿠터들이 회전목마처럼 끊임없이 돌고 있는 광장, 그 모든 것을 그에게 가리켜 보였다. 그리고 아무 말도 하지 않았다. 그는 그녀의 의중을 즉시 알아차렸다. 하지만 실망한 것 같진 않았고, 화가 난 것 같지도 않았다. 그는 아이스크림과 커피 값을 웨이터에게 지불하고 나서 다시 자리로 돌아왔다. 그리고 가무잡잡한 얼굴에 빛나는 푸른 눈으로 잠시 그들을 바라보았다. 그가 "바초, 바초"라고 말하면서 두 소녀에게 차례차례로 몸을 굽혔다. 푸시와 푸스는 그의 뺨에 입을 맞추면서 그의 피부에서 풍기는, 톡 쏘는 향수 냄새를 잠시 맡았다. 그러고 나서 남자는 자신의 알파 로메오로 가서 시동을 걸었다. 그들은 그가 광장 주위를 돌아 차들과 스쿠터들의 군무에 합류해 대로 속으로 사라지는 것을 보았다.

이미 날이 저물기 시작했지만 두 소녀는 어디서 묵을지 전혀 걱정하지 않았다. 이제 갖고 있는 거라고는 푸시의 네이비블루 인조가죽 돈주머니뿐 다른 거추장스러운 짐이 없었기 때문에, 그들은 사람, 집, 좁은 길 들을 구경하면서 도시를 이리저리 거닐기 시작했다. 사람들은 여전히 많았고 갈수록 점점 더 많아졌다. 이탈리아 사람들에게는 이 시간이 하루의 끝이 아니라 저녁과 함께 시작되는 새로운 하루이기 때문이었다. 모든 집들에서 사람들이 쏟아져나왔다. 검은 양복을 차려입고 반짝이는 구두를 신은 남자, 여자, 아이 들이 거리로 나왔다. 심지어 노인들까지 집밖으로 나왔고, 더러는 밀짚 의자를 끌고 나와 길가에 자리를 잡고 앉기도 했다.

모두들 말을 하고 있었고, 거리 이 끝에서 저 끝으로 서로 말을 주고받거나 그도 아니면 타고 있는 차와 스쿠터의 경적으로 말을 대신했다. 푸스와 푸시 옆에서는 젊은이들이 걷고 있었다. 그들은 두 소녀의 양옆으로 한 사람씩 따라 걸으며 소녀들의 팔을 잡고 그들 쪽으로 몸을 기울이면서 역시 끊임없이 말을 했다. 그들이 자신들의 언어로 너무 많은 말을 떠들어대는 바람에 푸스와 푸시는 머리가 어지러웠다.

하지만 한편으로는 웃음도 났다. 마치 일종의 취기 같았다. 거리의 모든 사람들, 여자, 달리는 아이, 상점들의 첫 불빛, 강철에 붉은 가죽을 씌워 만든 안락의자가 놓여 있는 이발소, 얼굴에 거품을 잔뜩 바른 채 그 안락의자에 누워 거리를 바라보면서 면도

중인 뚱뚱한 남자. 푸스와 푸시 옆에서 따라오던 사내들은 결국 지쳐서 포기하고 가버렸고, 이번에는 새하얀 이에 얼굴과 머리칼이 모두 갈색인 또다른 두 청년이 소녀들 옆으로 따라붙었다. 그들은 프랑스어로, 영어로 말을 걸려고 애를 쓰더니, 낙엽 타는 냄새가 나는 가짜 미국산 담배를 피우면서 다시 이탈리아어로 지껄이기 시작했다. 푸스와 푸시는 여성 모자와 신발을 파는 가게 안으로 들어갔다. 그리고 밖에서 손짓을 보내며 진열창 너머로 인상을 찡그리고 있는 두 청년은 신경도 쓰지 않은 채, 옷을 입어보고 고대 그리스인들이 신던 것처럼 생긴 샌들을 신어보았다.

"쟤들 때문에 짜증나." 푸스가 말했다.

"내버려둬. 쳐다보지 마." 푸시가 말했다.

하지만 그 근처에서 그런 어릿광대들을 상대하는 건 쉽지 않았다. 지나가던 사람들이 상점 앞에 멈춰 서서, 안에 무슨 일이 있는지 눈을 찌푸려가며 들여다보려 애쓰고 있었다. 심지어 그 중에 갑자기 나타난 경찰관도 있었는데, 그래서 푸시와 푸스는 심장이 더 세차게 쿵쾅거렸다. 하지만 그 경찰은 다른 사람들처럼 호기심 때문에 상점 안을 들여다보는 것뿐이었다. 그러다가 자기가 어슬렁거리며 돌아다니던 것을 들켜 언짢아진 경찰은 상점 안으로 들어와 뭐라고 말을 했다. 프랑스어를 할 줄 아는 점원이 경찰의 말을 통역해주었다.

"저 청년들이 당신들을 괴롭히고 있냐고 물어보는데요."

"네, 아뇨." 푸스와 푸시가 말했다. 그들은 약간 거북했다.

하지만 상점에서 나왔을 때 청년들은 달아나고 없었다. 그리고 이제 아무도 그들에게 다가오지 않았다. 마치 경찰관의 개입을 모두가 알았다는 듯이.

오후 끝 무렵, 푸스는 다리를 질질 끌면서 숨을 헐떡거리기 시작했다. 푸시는 그녀가 햇볕에 그을렸음에도 아주 창백한 것을 보고 겁이 약간 났다.

"왜 그래?"

푸스가 어깨를 으쓱했다.

"피곤해…… 춥고. 그래서 그런 것뿐이야."

그래서 그들은 호텔을 찾기 시작했다. 그런데 그곳의 호텔 어디든 마찬가지였다. 그들이 홀 안으로 들어가면 프런트 직원들은 무언가 미심쩍다는 듯이 그들을 흘끔거렸고, 푸시에게 하루치 숙박비를 선불로 달라고 했다. 짜증스러운 일이었다. 수중에 돈이 충분히 있었더라면 그들이 원하는 대로 두말 않고 숙박비를 지불했을 터였다. 하지만 푸시의 돈주머니는 이제 거의 비어 있었다. 그래서 그들은 단순히 호텔 분위기가 어떤지 알아보러 온 것처럼 행동했다. 그러고는 푸시가 말했다. "고마워요, 생각해보고 나중에 전화로 예약할게요." 그리고 호텔 사람들이 경찰에 신고하지나 않을까 겁이 나서 아주 빠른 걸음으로 빠져나왔다.

"이제 어떡하지?" 푸스가 말했다.

그들은 사람들 때문에 약간 지쳐 있었다. 게다가 경찰 때문에 상점들에서 아무것도 건지지 못했다. 그래서 두 사람은 파르티자니광장으로 되돌아와, 거기서 다시 해변으로 갔다. 그사이에 날이 어둑해졌다. 바다에는 바람이 불지 않았다. 드넓게 펼쳐진 하늘은 장밋빛과 진줏빛을 띠었고, 해변의 모래 위에 서 있는 커다란 낡은 집들은 좌초된 선박들처럼 보였다. 푸스와 푸시는 그보다 아름다운 건 상상해본 적이 없었다.

"네 생각엔 베네치아도 이럴 거 같아?" 푸스가 말했다.

바닷새들이 물결 위에서 가볍게 폴짝대면서 수면에 닿을 듯이 날고 있었다. 강렬하면서도 아득한 냄새, 짭짤한 소금맛, 그리고 잿빛 물과 낡은 금빛 건물들 위로 펼쳐진 장밋빛 하늘이 있었다.

"여기서 영영 떠나고 싶지 않아." 푸스가 다시 말했다.

그들은 밤이 오는 것을 보기 위해 장식 술 같은 물거품들이 밀려오는 모래 위에 앉아 있었다.

그들은 거기서, 해변에서 잠을 잤다. 사람들의 시선과 차가운 바람이 닿지 않는, 벽으로 막힌 어떤 문 쪽으로 난 낡은 계단과 뼈대만 남은 채 버려진 작은 배에 몸을 숨긴 채. 하지만 모래는 부드럽고 안온했고, 마지막 햇빛의 금빛 열기를 미약하게나마 간직하고 있었다. 바다의 완만한 소음과 강렬한 소금냄새로 둘러싸인 채 야외에서 자는 건 좋았다. 마치 세상의 반대편 끝에 와 있는 것 같았고, 어린 시절 이후로 알았던 모든 것들이 지워지고 잊히는 것 같았다.

밤중에 푸시는 잠에서 깼다. 너무 추워서 계속 잘 수가 없었다. 그녀는 소리를 내지 않고 해변을 걸어 바다로 갔다. 달이 검은 하늘에서 빛나며 물결을 환히 비췄고, 그 빛에 새하얀 물거품이 반짝였다. 시선이 닿는 해변 어디에도 아무도 없었다. 낡은 집들의 실루엣은 바닷바람 때문에 닫아놓은 덧문들과 함께 어둠 속에 가려져 있었다.

푸시는 한참 동안 바닷소리에 귀를 기울였다. 모래 위에 부드럽게 무너지면서 자신의 발치에 빛을 발하는 술 장식 같은 거품을 던지는 긴 파도들의 소리를. 만 끝에 카포 멜레 등대의 불빛이 보였고, 훨씬 더 먼 언덕들 위로 펼쳐진 하늘에 알벤가공항으로 내려앉는 비행기의 불빛이 보였다.

푸시는 시커먼 바닷물 속에 몸을 담그고 싶었지만, 너무 추웠고 겁도 약간 났다. 그래서 그냥 부츠만 벗고 맨발로 물거품 속을 걸었다. 물은 검은 하늘의 달빛과 똑같이 얼음처럼 차갑고 부드러웠다.

얼마 후 그녀는 계속 자고 있는 푸스 옆으로 돌아와 앉았다.

그리고 여행을 시작한 이후 두번째로, 그 커다란 공허를, 거의 절망에 가까운 공허를 다시 느꼈다. 그것은 그녀의 몸속을 찢고 구멍을 내고 있었다. 불어오는 바람에 머리칼을 나부끼며 모래 속에서 잠들어 있는 푸스와 단둘뿐인 이 인적 없는 해변에서, 냉혹한 달빛과 무정하고 느릿한 바닷소리가 들려오는 이곳에서 그 느낌은 너무 강렬하고 무시무시했다. 그게 너무 고통스러워서 푸시는 몸을 웅크리며 낮게 신음했다.

그것은 뭐였을까? 푸시는 알 수 없었다. 마치 수천 킬로미터 떨어진 깊은 곳에서 길을 되찾을 희망이라곤 없이 길을 잃고 헤매는 것과 같았고, 마치 세상 모든 사람들에게 버림받고 어디로 달아나야 할지도 모르는 채 죽음과 두려움, 위험을 느끼는 것 같기도 했다. 어쩌면 그녀가 악몽을 꾸고 있는지도 몰랐다. 어린 시절부터 그녀는 식은땀으로 흠뻑 젖은 채 한밤중에 잠에서 깨어나 "엄마! 엄마!" 하고 외쳐 부르곤 했다. 그 부름에 응답해줄 사람이 아무도 없다는 걸 알면서, 아무것도 그 절규를 가라앉혀 줄 수 없으리라는 걸 알면서, 그리고 무엇보다 잠긴 목소리로 "나 여기 있어, 두려워하지 마"라고 말하며 팔을 잡아줄 자닌 엄마의 손이 없다는 걸 알면서도 그녀는 진심으로, 자기 몸의 아주 작은 부분들까지 온몸으로 소리 없이 부정했다. "그건 사실이 아니야! 사실이 아니라고!"

푸시의 절망과 고독은 그 순간 너무도 강렬했고, 그래서 푸스를 깨워야 했다. 푸스는 자고 일어나 부은 얼굴에, 머리칼은 마른 해초들과 모래로 뒤범벅이 된 채 일어나 물었다.

"무슨 일이야?"

아주 이상한 목소리에, 여전히 잠에 잔뜩 취한 듯한 푸스의 얼굴을 보자 푸시는 단번에 불안이 사라지는 것 같은 기분이 들었고, 그래서 웃음을 터뜨렸다. 푸스는 이해할 수 없다는 듯이 그녀를 쳐다보고는 자기도 따라 웃기 시작했다. 그 바람에 푸스는 마침내 잠이 깼고, 둘 다 활기를 되찾기 위해 해변을 좀 걷기로 했다.

그들은 몇백 년 전부터 좌초되어 있는 배처럼 해변에 늘어선 낡은 건물들을 따라 걸어 결국 도시 끝까지 갔다. 가끔씩, 그들이 지나갈 때 어디선가 개가 짖었고, 때때로 해변을 달리는 쥐들의 쏜살같은 그림자가 보이기도 했다.

그들은 해변 끝의 강어귀 근처에 앉았다. 두 사람은 미국산 담배에 불을 붙였다. 그리고 아무 말 없이, 검은 수평선과 반짝이는 달빛 얼룩을 뚫어지게 바라보면서 담배를 피웠다. 새벽이 오기 직전이면 으레 그렇듯이 바람은 이제 거의 불지 않았다. 하지만 공기는 차갑고 축축했고, 그래서 두 사람은 추위를 덜 느끼기 위해 서로 바짝 붙어 있었다. 어쩌면 푸시는 바로 그 순간 이불이나 파카를 백화점에서 슬쩍해올 생각을 했을지도 몰랐다. 만일 그녀가 그런 생각을 했다면, 그건 그녀가 추위를 느껴서라기보다는 푸스가 그날 밤 기침을 시작했기 때문이었다. 여행을 시작한 이후로 하루하루 피로가 쌓여갔다. 아마도 너무 많은 햇빛과 너무 많은 바람에 지쳤을 것이고, 아무데서나 아무렇게나 식사를 하고 바람과 물보라로 둘러싸인 축축한 해변에서 보낸 그 긴 밤 때문에도 지쳤을 터였다. 이제 푸스는 몸을 떨고 있었다. 그리고 그녀의 손은 친구의 손안에서 불타올랐다.

"많이 아파?"

"아니, 괜찮아질 거야, 조금만 있으면."

푸스가 대답했다.

"해가 곧 뜰 거야, 그러면 카페로 들어가자."

하지만 푸스의 숨은 이미 휘파람소리를 내고 있었고, 목소리는 쉬어서 잘 나오지 않았다.

그런데도 그들은 강 하구 옆의 조약돌 밭에 앉아 수평선과 하늘을 바라보면서 하루의 첫 햇살이 동쪽에서 나타날 때까지, 잿빛 점 하나가 지면 위로 나타나 조금씩 커질 때까지 그곳에 계속 머물러 있었다. 맑고 깨끗한 하늘에 해가 나타났을 때, 소녀들은 낡은 집들의 벽 가까이에 있는 모래사장에 가 다시 누웠다. 그리고 어쩌면 결코 끝나지 않을지도 모를 여행을 꿈꾸면서 잠이 들었다.

태양이 하늘 높이 떠올라 있을 때 푸시가 잠에서 깼다. 넓은 해변 위로 저멀리, 부서진 배들을 돌보거나 수리할 어망을 말리는 몇몇 어부들의 실루엣밖에는 보이지 않았다. 푸시는 배가 고프고 목이 마르기 시작했다. 그녀는 곁에 누워 있는 푸스를 한참동안 바라보다가, 푸스가 잠들어 있지 않다는 것을 알아차렸다. 푸스의 얼굴은 백지장처럼 창백했고, 손은 얼음장처럼 차가웠다. 하지만 두 눈만큼은 불안한 광채로 반짝이고 있었다.

"아파?" 푸시가 물었다.

푸스는 그르릉거림으로 대답을 대신했다. 숨소리는 조금 전보다 약간 더 심하게 쌕쌕거렸다. 그녀가 일어나 앉게 도우려고 팔을 내밀다가 푸시는 푸스의 살갗에 마치 소름이 돋았을 때처럼 솜털이 잔뜩 곤두서 있는 것을 보았다.

"잘 들어," 푸시가 말했다. "여기서 기다려. 난 여행가방 하나를 찾으러 시내에 갈 거야, 그러면 우린 호텔에 갈 수 있을 거야. 그러고 나서 내가 먹을 걸 좀 구해올게, 마실 것도. 레몬이 든 차를 마시면 좋아질 거야."

푸스가 좋다 싫다 말이 없었기 때문에 푸시는 즉시 출발했다. 그녀는 길이 나올 때까지 무작정 해변을 따라 걸었다. 그러다가 마침내 대형 슈퍼마켓을 발견했다.

해변에 홀로 남은 푸스는 아침햇살에 미지근하게 데워지기 시작하는, 초벽 칠이 거의 다 떨어져나간 낡은 벽에 등을 기대고 모래 위에 앉아 있었다. 그녀는 흐릿한 눈으로 눈앞의 바다와 하늘을 바라보았다. 마치 연기가 그녀를 둘러싸 현실과 그녀를 갈라놓는 듯했다. 그녀는 폐 안쪽에 고통을 느끼지 않기 위해 아주 조금씩 숨쉬고 있었다. 그런 단속적인 호흡 때문에 피곤했고 아주 둔한 어지럼증 같은 것이 느껴졌다. 그때 해변에서 소리가 들려오고 있었다. 아이 고함소리, 여자 목소리, 남자 목소리, 어쩌면 라디오에서 흘러나오는 듯한 불분명한 메아리까지도. 하지만 푸스는 그런 것들에 전혀 관심을 기울이지 않았다. 그녀의 귀에 그 소리들은 아주 긴 복도 끝에서 손상되고 왜곡된 채 들려오는 알아들을 수 없는 소리 같았다.

"코메 티 키아미(이름이 뭐니)?"

들려오는 목소리에 푸스는 소스라쳤다. 그녀는 고개를 돌렸다. 눈앞에 웬 청년이 서 있었다. 그는 집요하게 그녀를 살펴보고 있었다.

"코메 티 키아미?" 그가 되풀이해 말했다. 목소리는 날카로웠지만 불쾌하진 않았다. 그는 놀란 눈으로 소녀를 보고 있었다. 구릿빛 얼굴, 밤을 보내느라 구겨진 흰옷, 모래로 뒤범벅이 된 헝클어진 머리, 그리고 플라스틱 팔찌.

푸스는 그 질문을 이해했다. 그래서 자신의 엄지를 펴 보이면서 자기 이름을 말해주었다.

"폴리체(엄지)?" 청년이 말했다. 그리고 웃기 시작했다. 푸스도 따라 웃었다. 청년은 웃으면서 되풀이해 말했다.

"폴리체…… 폴리치노(엄지 동자)! 폴리치노!"

그러고 나서 그는 검지로 자신의 가슴을 가리켜 보이면서 말했다.

"소노 피에트로파올로(나는 피에트로파올로야). 피에트로파올로."

푸스는 그의 이름을 따라 말했다. 그리고 그들은 다시 웃기 시작했다. 그녀는 폐의 통증을 완전히 잊어버렸고, 온몸에 열이 나면서 부들부들 떨리던 것도 잊었다. 단지 이상한 취기만이 느껴질 따름이었다. 아주 오랫동안 먹지도 자지도 않았을 때처럼 불쾌하지 않은 허한 느낌 같은 것을.

피에트로파올로는 벽에 등을 기대고 그녀 곁에 앉았다. 그러고는 잔뜩 구겨지고 너덜너덜해진 체스터필드 담뱃갑을 꺼내더니 뒤틀리고 부러지다시피 한 담배 두 개비를 꺼냈다. 푸스는 그 담배를 받아들었다. 부드러운 연기가 도움이 되었다. 적어도 첫 몇 모금을 빠는 동안에는. 하지만 그후에 그녀는 아주 심하게 기침을 하기 시작했고, 그래서 청년은 약간 당황한 표정으로 그녀

앞에 무릎을 꿇었다.

"난 여기가 아파." 푸스가 자신의 가슴을 가리키면서 말했다.

"말레(아파)." 소년이 말했다. "에 논 아이 운 메디카멘토 프츠(그럼 약 없어)?"

"아니, 아니." 푸스가 말했다.

기침이 그녀를 지치게 했다. 작은 땀방울들이 이마와 콧잔등 위에 맺혔다. 그리고 가슴 안쪽의 화끈거리는 통증 때문에 심장이 아주 빠르게 뛰는 것이 느껴졌다.

이제 해는 하늘 높이 걸려 있었다. 대략 열한시쯤 된 것 같았다. 피에트로파올로와 푸스는 움직이지도 말하지도 않고 그대로 앉아 해변 위로 밀려오는 파도를 바라보고 있었다.

이윽고 푸시가 돌아왔다. 커다란 카키색 비옷과 맥주 한 병을 가슴에 안고 있었다. 그녀는 아주 오랫동안 달린 사람처럼 숨을 헐떡이면서 모래 위에 털썩 주저앉았다. 푸스는 피곤한 얼굴과 열에 반짝이는 눈을 하고 벽에 기대 있었다.

"누구야?" 푸시가 물었다.

"피에트로파올로……" 푸스가 대답했다.

청년이 환하게 미소를 지었다.

"피에트로파올로. 에테(너는)?"

"푸시." 푸시가 대답했다.

"푸시?"

푸스는 그가 알아들을 수 있도록 고양이 울음소리를 냈다.

"아! 일 가토! 가티노!(아! 고양이! 새끼 고양이!)"

그는 웃기 시작했다. 두 어린 여자도 그를 따라 웃었다. 그들은 한 모금 마실 때마다 병 주둥이를 닦으면서 맥주를 돌려 마셨다. 그러고 나서 푸시가 푸스에게 비옷을 보여주었고 자기가 뭘 하고 왔는지 이야기해주었다.

"이건 너 주려고 가져온 거야. 여행가방은 가져올 방법이 없었어. 체인으로 꽁꽁 묶여 있었거든. 게다가 이 비옷 때문에 하마터면 붙잡힐 뻔했어. 이걸 집어들고 얼마나 오랫동안 달렸는지 몰라, 매장 직원이 내 뒤에서 고함을 질러댔다니까, '라드라! 라드라!(도둑이야! 도둑!)' 다행히 그 직원이 뚱뚱해서 나보다 먼저 지쳐 나가떨어졌지."

"라드라! 라드라!" 피에트로파올로가 따라했다. 그들은 다시 웃음을 터뜨렸다.

푸시는 푸스가 비옷 입는 것을 도왔다.

"좀 크네, 하지만 입고 있으면 따뜻해질 거야."

"그럼 맥주는?" 푸스가 물었다.

"아, 이건 닫혀 있는 어떤 가게 앞 상자 안에 있더라. 그래서 그냥 들고 왔어."

그들은 다시 차례로 맥주를 마셨다. 그러고 나서 피에트로파올로가 꼬깃꼬깃한 체스터필드 담뱃갑을 다시 꺼내어 소녀들에게 내밀었다.

푸스는 고개를 저었고, 푸시 역시 사양했다.

"난 배가 고파." 푸시가 그에게 말했다.

청년은 이해하지 못한 채 그녀를 쳐다보았다. 그래서 그녀는 자신의 입을 가리켜 보이면서 무언가를 먹는 시늉을 했다.

"아 시. 보레스티 만자레?(아, 알았다. 뭘 먹고 싶다고?)"

그는 벌떡 일어나 해변에 면한 거리들 중 하나로 달려가더니 이내 모습을 감추었다.

두 소녀는 한마디 말도 없이 꼼짝도 않고 낡은 벽에 등을 기댄 채 바다를 바라보면서 그를 기다렸다. 차가운 돌풍이 불어왔고, 하늘에는 시커먼 구름들이 몰려와 있었다. 푸시는 공장, 외곽의 잿빛 거리들, 어두컴컴한 방과 자닌 엄마가 앉아 있는 부엌, 그 모든 것을 생각했다. 그것들은 이제 아주 멀리 있었다. 그리고 며칠 만에 처음으로, 그녀는 더이상 불안해하며 그것들을 생각하는 게 아니라 마치 그 집으로 영원히 되돌아가지 않겠다고 정말로 결심한 것처럼 무덤덤하게 떠올렸다. 그녀는 옆눈으로 푸스를 힐끗 보았다. 그녀의 어린아이 같은 얼굴, 고집스러워 보이는 입술 표정, 그리고 동그란 이마 위에서 바람에 흩날리는 곱슬거리는 머리카락. 카키색 비옷에 몸을 포근하게 감싼 푸스는 온기를 되찾은 듯했다. 그녀의 숨소리는 좀더 규칙적으로 변했고, 쌕쌕거리는 것도 덜해진데다, 뺨도 덜 창백했다. 소녀는 마치 눈을 뜬 채로 잠을 자고 있는 것처럼 텅 빈 해변의 모래와 바다를 뚫어지게 바라보고 있었다.

"이제 그만 돌아가자." 푸시가 조용히 말했다. 너무 침착한 말투에, 푸스는 얼굴을 돌리고 혼란스러운 눈으로 그녀를 보았다.

"이제 그만 돌아가자. 이제 돌아가자고." 푸시가 다시 한번 더 말했다. 푸스는 아무 말도 하지 않고 해변과 바다를 다시 뚫어지게 바라보기 시작했다. 그녀의 속눈썹 사이로 눈물이 방울지더니 뺨 위로 흘러내리면서 바람에 뒤로 약간 흩어졌다. 소녀가 말없이 울고 있는 것을 알아차렸을 때, 푸시는 그녀를 품에 꼭 껴안고 말했다.

"꼭 너 때문만은 아니야, 알지, 나도 병이 날 수 있었어, 그렇기 때문에……" 하지만 그녀는 그럴듯한 이유가 떠오르지 않아서 곧바로 말을 잇지는 못했다.

"푸스, 나도 베네치아까지 가고 싶었어, 아니 로마까지도, 그리고 시칠리아에도, 그리고 그다음엔 그리스까지. 하지만 이런 식으로는 안 돼, 이런 식으로는 갈 수 없어……"

갑자기 푸스가 화를 냈다. 그녀는 친구를 떠밀고 자리에서 일어나려 애썼다. 몸은 떨렸고, 목소리는 잠겨 있었다.

"겁쟁이! 겁쟁이! 넌 그렇게 말하지만, 겁이 나서 그런 거야. 넌 감옥에 가는 게 겁나서 그러는 거야, 그래서 그런 거지? 말해!"

푸시는 모래 위에 무릎을 꿇고 있는 소녀를 바라보았다. 눈물이 반짝이는 눈, 바람에 엉클어진 머리, 그리고 너무 커서 소매가 손가락 끝을 완전히 덮은 비옷을 입은 소녀를.

"사실이니까 그렇게 말하는 것뿐이야. 우린 더이상 계속할 수 없어, 우린 막다른 곳까지 왔어. 돌아가자, 더이상 계속할 순 없어, 지금 돌아가자."

푸시의 목소리는 침착했다. 그리고 바로 그것 때문에 푸스의 분노가 즉시 다시 일었다. 그녀는 모래 속에 다시 주저앉더니 머리를 되는대로 뒤로 젖혀 벽에 기댔다.

바로 그 순간 청년이 돌아왔다. 커다란 빵 한 덩어리와 오렌지 한 망이 그의 손에 들려 있었다. 그는 소녀들 앞에 멈춰 서더니, 그 자리에 쭈그리고 앉아 그들에게 식량을 내밀었다. 그는 다정하게 미소를 짓고 있었다. 맑은 눈이 가무잡잡한 얼굴에서 반짝반짝 빛났다. 푸시는 주저하지 않고 빵과 오렌지를 받아들고 고맙다고 말했다. 그러고 나서 그들은 말없이 먹기 시작했다. 먹을 것을 발견하고 날아든 갈매기들이 그들의 머리 주위를 끼룩거리면서 빙빙 돌았다. 오렌지를 다 먹고 난 푸시는 손과 얼굴을 바닷물에 씻으러 갔다. 물과 거품을 퍼올려 씻고 난 뒤, 그녀는 푸스를 위해 바닷물을 손에 한가득 담아와 시원한 손바닥으로 그녀의 이마와 눈을 닦아주었다.

"이제 가자." 푸시가 말했다. 그녀는 해변 저쪽 끝, 해가 지고 있는 방향을 가리켜 보였다. "이제 집으로 돌아가자." 푸스도 일어났다. 너무 힘이 없어서 일어나다 다시 쓰러지지 않기 위해 푸시의 어깨에 기대야만 했다.

"도베? 도베?(어디? 어디?)" 소년이 물었다. 그의 목소리가 갑자기 근심으로 가득찼다. 그는 마치 눈과 입술에서 무언가를 읽으려 애쓰는 벙어리처럼 소녀들의 얼굴에서 눈을 떼지 않고 옆을 지키며 걸었다. "도베? 도베?"

튀어나온 나뭇가지에 몸을 부딪히자 그는 펄쩍 뛰면서 얼굴을 찡그렸고, 그걸 본 여자아이들은 약간 웃었다. 하지만 그는 웃지 않았다. 그의 목소리는 무언가를 골똘히 생각하고 있는 중이라 잠겨 있었다.

"안드로…… 안드로 콘 보이 스테시. 페르 파보레, 안드로…… 아콤파냐레 보이 스테시……(나도…… 너희랑 같이 갈게. 그렇게 하게 해줘…… 너희를 데려다줄게……)"

하지만 소녀들이 해변을 벗어나 시내로 들어가려 했을 때, 그는 두 팔을 축 늘어뜨리고 그들을 뚫어져라 바라보면서 모래사장에서 그대로 꼼짝도 하지 않았다. 인적 없는 어느 골목 모퉁이로 들어서기 전 푸시는 그에게 손짓을 보내기 위해 뒤돌아섰다. 그때 그녀는 보았다, 멀리, 하얗게 펼쳐진 해변에 그가 아주 자그마하게, 바다 앞에서 나무막대기처럼 꼼짝도 않고 있는 것을. 그녀는 손을 흔들지 않고 푸스와 함께 어두운 도심 속으로, 점심 식사를 하는 가족들이 내는 소리 속으로 사라졌다.

길 위의 어느 주유소에서 그녀들은 TIR*라는 글자가 새겨진, 멈춰 서 있는 트럭을 발견했다. 푸시는 트럭 운전사에게 자신들을 태워달라고 부탁했고, 운전사는 잠시 망설인 후에 좋다고 말했다.

얼마 뒤, TIR라고 적힌 커다란 세미트레일러는 반쯤 잠이 든 푸스와 푸시를 태우고 프랑스 쪽으로 달려갔다. 운전사는 소녀들을 전혀 신경쓰지 않았다. 그는 볼륨을 한껏 올린 이탈리아 라디오방송을 들으면서 담배를 피워댔다. 그들이 국경에 다다랐을 때, 경찰들은 소녀들의 신분증을 주의깊게 살펴보았다. 그들 중 한 명이 소녀들에게 무뚝뚝하게 말했다. "우리랑 함께 가야겠습니다." 검문소 안에는 사복 경찰 한 사람이 있었다. 눈길이 매섭고 대머리가 살짝 벗어진 마흔 살가량의 남자였다. 소녀들이 제

* Transport International Routier. 국제 도로 수송.

복 경찰과 함께 들어가자, 그 남자는 엷은 웃음을 지으면서 이 비슷한 말을 했다. "우리의 두 여전사가 드디어 납셨군." 하지만 푸시는 듣지 않고 있었다. 그녀는 푸스의 완강해 보이는 옆모습을 바라보고 있었다. 그리고 그녀는 먼지로 뒤덮인 복도와 햇빛도 들지 않는 감방 안에서 오랜 시간을 기다린 뒤에 일어날 일에 대해서는 생각하지 않았다. 그녀는 그저 시간만 생각하고 있었다, 자신들이 다시 멀리 떠날 시간, 이번에는 영원히 돌아오지 않기 위해 다시 떠날 시간만을.

밀입국자

LE PASSEUR

LA
RONDE
ET
AUTRES
FAITS
DIVERS

타르타멜라가 방수포를 덮어씌운 소형 화물차의 시동을 껐을 때, 로이아강에 해가 떠오르고 있다. 그는 도로 아래쪽의 강가 자갈밭에, 얕게 흐르는 하늘색 물줄기 앞에 차를 세웠다. 그는 담배에 불을 붙인다. 화물차 뒤쪽에 앉아 있는 남자들이 차에서 내리기 전에 굳어 있던 몸을 흔들면서 구시렁대는 소리가 들린다. 그는 그들에게 다시 한번 걸걸한 목소리로 고함을 지른다.

"다 왔어요! 다 왔어!"

남자들은 아주 오랜 시간 동안 꼼짝도 하지 않고 고속도로를 달려왔기 때문에 갑자기 지나치게 움직이면 탈이라도 날까 서두르지 않고 화물차 뒤쪽에서 차례차례로 내린다. 그들은 제법 수가 많다, 여덟 명, 열 명 정도. 그리고 국적은 제각각이다. 그리스인, 터키인, 이집트인, 유고슬라비아인, 튀니지인. 키가 크고 비쩍 마른 사람, 키가 작은 사람, 뚱뚱한 사람, 갈색 머리, 초록색이거나 노란색 눈동자에 적갈색 머리. 입고 있는 옷도 각양각색이다. 두터운 스웨터, 겨울 외투, 항공점퍼, 또는 낡은 양복. 언어도 모두 제각각이다. 하지만 타르타멜라는 흘깃 쳐다보기만 해도 그들이 어떤 부류인지 단번에 알아볼 수 있다. 하나같이 가난, 불안, 배고픔에 절어 똑같아 보이기 때문이다. 타르타멜라는 강가 자갈밭에서 그들 앞에 서 있다. 그는 그들을 보고 나서, 하늘을 쳐다본다. 겨울 새벽의 열푸른 빛이 도는 차가운 하늘이다. 그는 그들의 불안을 달래주기 위해 미제 담배 한 갑을 돌린다. 각자 한 개비씩 말없이 빼어들고 불을 기다린다.

밀로즈는 담배를 피우지 않는다. 그는 무언가 다른 것을 생각하고 있는 듯 타르타멜라를 바라본다. 푸른 눈과 창백한 얼굴에도 불구하고 그의 눈빛은 어둡다. 타르타멜라는 그의 시선 때문에 거북하다. 그래서 자신의 거북함을 화난 표정 아래 감춘다. 그가 불쑥 이탈리아어로 말한다.

"왜 그래요?"

밀로즈는 즉시 대답하지 않는다. 그러다가 타르타멜라가 어깨를 으쓱하면서 등을 돌릴 때에야 비로소 입을 연다.

"언제 떠납니까?"

"곧." 타르타멜라가 대답한다. "안내인이 오면 그때."

"안내인?" 밀로즈가 되묻는다.

"그래, 안내인. 알선업자 말야."

밀로즈는 강가 자갈밭 바로 앞 돌 위에 가서 앉는다. 다른 남자들도 이내 그를 따라 한다. 그들은 작게 무리를 지어 소형 화물차와 타르타멜라 주변에 흩어져 앉는다. 마치 자신들은 서로 아무 상관도 없는 사람들이라는 듯이. 타르타멜라는 다시 한번 어깨를 으쓱하고는 화물차에 올라탄다. 그리고 다시 담배 한 개비를 꺼내 불을 붙이고 나서, 시간을 때우기 위해 라디오를 튼다. 미국 흑인 여자가 묵직한 목소리로 부르는 노래가 흘러나온다. 파란 겨울하늘 아래 흰 눈에 덮인 높은 산들의 윤곽이 계곡에서 바라보이고, 강가 자갈밭에 남자들이 쭈그리고 앉아 말없이 기다리고 있는 메마른 강의 풍경 속에서 그런 노래가 흘러나오니 좀 낯선 느낌이 든다.

남자들은 모두 말이 없다. 하긴 그들이 무슨 말을 할 수 있겠는가? 그들은 제각각 다른 언어로, 자신이 버리고 온 고향의 언어로 말한다. 그들은 하나같이 또다른 세상으로 모험을 떠나기 위해 부모와 아내, 자식들을 버리고 이곳에 와 있다. 밀로즈는 어머니와 아버지, 고향집과 헐벗은 산들을 생각한다. 하지만 그 모든 것들은 이미 너무 멀리 있어서 아직도 그곳에 그대로 남아 있을

지 알 수가 없다. 게다가 아내 레나가 속옷 안쪽에 꿰매 달아준 주머니 속에 든, 밀입국에 필요한 돈을 단단히 움켜쥔 채 바람막이가 설치된 버스정류장의 벤치나 시청에서 제공하는 노숙자 시설들에서 잠을 청하며 길 위에서 방황한 지도 이미 아주 오래다.

그는 그의 이름이 타르타멜라라는 것을 몰랐다. 아무도 이름을 묻거나 말하지 않았다. 트리에스테*에서 출발한 다른 이들과 함께 역에 내렸을 때, 그는 형광등 불빛에 환하게 밝혀진 계단 앞에서 꼼짝도 하지 않고 서 있었다. 풀먹인 마분지로 만든 트렁크를 발치에 놓아두고, 그는 기다렸다. 다른 남자들도 그처럼 했다. 그들은 행여 상대방이 국경 경찰이 아닐까 겁이 나서 서로 눈도 마주치지 않으며 묵묵히 기다렸다.

이윽고 타르타멜라가 나타났다. 방수포를 씌운 소형 화물차에서 내린 그는 담배에 불을 붙이면서 역 문까지 걸어왔다.

맨 앞에 서 있는 사람이 밀로즈였기 때문에, 그 뚱뚱한 남자는 제일 먼저 그에게로 다가와 말을 걸었다.

"어디로 가슈?"

밀로즈는 이탈리아어를 잘 알아들었지만 이탈리아어로 말하는 건 좋아하지 않았다. 그는 순순히 목적지를 댔다.

---

* 이탈리아 동북부 국경도시.

"프란차(프랑스)."

"신분증은 있소?"

일은 계획한 대로 풀려나가고 있었다. 트리에스테에서 출발할 때 미리 약속된 수순이었다. 시외버스 터미널 맞은편의 카페 '피아차 델라 리베르타'에서 중간 다리 역할을 맡은 사람이 그에게 이렇게 말했었다. "신분증을 보여달라고 할 거요, 그러면 돈을 보여줘요, 그거면 돼."

그래서 밀로즈는 셔츠를 열고, 내의 안주머니에서 두 번 접은 만 리라짜리 지폐를 꺼냈다. 하지만 그걸 남자에게 즉시 건네지는 않았다.

지금, 그는 강변의 돌 위에 앉아 기다린다. 하늘은 맑고 방금 해가 나타났다. 처음에는 눈으로 뒤덮인 산꼭대기를 비추다가 차츰 다른 산들을 밝게 비춘다. 빛이 강어귀의 자갈들을 건드리자 자갈들이 반짝이기 시작한다. 밀로즈는 아침햇빛을 좋아한다. 그리고 불면으로 인한 피로는 물론, 밀라노에서부터 화물차 뒷좌석에 끼여앉아 이곳까지 오느라 지칠 대로 지쳤음에도 불구하고, 해가 뜨는 순간 이곳에 있다는 게 행복하다.

그는 약간 두렵기도 하다. 저쪽으로 넘어가면 무슨 일들이 일어날까? 그리고 만에 하나 경찰에 붙잡혀 감옥에라도 갇히게 되면 언제 레나 곁으로, 부모님 곁으로 되돌아갈 수 있을까? 그리고 간혹 그들이 이방인들을 살해한다는 소문도 있다. 그에게 그 소문을 전해준 건 어느 아랍 남자다. 그가 밀라노역에서 안내인을 기다리고 있을 때 그 남자가 프랑스어로 그 얘기를 해줬다. 밀로즈는 프랑스어를 전혀 할 줄 몰랐다. 그래서 아랍 남자가 두려움이 가득한 눈을 번들거리면서 쇳소리 나는 거칠고 이상한 목소리로 계속 떠들어대는데도 어깨를 으쓱하고 더이상 듣지 않았다. 하지만 그 자신도 알아채지 못하는 사이에 불안은 마음속에서 점점 커져갔다. 이제 어디로 가는 걸까? 이 모험으로 뭘 얻을 수 있을까? 레나를 언제 다시 만날 수 있을까? 황옥 같은 눈동자를 가진 레나를.

이제 해는 헐벗은 하늘 높이 떠 있다. 남자들은 여전히 로이아 강변에 앉아 기다린다. 초조함을 드러내지도 않으면서. 그들은 어린 시절부터 몇 시간이고, 며칠이고 기다리는 것에 익숙하다. 단지 겨울 추위에도 불구하고 해가 머리 위에서 뜨겁게 이글거리면, 그들은 자리를 옮겨 좀더 멀리, 시들시들한 초록색 잎이 붙어 있는 떡갈나무 한 그루 아래로 몸을 피할 뿐이다. 이제 고속도로의 소리가 들린다. 강 하류의 다리 위에서 끊임없이 들려오는, 성난 울음소리 같은 차 소리. 하지만 남자들이 있는 곳에서는 차들이 보이지 않는다. 그들에겐 그저 바퀴 굴러가는 소리와 엔진소리만 들릴 뿐이다.

타르타멜라도 자신의 소형 화물차 안에서 담배를 피우면서 기다리고 있다. 하지만 그는 초조해하고 있다. 그래서 점점 더 자주 손목시계를 들여다본다. 갈색 손목에서 금빛으로 번쩍이는 굵은 손목시계를.

남자들은 시계가 없다. 밀로즈는 시계가 있었지만, 필요할 경우 레나가 팔아서 쓸 수 있도록 떠나기 전 레나에게 주고 왔다. 시계가 있건 없건 그에겐 아무래도 상관없다. 그는 시간을 알 필요가 없다. 태양으로 충분하다. 이제는 고향에서 아주 멀리 떠나왔으니, 어쩌면 다시는 돌아가지 않기 위해서일지도 모르니 시간을 아는 건 전혀 중요하지 않다. 그는 기다릴 수 있다. 트리에스테역에서 그는 저쪽으로 넘어갈 수 있는 방법을 알려줄 사람을 만나기 위해 이틀을 기다렸다. 피아차 델라 리베르타의 벤치에서 잠을 잤고, 둘째 날에는 빵 한 덩어리로 버텼다. 그리고 여행객들이 기차를 타기 전 역에 버리고 간 상한 과일로도.

기차 안에서는 바닥에 쭈그리고 앉아서 갔고, 풀먹인 마분지로 만든 트렁크에 머리를 기댄 채 잠을 잤다. 날이 밝았을 때 한 열차간에서 빈자리를 발견할 수 있었다. 밀라노역에서 그는 방수포를 씌운 화물차 안에 앉아 다시 몇 시간을 기다렸다. 타르타멜라가 두 사람이 아직 오지 않았다고 말했기 때문이었다.

모두들 기다리는 데는 이골이 났다. 그들은 담배를 피우거나 수다를 떨지도 않는다. 배가 고프지만, 나중에 식량이 필요하리라는 것을 알기 때문에 허기를 참는다. 목이 마르면 강으로 가서, 행여 도로를 지나가던 누군가에게 발각될까 두려워하며 재빨리 강물을 몇 모금 꿀꺽꿀꺽 마시고 돌아온다. 오줌이 마려울 때는 덤불숲 속으로 약간 들어간 다음, 서로 돌아 쪼그리고 앉아서 오줌을 눈다. 하지만 타르타멜라는 그런 식으로 하지 않는다. 그는 자신의 파란 화물차 옆에 서서 강변의 하얀 자갈들 위로 오줌을 갈긴다. 그러고 나서 밀라노역에서 산 눅눅해진 두툼한 샌드위치를 거리낌없이 베어물어 먹는다.

해는 한 시간 한 시간, 날을 완전히 소진할 때까지 로이아강의 골짜기 위로 그림자들을 느릿느릿 전진시킨다. 눈 덮인 꼭대기들은 벌써 연한 잿빛으로 물들고 있고, 강가 자갈밭 위로 얕게 흐르는 물은 이제 더이상 푸른 하늘을 반사하지 않는다.

남자들은 미동도 하지 않는다. 어쩌면 그들은 여기 이 강가에서, 몇 시간이고, 죽을 때까지 기다려야 할지도 모른다. 어디로 가야 할지 모르기 때문이다. 배고픔으로 죽으려면 몇 시간이나, 며칠이나 걸릴까? 밀로즈는 끊임없이 레나를 생각한다. 때때로 너무 골똘히 레나 생각에 빠져서 마치 그녀가 그곳에, 자기 옆에 있는 것처럼 혼잣말을 하고 있는 자신을 발견하기도 한다. 하지만 아무도 신경쓰지 않는다. 다른 남자들은 자기만의 피로, 배고픔, 기다림 속에 갇힌 채 조용하다. 밀로즈와 같은 기차를 타고 온 이집트 남자가 저물어가는 빛 속에 얼굴을 드러낸 채 바닥에 누워 있다. 속눈썹 사이로 눈이 반짝이는 걸 보지 못했다면 그가 자고 있는 거라고 생각했을 것이다.

마침내 안내인이 도착했다. 아무도 그의 이름을 모른다. 그리고 그가 도착했는데도 아무도 움직이지 않는다. 그는 타르타멜라와 몇 마디 말을 나누고, 강변에서 기다리고 있는 남자들을 보고 나서 뭐라고 말을 한다.

"모두 다 여기 있는 거요?"

타르타멜라가 고개를 끄덕이는 걸로 봐서 대강 그런 말인 듯하다. 안내인은 키가 작고 마른데다 피부는 가무잡잡하게 그을렸고 표정이 무뚝뚝한 남자로, 산사람 같은 분위기를 풍긴다. 그는 청바지와 사냥꾼들이 입는 짙은 초록색 파카를 입었다. 그리고 근사한 등산화를 신었다.

"자, 갑시다!"

그가 이탈리아어로 지시를 내렸다. 남자들이 모두 일어나서, 안내인과 몇 미터 간격을 두고 강변을 걷기 시작한다. 마분지 트렁크를 손에 든 밀로즈는 행렬의 맨 앞에서 걸어간다.

떠나기 전에 타르타멜라는 남자들에게서 돈을 거뒀다. 한 사람당 사만 리라. 그는 그걸 털이 수북하게 난 손목에 감아쥐고 있던 까만 인조가죽 배낭에 챙겨넣었다. 그러고 나서 더이상 한마디 말도 없이 방수포를 씌운 화물차에 다시 올라타 그곳을 떠났다. 그는 가파른 비탈길을 운전해 도로가 있는 곳까지 올라갔다. 밀로즈는 눈으로 그를 좇으려 뒤돌아섰다. 하지만 나무들에 가려져 있었다. 엔진소리는 단번에 사라졌다.

안내인은 기다리지도 않고, 한시바삐 목적지에 도착하려는 것처럼 빠른 속도로 걷는다. 남자들은 자갈길 위에서 그를 쫓아 비틀거리며 걷는다. 그들은 힘이 별로 없다. 무리는 안내인 뒤를 따라 걸어서 강을 건넌다. 밀로즈는 세차게 흐르는 차가운 물이 낡은 신발 안의 맨발을 축축이 적시는 것을 느낀다. 그는 신발을 벗고, 날카로운 조약돌들 위로 발을 디디며 걸음을 옮긴다. 다른 남자들도 신발을 벗고 그를 따라 한다. 이집트 남자는 엄청나게 큰 파란색 농구화를 신고 있다. 그건 잠시나마 다른 남자들을 약간 웃게 만든다. 그들 중 하나는 짐이 아주 무겁다. 물건들로 가득찬 밀가루 포대를 어깨에 메고 있는 그는 평평한 돌멩이 위에 발을 올려놓다가 미끄러지며 주저앉는다. 그것 역시 사람들을 웃긴다. 하지만 밀로즈는 남자가 고통으로 얼굴을 찡그리는 것을 보고 그를 부축해 일으켜 세운다.

"에프하리스토(고맙습니다)." 남자가 말한다. 그는 그리스인이다.

안내인이 멈춰 섰다. 그는 건너편 강기슭에 서서, 남자들이 강바닥의 자갈 때문에 물속에서 뒤뚱거리는 모습을 지켜보고 있다. 그의 적갈색 얼굴에는 아무런 표정도 드러나 있지 않다. 하지만 목소리는 다급하다. 그는 이제 프랑스어로 이렇게만 외친다.

"걸어! 걸어!"

무리가 건너편 강기슭을 향해 다시 출발한다. 그들은 가시덤불들을 지나 비탈진 둑을 기어올라간다. 이제 이곳은 그늘이 져 있다. 해는 국경선 너머, 산 너머로 사라져버렸다. 밀로즈는 아마도 저기 저편에는 아직 햇살이 비치고 있을 거라고 생각한다. 그렇게 생각하자 더 빨리 그곳으로 가고 싶어진다.

그들은 흙길을 가로질러간 다음, 자갈 사이로 풀이 무성하고 레일은 녹슬고 침목들이 주저앉은 철길 위를 걷는다. 더 높은 곳, 잿빛 언덕 위로 어떤 마을의 벽들이 보인다. 농가들 안에서 개 짖는 소리가 들린다. 남자들은 본능적으로 멈춰 선다. 사람들에게 들킬까 겁이 나서다. 하지만 안내인은 계속 덤불들을 헤치고 기어올라가면서 여전히 소리를 질러댄다.

"걸어! 걸어!"

그들은 첫번째 산, 푸른 떡갈나무들과 덤불숲 때문에 암녹색으로 보이는 산을 우회한다. 계곡은 북쪽으로 이어져 있다. 허물어진 오래된 예배당 가까이에서 그들은 오솔길이 시작되는 지점을 발견한다. 길은 산 위쪽으로 구불거리며 이어져 있다. 무리는 이제 흩어져서 걷는다. 민첩한 사람들은 안내인과 그리 떨어지지 않은 위쪽에서, 굼뜬 사람들은 아래쪽에 한참 뒤처져서 자기 짐을 짊어지고 돌투성이의 오솔길을 어기적어기적 올라간다. 숨 한 번 돌리지 않고 걷기 시작한 지 벌써 한 시간이 넘었다. 밀로즈는 문득 그리스 사람이 어떻게 되었는지 궁금하다. 그는 마분지 트렁크를 덤불 속 움푹 팬 곳에 눕히고 나뭇가지들로 가려놓은 다음, 구불구불한 오솔길을 다시 내려간다. 그는 기진맥진한 얼굴로 힘겹게 뒤뚱거리며 위쪽으로 올라오는 남자들과 마주친다. 아무도 그에게 말 한마디 건네지 않는다. 저 아래 멀리 그리스인이 보인다. 그는 안간힘을 쓰며 밀가루 포대를 질질 끌고 있다. 밀로즈는 거칠게 씩씩거리는 그의 숨소리를 듣는다. 밀로즈는 그의 짐을 빼앗아 자기 어깨 위에 둘러메고, 아무 말 없이 위를 향해 다시 올라가기 시작한다. 트렁크를 숨겨놓은 곳에 다다르자, 그는 나뭇가지들을 걷어내고 그것을 덤불숲에서 꺼내어 그리스인에게 건넨다. 그러고 나서 그는 다시 그리스인의 밀가루 포대를 어깨에 둘러멘다. 그리고 그들은 함께 가던 길을 다시 걸어올라간다.

밤이 되어서야 그들은 어떤 마을 근처에 다다른다. 안내인이 길가에서 남자들을 기다리고 있다. 그는 담배를 피우고 있다. 등대처럼 켜지는 빨간 담뱃불이 보인다. 그가 사람들에게 말한다.

"산안토니오." 그리고 자기가 앞서가서 휘파람을 불면 뒤따라와도 된다고 설명한다. 그는 그걸 이탈리아어와 서투른 프랑스어로 말한다. 하지만 모두가 알아들었다.

길가 어둠 속에서 기다리는 순간은 길기만 하다. 밀로즈는 피로로 다리가 후들거리는 것을 느낀다. 그리고 입은 바싹 말라붙어 혀를 움직이기도 힘들다. 하지만 밤은 춥다. 그는 추위를 잊기 위해서라도 어서 다시 출발할 수 있기를 바란다.

멀리서 안내인의 신호가 들려온다. 그들은 포장도로를 다시 걷기 시작한다. 산안토니오 마을 위로 지나갈 때 집들에서 새어 나오는 불빛들이 보이고, 사람들 소리, 개들이 내는 소리가 들린다. 그래서 그들은 모두 가슴이 죄어들었다. 어딘가에, 유고슬라비아에, 터키에, 그리스에, 튀니지에 두고 온 마을 생각이 났기 때문이다. 안내인은 간격이 벌어지지 않게 거리를 유지하면서 앞장서서 걷는다. 그는 국경선으로 이어지는 오솔길의 입구를 찾고 있다. 밤은 아주 검고 짙다. 그래서 남자들은 눈앞이 보이지 않아 계속 무언가에 걸리고 부딪히면서 넘어질 뻔한다. 밀로즈의 귀에 거친 숨소리가 들린다. 그는 그리스인이 자기 뒤쪽으로 그리 멀리 떨어지지 않은 곳에 있다는 것을 안다.

산안토니오에서 몇 킬로미터 벗어난 거리의 길모퉁이에서, 안내인은 허물어진 어떤 벽 앞에 멈춰 선다. 그는 아무 말도 하지 않는다. 하지만 남자들은 바로 그곳이 밤바람을 피해 야영할 곳임을 알아차린다. 그들은 각자 짐을 내려놓은 후 낡은 벽 가까이에 머리를 두고, 전갈에 물릴지도 모른다는 걱정 따위는 없이 덤불숲 속에 자리를 잡는다. 마분지 트렁크를 베고 누운 밀로즈는 그리스인의 거친 숨소리에 귀를 기울인다. 그러다가 어느새 잠이 든다.

안내인이 그들을 한 사람 한 사람 깨우고 있다. 날은 아직도 어둡지만 달이 떠 있다. 청명한 겨울하늘에 근사한 달이 떠올라 있다. 추위가 살을 엔다. 밀로즈는 키 작은 남자의 콧구멍에서 연기 같은 김이 뿜어져나오는 것을 본다. 그는 일어나 밀가루 포대를 찾아 짊어지려 한다. 하지만 그리스인이 아직도 그 위에 머리를 기댄 채 자고 있다. 밀로즈는 그를 깨우기 위해 그의 몸을 점점 더 세차게 흔들다가, 그리스인이 자고 있는 게 아니라는 걸 알아차린다. 그리스 남자는 눈을 뜬 채로 앓는 소리를 내고 있다.

"자, 일어나요." 밀로즈는 그에게 세르비아어로 말하고 나서, 마치 안내인처럼 프랑스어로 말한다. "걸어요!"

그리스인이 고개를 저으며 바지를 걷어올리고 자신의 다리를 보여준다. 달빛에, 퉁퉁 붓고 보라색으로 변한 남자의 다리가 드러난다. 고통 때문에 그의 얼굴에 땀이 흘러내린다. 밀로즈는 출발할 준비를 하고 있는 안내인에게로 가서 포댓자루에 기대 누워 있는 남자를 가리켜 보이며 말한다.

"저 사람은 걸을 수 없어요."

안내인은 그리스인에게로 다가와 그의 바지를 걷어올려본다. 하지만 얼굴은 무표정하기만 하다. 그는 주머니에서 사만 리라를 꺼내 그리스인 옆에 놓고는 이렇게 말한다.

"날이 밝으면, 산안토니오로 돌아가시오."

그리스인은 자신의 여행이 거기서 끝났음을 눈치챈다. 그의 눈에서 눈물이 흘러내린다. 하지만 그는 아무 말도 하지 않는다. 그건 어쩌면 할 줄 아는 언어가 그리스어밖에 없어서인지도 모른다.

밀로즈는 마분지 트렁크를 들고, 남자에게 눈길을 주지 않고 길을 나선다. 그는 오솔길을 통해 덤불숲을 지나 로슈 롱그 쪽으로 올라가고 있는 무리에 합류한다.

길은 가도 가도 끝이 보이지 않고, 남자들은 도중에 몇 킬로미터 간격으로 계속 길을 잃고 헤맨다. 이제 그들은 짊어진 짐 때문에 몸이 앞으로 푹 고꾸라진 채, 일행을 따라잡으려 애쓰지도, 그들이 어디에 있는지 알려고도 하지 않고 그저 환한 달빛 아래 유리처럼 반짝이는 발밑의 돌멩이들만 내려다보며 걸어간다. 밀로즈는 가슴속에 증오가 가득 차오르는 것을 느낀다. 그것은 모든 사람들을 향한, 그중에서도 때때로 덤불숲 건너 멀리 미끄러지듯 달아나는 동물의 단순한 형체까지 알아보는 안내인을 향한 증오다. 이 세상을 향한, 상처를 입히는 돌들을 향한, 그를 할퀴는 가시덤불들을 향한, 타임향기와 맵싸한 흙냄새를 향한, 얼음처럼 차가운 바람을 향한 증오. 그리고 바로 그 증오 덕분에 허기와 갈증에도 불구하고, 뜬눈으로 지새운 밤들에도 불구하고, 그는 아직도 걸어나간다.

동이 트기 시작할 무렵, 남자들은 로슈 롱그와 아주 가까운 곳의 언덕 꼭대기에 다다른다. 그들은 차례차례 도착해 골짜기 밑바닥과 환해진 동쪽 하늘, 그리고 로이아강에서 피어오르는 물안개를 바라보며 담배를 피우고 있는 안내인 옆으로 와서 앉는다. 그들은 잠시 휴식을 취한다. 그리고 밀로즈는 전날 이후 처음으로 빵과 치즈를 먹는다. 다른 남자들도 그를 따라서 각자 가방에서 식량을 꺼낸다. 안내인은 말도 없이 계속 담배만 피운다. 이윽고 그가 그들 위쪽으로, 새벽 첫 빛이 기이하게 밝히는 로슈 롱그의 쭉 뻗은 능선을 가리켜 보이며 말한다.

"프란차."

이제 그들은 샛길들로 들어서지 않고 곧장 위를 향해 올라간다. 그들은 눈사태가 빈번하게 발생하는 길들을 따라간다. 표지판들마다 눈이 잔뜩 쌓여 있다. 안내인은 아주 쉽게 성큼성큼 올라간다. 손에 아무것도 들려 있지 않은데다 아주 좋은 신발을 신었기 때문이다. 하지만 남자들은 옆으로 미끄러지고, 굴러떨어진다. 그래서 아무 나무나 붙잡고 매달리다가 가시덤불에 옷이 찢긴다. 밀로즈 앞에서 걸어가던, 아마도 터키 사람인 듯한 남자는 자갈을 잘못 밟고 미끄러지는 바람에 신발이 뭉그러졌다. 그의 신발 밑창이 벌어져 혀처럼 덜렁거린다. 하지만 그는 신발을 손보기 위해 멈춰 서지 않고, 날카로운 자갈길에 발바닥이 까지면서도 계속 걸어간다.

밀로즈는 숨을 헐떡이면서 안내인과 거의 동시에 마침내 로슈롱그 정상에 도착한다. 아직도 어둠 속에 잠겨 있는, 태초의 세상처럼 신비롭고 비현실적인 맞은편 산비탈을 바라보자 그의 내부에서 무언가가, 혼란스러운 현기증 같은 것이 꿈틀댄다. 저 아래쪽에, 폐허로 변한 마을이 있다. 버려진 농가, 계단식 밭 위의 검은 올리브나무 몇 그루, 그리고 바다 위에 그림자와 안개를 드리우며 우뚝 솟아 있는 암초처럼 생긴 오르메아 바위산이 있다. 밀로즈는 지금 이 순간 레나와 함께 이 광경을 본다면 얼마나 좋을까, 옛날처럼 그녀에게 이 모든 걸 보여줄 수 있다면 얼마나 좋을까 생각한다. 그녀와 처음 만나 데이트를 하던 시절, 그는 어릴 때 양을 몰고 돌아다니던 곳으로 그녀를 데려갔었다. 사탄 골짜기라 불리던 곳까지. 그리고 그녀의 고운 손을 잡고, 심연에 대한 공포와 경탄으로 커다래진 그녀의 눈을 들여다보았다.

그는 트렁크를 옆에 놓고 안내인과 거리를 둔 채 쭈그리고 앉는다. 그들은 아무 말도 하지 않는다. 하지만 처음으로 밀로즈는 그 남자와 무언가가 통했음을 느낀다. 서로를 보지는 않았지만, 그건 보지 않아도 알 수 있다. 똑같이 쭈그리고 앉아 눈앞에 펼쳐진 장대한 풍경을 바라보는 두 사람의 행동만으로도 알 수 있기 때문이다.

해가 산 위로 차츰 떠오르면서 먼저 산꼭대기들을 환히 비춘다. 그러다가 이윽고 삐죽삐죽한 오르메아 바위산이 어두운 골짜기들 위로 모습을 드러낸다. 밀로즈는 자신과 일행들이 따라가야 할 길을 가늠해본다. 프랑스에서, 먼저 바위투성이 능선에서부터 걸어 남쪽으로 바위산 봉우리를 돌아 골짜기 밑바닥을 향해 초록색 떡갈나무와 소나무 숲을 지나간다. 남쪽 끝, 오르메아 바위산과 어두운 초록색 언덕들 맞은편에는 뿌연 안개가 짙게 깔려 있다. 그에게 익숙한 것이다. 그것은 그 너머에 바다가 있음을 의미한다. 안내인과 멀지 않은 곳에서 쭈그리고 앉아 그가 바라보고 있는 건 바로 그런 것들이다. 그리고 그가 보는 그 모든 것들은 단어처럼, 관념처럼 그에게 들어온다. 그는 자기가 그것들을 잊어버리지 않으리라는 것을 안다. 나중에 레나에게 들려줄 수 있도록, 그녀도 이곳에 올 수 있도록. 그것들은 불행의 끝, 채워지지 않는 욕망의 끝을 의미하기도 한다. 피로와 수면 부족 때문에 그는 살짝 열에 들뜬다. 그리고 그곳에 도착한 다른 남자들도 그와 같은 것들을 바라보기 위해 주위에 자리를 잡고 앉는 기척이 느껴진다. 그는 그들의 목소리, 그들의 숨결을 느낀다. 모든 이의 입술이 똑같은 단어를 중얼거리고 있다.

"프란차…… 프란차……"

안내인은 균형을 잡고 쭈그려앉아 다시 한참 동안 꼼짝도 하지 않는다. 마치 약속된 땅을 바라볼 권리를 용인해주기라도 하는 것처럼. 이윽고 해가 로이아강 저편에서 높은 산 너머로 모습을 드러내기 시작하고, 그는 자리에서 일어나 똑같은 말을 다시 내뱉는다. "걸어!" 그리고 골짜기 아래쪽으로 이어진 비탈길을 빠르게 내려가기 시작한다. 그는 뒤돌아보지도, 기다리지도 않고 걸어내려간다. 밀로즈조차 그를 쫓아가기가 힘들다. 빛 때문에 눈이 부셔서 밀로즈는 무너져내리는 자갈들 위에서 비틀거린다. 마침내 그들은 햇빛에 하얗게 보이는 바위투성이 산봉우리를 빙 둘러 난 오솔길을 걷는다. 골짜기에 불어오기 시작한 차가운 바람이 남자들의 해진 옷을 뚫고 들어온다. 안내인은 저 아래 비탈길에 있는, 참나무숲 한가운데 물이 솟아나는 샘가에서 그들을 기다리고 있다. 그 샘물은 오솔길을 따라 폭포수처럼 아래로 떨어진다. 남자들은 차례차례로 짐을 내려놓고 맑게 흐르는 차가운 샘물을 오랫동안 마신다. 나무가 울창하고 멀리서 새들이 지저귀고 있다. 얼마를 더 걸어갔을 때 안내인의 인기척에 놀란 토끼 한 마리가 달아난다. 안내인은 돌을 던져 토끼를 잡으려 해보지만 허사다. 허기가 뱃속을 끔찍하게 갉아대고 있음에도 불구하고, 남자들은 너무 지치고 얼이 빠져서 안내인이 돌팔매질을 하건 말건 따라 해볼 엄두조차 내지 못한다.

한참을 걸어가자 오솔길이 넓어진다. 그 길에는 자갈이 깔려 있다. 그들은 천천히 플랑뒤리옹을 건너 카스텔라르 마을을 향해 걸어간다. 농가 안에서 처음 만나는 프랑스 개들이 짖어대서 남자들은 덤불숲 뒤로 숨으려고 몸을 약간 낮춘다. 하지만 농가 안에는 움직임이 없다. 아침햇살이 화창하게 비치고 있는데도 모두 아직 자고 있는 모양이다. 그리고 이제 불현듯 그들 앞에 그 마을은 아주 가깝게 보인다. 돌투성이 산중턱에 자리를 잡은 마을이다. 예배당 근처에 다다른 안내인이 잠시 멈추는가 싶더니 좀전보다 더 빠른 속도로 다시 길을 재촉한다. 밀로즈는 그 뒤에서 비탈길을 따라 내려간다. 그들은 마침내 가시덤불에서 벗어난다. 마을 앞 평평하게 포장된 주차장에 방수포를 씌운 소형 화물트럭 한 대가 있다. 밀로즈는 그 트럭 앞에서 라디오를 들으면서 담배를 피우고 있는 뚱뚱한 타르타멜라를 발견한다.

*

삶은 지리하고 무겁다. 삶은 매일 낮, 매일 밤, 남자들이 잠드는 어두컴컴한 지하실 안을 짓누른다. 그들이 그곳에서 생활한 지 얼마나 되었을까? 그들은 더이상 모른다. 밀로즈 생각으로는 아마도 한 달, 아니 어쩌면 두세 달쯤 되었는지도 모르겠다. 어쩌면 몇 달이 아니라 몇 년이 흐른 건 아닐까? 이따금 수염 기른 남자가 와서 지하실 문을 열고 몇몇 사람들의 이름을 호명한다. 그는 그 이름들을 엉터리로 아무렇게나 발음하지만, 각각은 그게 자기 이름이라는 것을 알고 계단 쪽으로 달려간다. 그리고 지상으로 나가면서 햇빛에 눈이 부셔 비틀거린다. 수염 기른 남자는 별다른 말을 하지 않는다. 그는 자기가 선택한 남자들을 방수포를 씌운 파란 소형 화물트럭 안으로 데려간다. 이번에도 트럭 운전석에서 그들을 기다리고 있는 건 얼굴이 기름기와 땀으로 번들거리는 타르타멜라다. 그들은 어디로 가는 걸까? 화물트럭은 오랫동안 달려간다. 구불구불한 도로를 달려 도시들을 지나고, 차들이 햇빛에 반짝거리는 탁 트인 대로들을 지나간다. 공원들, 종려나무들로 가득찬 정원들을 따라 달리고, 비현실적으로 보이는 푸른색 바다를 따라 달린다. 남자들은 바깥을 차례차례 내다보기 위해 방수포 천막의 입구 쪽으로 몸을 기울인 채 입을 꾹 다물고 갈망하는 눈빛으로 얼굴을 내민다. 그들은 바깥의 삶을 본다, 빠르게 스쳐지나가는 아름다운 삶, 반사광, 눈부신 빛의 파편, 거리를 자유롭게 활보하는 사람들, 쇼윈도 앞에 멈춰 선 예쁜 여자들, 인도를 따라 달리는 아이들을.

밀로즈는 날마다 레나를 생각한다. 그녀에 대한 그리움이 너무도 절박해서 고통스러울 지경이다. 처음에는 편지를 써서 보내려 했다. 하지만 타르타멜라가 한사코 제지했다. 경찰이 편지들을 검열하고, 밀입국자들을 색출해내기 위해 항상 눈을 부릅뜨고 있다고 했다. 타르타멜라 말로는 괜히 편지를 잘못 보냈다 걸리면 그도 다른 사람들처럼 감옥에 들어가게 될 것이고, 결국에는 본국으로 강제송환될 거라고 했다. 이따금 밀로즈는 달아나고 싶다. 소형 화물트럭이 적신호에 걸려 속도를 늦출 때나, 타르타멜라가 담배를 사기 위해 차를 멈춰 세울 때, 밀로즈는 천막을 벌리고 미친듯이 밖을 내다본다. 차에서 곧장 뛰어내려 거리로, 불빛 한가운데로 달려가 군중 속으로 사라지고 싶은 욕망에 온몸의 근육들이 꿈틀댄다. 하지만 그는 돈이 없고, 신분증도 없다. 그의 모든 돈과 신분증은 타르타멜라가 갖고 있다. 그것들을 믿을 만한 장소에 안전하게 보관하기 위해서라고 타르타멜라는 말했다. 하지만 그건 그를 붙잡아두기 위해서, 그가 달아나지 못하게 하기 위해서라는 사실을 밀로즈는 알고 있다. 소형 화물차는 짐 대신 사람들을 태워 일터로 실어나른다. 깊은 산골짜기의 시멘트 도로포장 공사장, 높다란 콘크리트 건물을 짓는 바닷가의 건축 현장, 아니면 커다란 콘크리트 건물이나 외곽의 어떤 헛간 앞에, 페인트칠을 하고 사포로 문지르고 초벽을 바르고 널벽에 못을 박고 철골을 세워 고정시켜야 하는 어느 벽돌담 앞에 그들을 부려놓는다.

머리 위 하늘은 푸르고 차갑다. 하지만 그들은 높은 산을 넘어 안개 자욱한 계곡 쪽으로 내려가기 위해 첫발을 내딛던 그 새벽처럼 다시 자유로움을 느낀다. 밀로즈는 그걸 생각한다. 그는 매일 밤 잠들기 전에 꿈을 꾼다. 꿈에서 그는 레나의 보드라운 손을 잡고 산 정상에 올라가 눈앞에 펼쳐진 골짜기와 바위투성이의 봉우리와 저 아래쪽의 소나무숲, 그리고 그 너머에 바다가 있음을 알려주는 운무를 함께 바라본다. 그는 지하실 바닥의 눅눅한 매트리스 위에 누운 채 그런 꿈을 꾸고, 마음속으로 레나에게 말을 한다. 피로 때문에 꿈을 더 오래 꾸지 못해서 레나의 손을 잡고 골짜기 쪽으로 다시 내려간 다음에는 무슨 일이 일어나는지 알 수가 없다. 아마도 그의 꿈을 방해하는 건 타르타멜라의 모습일 것이다. 그는 쏟아지는 잠 속으로 빠져들어, 다른 남자들의 숨소리도 듣지 못하고, 대로의 차도를 전속력으로 달리는 차들의 요란한 엔진소리도 듣지 못한다.

얼마나 지났을까? 석 달, 넉 달, 어쩌면 다섯 달? 밀로즈는 겨울이 끝난 걸로 시간이 흘렀음을 안다. 이제 작업장 위의 해는 뜨겁게 타오른다. 남자들은 입고 있던 겨울옷들을 벗어던졌다. 튀니지인을 제외하고. 그는 낮이나 밤이나 검은 모직 비니를 벗지 않고 두꺼운 스웨터를 입고 있다. 다른 남자들이 왔다. 밀로즈는 건축 현장에서 그들을 얼핏 보았다. 검게 그을리고 음울해 보이는 그들은 컴프레서와 굴착기들을 보관하기 위해 쳐놓은 차양 아래 모여 있었다. 이틀 뒤, 그는 점심시간에 작업장을 건너가 그들에게로 다가갔다. 마그레브 사람들이다. 그들은 밀로즈 일행보다 훨씬 더 초라한 옷을 입고 있고, 얼굴에는 불안과 피로가 역력하다. 밀로즈는 그들에게 다가가 말을 걸어보았다. 처음에는 프랑스어로, 그다음에는 이탈리아어로. 그는 그들에게 여러 번 물었다.

"타르타멜라와 함께 온 겁니까?"

하지만 그들은 아무 대답도 하지 않았다. 아마도 못 알아듣는 것 같았다. 그들은 시선을 외면했다. 음울해 보이는 그들의 얼굴은 좀전보다 훨씬 더 불안하고 경계하는 표정이 되었다. 밀로즈는 자신의 작업장으로 되돌아왔다. 그가 돌아오자 작업반장은 그들에게 점심 먹을 시간도 주지 않고 즉시 일을 시작하라는 신호를 보냈다. 그 이튿날 수염 기른 남자가 작업장으로 갈 사람들의 이름을 호명했을 때 밀로즈의 이름은 없었다. 사흘 동안 그는 지하실에서 나오지 못하고 그대로 갇혀 있었다. 그리고 나흘째 되던 날 그는 다른 작업장, 어떤 민둥산으로 보내졌다. 그곳에선 사람들이 채석장 땅을 파고 있었다. 비 때문에 구덩이가 진흙탕으로 변해 있었고, 그래서 그는 하루종일 모터 펌프가 뿜어내는 진흙더미들을 삽으로 계속 판판하게 만들어야 했다. 그리고 해가 다시 떴을 때 그는 다른 남자들과 함께 절벽 아래로 보내졌다. 거기서 그들은 소형 착암기를 손에 들고 눈부시게 하얀 돌을 하루종일 뚫었다. 밤이 오면 채석장 입구의 돌밭 위에 숙소로 개조해놓은 양철 트레일러 안에서 잠을 잤다. 채석장은 온 사방이 담장과 가시철조망으로 둘러쳐져 있었고, 출입구는 밤이면 맹꽁이자물쇠로 채워졌다. 그리고 쇠사슬에 묶어놓은 커다란 늑대개 한 마리도 있었다. 개줄 끝에 달린 금속 고리가 담장의 철조망에 꿰듯이 묶여 있어서 개는 줄에 묶인 채로도 담장을 따라 달릴 수 있었다.

이곳에 온 이후로는 타르타멜라도, 빌라 지하실에서 가끔씩 볼 수 있었던 수염 기른 남자도 볼 수 없었다. 채석장에서 일하는 남자들은 모두 이방인들이었다. 살갗이 추위에 갈라져 터지고 햇볕에 새카맣게 탄 마그레브 남자들, 쓰레기나 다름없는 누더기를 걸치고 있는 그들은 암울해 보이고 말이 없었다. 그리고 밀로즈가 말을 붙여보려 할 때마다 말없이 고개를 외면하곤 했다. 아마도 말을 알아듣지 못하거나, 채석장 안에서 사는 것에 지친 나머지 모두들 벙어리가 된 것 같았다. 외부에서 찾아오는 사람들이라고는 덤프트럭 운전사들, 그리고 포로들에게 점심을 갖다주고 출입문을 여닫고 담장을 따라 쳐놓은 철조망에 개줄을 묶었다 풀었다 하는 남자들뿐이었다. 하지만 그들 역시 채석장에서 강제 노역을 하는 포로들과 똑같이 암울해 보이고 말이 없었다. 그들 역시 포로인 건 마찬가지인 듯했다. 그들은 자기 트럭 안에 갇힌 채 맡겨진 역할에서 달아날 수 없었다. 때때로 저녁이면 남자들 중 하나가 라디오를 들었다. 고물이 다 된 하얀 플라스틱 트랜지스터는 지지직거리는 잡음과 함께 무슨 뜻인지 아무도 모를 이상한 코맹맹이 소리의 음악을 내보냈다.

트레일러 벽에 머리를 기대고 덕지덕지 때가 낀 침낭 위에 누운 밀로즈는 레나, 산, 마을, 부모님과 친구들을 생각하면서 그 지직거리는 음악에 귀를 기울였다. 하지만 지금 모든 것은 아득히 먼 곳에 있어서 일종의 비현실적이고 흐릿한 꿈이 되어버렸고, 그 꿈에서 그 존재들과 사물들은 매 순간 변할 수 있었다. 단지 레나의 눈만이 깊은 어둠 속에서 흔들리지 않는 광채를 발하며 반짝였다. 그 눈은 공간 저편에서 그의 이름을 부르며 그를 바라보고 있었다. 밀로즈는 고향으로 마침내 되돌아갈 수 있을 그날을 생각했다. 그는 기나긴 귀향길을 생각하고, 레나와의 결혼을 위해 가져갈 돈을 생각했다. 하지만 그 꿈이 끝나기도 전에 그는 피로에 짓눌려 라디오에서 흘러나오는 코맹맹이 노래를 다 듣기도 전에 잠이 들어버렸다.

날들은 그렇게 흘러갔다. 저택들의 정원과 도로포장을 위해 바위를 자갈로 만드는 쇄석기와 소형 착암기의 굉음 속에서, 석회암 채석장의 하얀 구멍 안에 죄수처럼 갇힌 채. 밀로즈는 자기가 얼마나 오래 그곳에서 지냈는지 이제 기억조차 나지 않는다. 땀냄새, 담배 냄새, 지린내가 진동하는 양철 트레일러 안에서 말도 생각도 하지 않고 그저 트럭 운전사들이 가져다주는 따뜻한 스튜를 얻어먹고 밤이 되면 바위 뚫는 작업을 멈추고 피로에 짓눌린 채 곯아떨어지면서 그렇게 하루하루를 보낸 지가 얼마나 되었는지. 타는 듯한 여름 더위가 물러나고 산 저편에서 뇌우가 번쩍일 때, 추위가 다시 찾아왔을 때에야 비로소 그는 일 년이라는 세월이 꼬박 지났다는 것을 깨닫는다. 그는 심연 속에 서서히 갇혀버렸음을 어느 날 느닷없이 깨닫기라도 한 것처럼 극심한 불안을, 밤낮으로 그를 짓누르고 잠 못 들게 하는 불안을 느낀다. 불안은 너무도 갑작스럽게 찾아와서, 처음에 그는 자신의 목구멍과 심장을 조이고 다리를 후들거리게 하는 것이 무엇인지 알아차리지 못했다. 그래서 병에 걸린 거라고 생각했다. 하지만 어느 날 밤 트레일러 안의 무거운 어둠 속에서 침낭 위에 누워, 바깥에서 바위 위로 불어대는 바람 소리, 철조망을 따라 달리는 늑대개의 쇠사슬 소리와 트레일러 안에서 잠든 남자들의 규칙적인 숨소리를 들으면서, 그리고 트레일러 저편 끝의 어둠 속에서 붉게 타오르며 때때로 가볍게 타닥타닥 하는 담배 소리를 들으면서 그는 깨닫는다. 자기가 그곳에서, 지금 아니면 내일, 또는 다른 어느 날, 조만간 죽게 될까봐 두려워하고 있다는 것을. 레나에게로 돌아가지 못하고 그녀를 다시 만나지도 못한 채 이 채석장 안에 갇혀 죽을까봐 겁이 난다는 것을. 죽음에 대한 불안은 너무도 커서 그는 더이상 견딜 수가 없다. 이를 너무 세게 악물어서 관자놀이와 목 근육이 아프다. 그리고 자기도 모르게 눈물이 흘러 뺨과 입술을 적시는 것이 느껴진다. 그는 울부짖는다, 억눌린 목소리로, 꿀꿀거리는 돼지 소리, 아니면 병든 개가 낑낑대는 소리를 내며 운다. 그는 자기도 모르게 그런 생각을 한다. 그리고 꽉 움켜쥔 그의 두 주먹이 트레일러 바닥을, 양철 벽을 두드리자 소리가 울린다. 남자들이 잠에서 깼다. 하지만 그들은 어둠 속에서 몸을 일으켜 침낭 위에 앉은 채 아무 말도 하지 않는다. 담배를 피우던 남자도 담배 빠는 것을 멈췄다. 그들은 움직이지 않고 아무 말 없이 귀를 기울인다. 조용히 숨을 쉬면서 기다린다. 양철 벽을 내리치는 주먹질에 병이나 반합이 쓰러지고 뒤집힌다. 주먹은 점점 더 세게, 점점 더 빠르게 바닥을 내리치다가 차츰 뜸해지고 속도가 느려진다. 주먹질은 지쳐간다. 그러다가 어느새 오열과 뒤섞인, 헐떡이는 숨소리밖에 들리지 않는다. 그리고 담장을 따라 달리는 커다란 개가 성이 나서 짖어대는 소리밖에는. 이윽고 양철 트레일러 내부에 다시 조금씩 정적이 찾아온다. 남자들은 다시 침낭 위에 몸을 눕힌다. 커다랗게 뜬 그들의 눈은 헤아릴 길 없는 암흑 속을 살피고 있다.

밀로즈가 떠나기로 마음먹은 건 바로 그날 밤이다. 그는 다른 사람들에게 그 얘길 하지 않았다. 하지만 어떻게 해서인지 그들은 그걸 알아차렸고, 심지어 그와 함께 떠나고 싶어했다. 아침에 작업반장이 첫 트럭을 타고 도착했을 때 남자들은 일어나지 않았다. 날이 훤히 밝았는데도 그들은 바닥에 그대로 앉아 있었다. 그리고 갖고 있는 옷들을 모두 한꺼번에 껴입었고, 옆에는 가방을 놓아두었다. 밀로즈는 뚜껑 부분이 찢어진 마분지 트렁크를 들고 일어서 있었다. 말을 할 사람이 바로 그였기 때문이다. 작업반장은 단번에 모든 걸 눈치채고는 트럭에서 내리지 않았다. 그는 위협적인 상황이 벌어질 경우 언제라도 그대로 달아날 수 있도록 엔진조차 끄지 않고 있었다. 밀로즈가 자신들이 받아야 할 돈을 요구하려고 다가가자 그는 곰곰이 생각해보고 있다는 듯이 한참 뜸을 들였다. 그러고 나서 밀로즈에게만 들릴 수 있게 약간 억눌린 목소리로 말했다. 그는 계약 내용을 들먹였다. 계약 기간은 이 년이었다. 그는 계약 기간이 끝나면 한 사람도 빠짐없이 돈을 받게 될 거라고 약속하면서, 특히 밀로즈는 작업반장으로 점찍어놓았기 때문에 트럭도 한 대 지급될 뿐 아니라 시내에서 생활도 할 수 있게 될 거라고 했다. 남자들은 돌더미 위에 앉아 꼼짝도 하지 않고 있었다. 마치 기차를 기다리고 있는 것처럼 짐꾸러미들을 옆에 둔 채.

작업반장은 그들이 꿈쩍도 하지 않으리라는 것을 알아차리고는 차를 후진하기 시작하더니 출입문도 활짝 열어놓은 채 황급히 달아났다. 밀로즈는 계곡 아래로 점점 사라져가는 엔진소리를 들었다. 그러고 나서 다시 침묵이 자리를 잡았다. 하늘은 짙푸른빛으로 팽팽하게 펼쳐져 있고 차가운 바람이 불고 있었다. 하지만 남자들은 밖에 그대로 앉아 움직이지 않았다. 때때로 물을 마시러 가거나 소변을 보러 가는 것 말고는. 그들은 아무 말도 하지 않았다. 밀로즈는 호기심과 증오와 경탄이 뒤섞인 마음으로 그들의 어둡고 무표정한 얼굴을 바라보았다. 작업반장이 겁을 냈던 건 그가 아니라 그들, 그들이 품은 절망의 힘이었다. 아침나절 내내 그들은 그대로 바위 위에 앉아, 활짝 열린 채 돌풍에 삐거덕거리는 출입문을 바라보았다. 늑대개도 그들과 마찬가지였다. 개는 담장 아래에서 눈을 뜬 채 잠을 자고 있었다.

그러고 나서 한낮이 되었을 무렵 트럭이 돌아왔다. 그리고 작업반장은 밀로즈가 빌라 지하실에서 살았을 때 알던 그 수염 기른 남자를 데리고 왔다. 돈을 계산한 건 바로 그 남자였다. 그가 남자들 각각에게 백 프랑짜리 지폐 꾸러미로 임금을 계산해주었다. 밀로즈도 자신의 몫을 받았다. 그가 돈을 받아들자 수염 기른 남자는 무심한 말투로 이렇게 말할 뿐이었다. 그것은 질문이 아니라 일종의 확언이었다.

"오늘 떠나."

밀로즈는 고개를 돌려 채석장 남자들 쪽을 보았다. 하지만 모두들 사라지고 없었고, 그들의 보따리들도 보이지 않았다. 얼마 후 막사와 트레일러들 저편에서 들려오는 컴프레서의 모터 소리가 들렸다. 그리고 날카롭게 덜커덩거리는 소형 착암기 소리도. 그는 목이 말랐다. 그래서 출입구 옆의 수도꼭지 쪽으로 걸어가서 오랫동안 물을 마셨다. 그러고 나서 마분지 트렁크를 꽉 움켜쥐고, 뒤도 돌아보지 않고 철조망으로 둘러싸인 그곳을 나왔다.

차가운 겨울바람에도 불구하고 중천에 걸린 해가 푸른 하늘빛 속에서 강렬하게 타오르고 있다. 밀로즈는 점점 더 빠르게 걷는다. 그는 바다 쪽으로, 소리와 움직임으로 가득찬 대도시를 향해 길을 내려간다.

땅거미가 질 무렵 그는 도착한다. 가로등들이 켜지면서 아스팔트 위에 커다란 빛웅덩이들을 만들고, 차들의 붉은 불빛이 대로 끝으로 끊임없이 쉭쉭 달아난다. 심장이 빠르게 뛰면서 통증을 불러일으킬 때마다 숨을 제대로 쉴 수 없게 된 지는 아주 오래되었다. 거리의 소음과 움직임 때문에 머리가 어지럽고 구역질이 난다. 그래서 역 앞 벤치로 가서 앉아 지나가는 차들을 바라본다. 경찰차 한 대가 그의 앞으로 천천히 다가온다. 차 안의 경찰들이 탐색하는 눈길을 그에게 던진다. 밀로즈는 겁이 난다. 그는 다리에 부딪치는 낡은 마분지 트렁크를 들고 다시 걷기 시작한다. 그는 네온사인이 켜진 어느 술집으로 들어가, 가능한 한 문에서 가장 멀리 떨어진 구석 자리를 찾아가 앉는다. 옆자리에서는 두 남자가 카드놀이를 하고 있다. 밀로즈는 맥주와 샌드위치를 주문하고, 거의 기계적으로 먹고 마신다. 술집이 문 닫을 시간이 되자 그는 다시 거리로 나온다. 어디로 가야 할지 모르는 채. 호텔로 가서 잠을 자고 싶지만, 자다가 불심검문을 당할 수도 있다는 생각에 겁이 난다. 그는 시내 중심가에서 벗어나 어두운 대로들을 따라 걷다가 마침내 건축 공사장을 발견한다. 그리고 거기서 잠을 자기 위해 자리를 잡고, 낡은 트렁크에 머리를 기대고 종이박스를 주워 몸을 감싼 채 시멘트 먼지 속에 눕는다. 그는 잔다, 손을 심장 위에, 돈을 숨겨놓은 내복 주머니 위에 올려놓고.

날이 밝을 무렵 그는 일꾼들이 오기 전에 공사장을 빠져나와, 발길 닿는 대로 시내 이 거리 저 거리를 계속 걷는다. 상점 진열창들이 강렬하게 반짝이고, 카페, 레스토랑, 열기로 가득찬 영화관 앞 광고판들이 빛을 발한다. 밀로즈는 그곳들 중 어디에도 감히 들어가지 못한다. 그저 빵집에 들어가 갓 구운 따뜻한 바게트를 사 들고 나올 뿐이다. 그리고 공원에서 비둘기들과 참새들에 둘러싸인 채 빵을 먹는다. 그는 맥주를 마시기 위해 술집 안으로 들어갈 용기가 더이상 나지 않는다. 사람들이 햇빛과 추위로 검게 타고 수염이 텁수룩한 그의 얼굴과 시멘트 먼지를 잔뜩 뒤집어쓴 해진 그의 옷을 쳐다보기 때문이다.

하지만 그는 사람들을 쳐다본다. 거의 탐욕적으로, 마치 그들을 아득히 멀고 무관한 존재로 보이게 만드는 것이 무엇인지 이해해보려 애쓰듯이, 마치 그들이 같은 세상에 속해 있지 않은 존재들인 듯이. 아주 아름다운 젊은 여자들이 있다. 금발과 검은 머리칼을 후광처럼 두르고 맑고 순수한 얼굴을 한, 여전사처럼 옷을 입고 엉덩이를 살랑살랑 흔들면서 요정처럼 인도 위를 미끄러지듯 걷는 여자들. 하지만 그들은 그를 보지 않는다. 그들은 그를 보지 않고 그의 앞을 지나쳐간다, 선글라스로 아름다운 눈을 숨기거나 그를 지나쳐 먼 곳을 응시하면서. 그는 공원에서, 거리에서, 진열창에 비친 그들을 훔쳐본다. 그러다가 창에 비친 자신의 얼굴을 본다. 헬멧을 쓴 것처럼 보이는 뒤헝클어진 검은 머리, 수척한 얼굴, 사람들을 두렵게 하는 열에 들뜬 눈, 얼굴을 뒤덮은 수염. 그는 자기 자신에게서 달아나야 한다, 젊은 여자들이 그가 걸어오는 걸 보기만 해도 다른 쪽으로 재빨리 길을 피하는 것처럼.

밤이면 그는 버려진 공사장 안에서 도시의 소음에 귀를 기울인다. 라디오 소리, 텔레비전소리, 차들의 어렴풋한 부르릉거림, 기관총을 쏘아대는 것 같은 오토바이 소리. 어느 날 밤 그는 소스라치며 잠에서 깼다. 그는 숨도 쉬지 않고 암흑 속을 노려본다. 공사장에서 어슬렁거리는 남자들의 형체가 보인다. 혹시 그를 죽이고 돈을 빼앗으려는 건 아닐까? 그는 조용히 잠자리에서 일어나 트렁크를 챙겨들고 공사장에서 몰래 빠져나온다. 거리로 나온 그는 있는 힘껏 달리기 시작한다. 뒤도 한 번 돌아보지 않고 무조건 앞을 향해 달린다. 얼마 후 그는 어떤 공터로 들어가 벽 뒤에 숨는다. 그곳은 하수처리장이다. 그는 그곳에서 밤을 보낸다. 공터 안에서, 전깃불에 푸르스름해진 차가운 공기 속을 분주히 뛰어다니는 쥐들의 소리를 들으면서.

날이 밝아오자 그는 도시를 가로질러 동쪽으로, 할 수 있는 만큼 가장 멀리까지 걸어간다. 국경 근처에 다다랐을 때, 그는 북쪽으로 다시 올라간다. 그리고 자기가 처음에 온 길을 다시 발견할 때까지 길을 찾는다. 하루하루 그는 도시에서 사온 빵을 조금씩 뜯어먹고 개울물을 마시면서, 멀리 보이는 높은 산을 향해 걷는다. 하늘은 벌써 더 파래졌고, 낙엽송이 우거진 숲의 냄새에 다시 힘이 솟는다. 그는 덤불숲과 초록 떡갈나무숲을 헤치며 날카로운 돌들이 삐죽삐죽 솟은 오솔길을 걷는다. 더이상 민가가 보이지 않고, 가끔씩 오래된 농가의 허물어진 벽이나 버려진 계단식 밭들밖에 보이지 않게 되었을 때, 밀로즈는 더이상 겁이 나지 않는다. 그는 눈부신 겨울 햇살 아래 안간힘을 쓰면서 산 위쪽으로 올라간다. 마치 증오도 절망도 없었던 처음의 그때로 거슬러올라가듯이.

깊은 정적이 흐르고, 추위 때문에 얼굴과 손이 타는 듯이 얼얼하다. 그때, 어느 한순간, 청명한 하늘을 배경으로 깎아지른 바위들 사이에 모습을 드러낸 로슈 롱그가 밀로즈의 눈에 들어온다. 영원을 발견할 수 있는 창문 같은 로슈 롱그가. 그는 허물어져내리는 비탈길을 기어올라 그곳으로 간다. 거의 숨도 쉬지 않고, 손과 무릎의 살갗이 벗겨지는데도 아랑곳없이 뾰족한 돌들에 찢어지는 트렁크를 질질 끌면서. 피로가 그를 짓누른다. 공기가 부족하다. 금방이라도 쓰러질 것 같을 때마다 그는 큰 소리로 외친다, 마치 안내인처럼. "걸어! 걸어!" 거의 밤이 다 되어서야 산 정상에 다다른다. 산 저편의 풍경, 산과 골짜기가 이루는 기복들, 어둠 속으로 연기를 피워올리는 마을들이 보인다. 저 아래쪽, 지표면의 칠흑 같은 균열 속에서, 일 년 전 그가 건너왔던 로이아강을 따라 희미한 안개가 올라오고 있다. 물이 거의 말라버린 망각의 강. 눈 덮인 산꼭대기에서 차디찬 바람이 불어오는데도 그는 절벽 가장자리에 누워 피로로 퀭해진 눈으로 먼 곳을 바라본다. 마치 이 시각과 이 정적에도 불구하고, 자신의 눈길로 어딘가에 있을 레나의 눈을 뜨게 할 수 있는 것처럼.

오,
도둑아, 도둑아,
네 삶은 어떤
것이냐?*

Ô
VOLEUR, VOLEUR,
QUELLE VIE EST
LA TIENNE?

LA
RONDE
ET
AUTRES
FAITS
DIVERS

* 이 작품 본문의 문장과 문장 사이 공백은 작가의 의도임을 밝혀둔다.

말해봐요, 그 모든 게 어떻게 시작되었습니까?

몰라요, 이젠 기억도 잘 나지 않습니다, 옛일 같은 건 잊고 산 지 아주 오래됐습니다, 당장 입에 풀칠하기도 힘들어 신경쓸 겨를이 없으니까요. 나는 포르투갈 에리세이라에서 태어났습니다, 당시 그곳은 리스본에서 그리 멀지 않은, 바다 위로 새하얀 파도와 하늘이 펼쳐진 아주 작은 어촌이었지요. 어느 날 우리 아버지는 정치적인 이유로 그곳을 떠나야 했습니다. 아버지는 어머니와 고모, 그리고 나를 데리고 프랑스로 건너와 정착했고, 그후로 나는 할아버지를 두 번 다시 만나지 못했습니다. 전쟁 직후였죠, 할아버지는 아마 우리가 떠난 후 얼마 되지 않아 돌아가셨을 거예요. 하지만 나는 할아버지를 아주 또렷하게 기억하고 있습니다. 그분은 어부였어요. 나한테 이런저런 이야기를 들려주곤 하셨죠. 하지만 이제 난 포르투갈어를 거의 쓰지 않습니다. 프랑스로 온 뒤 나는 아버지와 함께 석공으로 일했어요. 그러다가 아버지가 돌아가셨고 그때부터 어머니도 일을 해야 했지요. 그리고 나는 한 회사에 들어갔어요. 낡은 건물들을 보수하거나 개축하는 일이었는데 모든 게 순조롭게 잘 풀려나갔습니다. 그 시절엔 나도 다른 사람들과 다를 게 없었죠. 일자리가 있었고, 결혼도 했고 친구들도 있었으니까요. 내일을 생각하지 않았어요. 병에 걸린다거나 사고가 난다거나 하는 건 꿈에도 생각하지 않았죠. 아주 열심히 일했지만 돈을 많이 벌진 못했어요. 하지만 나는 내가 운이 좋은 놈이라는 걸 모르고 있었어요.　　그러다가 곁눈질로 전기기술을 배웠습니다. 전기회로 공사를 맡았지요. 각종 전자제품과 조명을 설치하고 전기 배선도 깔았지요. 마음에 쏙 드는 일이었어요. 정말 좋은 직업이었습니다.　　　아주 오래전 일이라 그게 진짜인가, 그런 일이 정말로 있었나, 어쩌면 내가 꿈을 꾼 건 아닐까 하는 의심이 들기도 해요. 모든 게 아주 평화롭고 지극히 정상적이었던 그 시절, 저녁 일곱시에 집으로 돌아가 현관문을 열면 집안의 따뜻한 공기가 느껴지고, 아이들의 고함소리와 아내의 목소리가 들렸습니다. 그리고 아내가 내게로 와서 입을 맞춰주었고, 나는 완전히 녹초가 되었기 때문에 식사를 하기 전에 우선 침대로 가서 드러누웠지요. 그리고 전등갓이 천장에 드리운 그림자 무늬들을 바라보곤 했습니다. 나는 아무것도 생각하지 않았어요. 그 시절엔 내일 일 같은 걸 생각할 겨를이 없었습니다. 과거도 마찬가지고. 나는 내가 운이 좋은 놈이라는 걸 모르고 있었어요.

그럼 지금은?

아, 지금은 모든 게 변했지요. 끔찍한 건, 그 일이 한순간에 일어났다는 사실입니다. 어느 날 갑자기 회사가 도산해서 직장을 잃었습니다. 들리는 말로는, 그 회사 사장이 완전히 빚더미에 앉아 있었답니다. 모든 게 저당잡혀 있었던 거지요. 그 사람은 어느 날 쥐도 새도 모르게 줄행랑을 쳤습니다. 직원들 월급도 석 달 치나 밀려 있었지요. 게다가 그는 어떤 건물의 공사 계약금까지 들고튀었다고 하더군요. 신문에서는 그 일에 대해 연일 떠들어댔지만 그의 자취는 오리무중이었고, 돈의 행방도 알 수 없었습니다. 그래서 모두들 빈손으로 나앉게 되었지요. 마치 모두가 커다란 구덩이 속에 빠진 꼴이었습니다. 다른 사람들은 어떻게 되었는지 모르겠어요. 내 생각엔 다른 곳으로 떠난 것 같아요.

그들에겐 도움을 줄 만한 사람들이 있었으니까요. 처음에 나는 모든 게 금방 해결될 거라고 믿었어요, 새로운 일자리도 쉽게 구할 수 있을 거라 생각했고요, 하지만 생각대로 되는 게 하나도 없었습니다, 고용주들은 딸린 가족이 없는 사람들을 원하니까요, 그리고 외국인들을 고용하면 쫓아버리고 싶을 때 언제라도 쉽게 쫓아버릴 수 있지요. 게다가 나한테는 전기기사 자격증이 없었어요, 그러니 나에게 일을 맡기려 할 사람은 아무도 없었지요. 그렇게 몇 달이 흘렀고, 나는 여전히 할일이 아무것도 없었습니다, 그래서 먹는 문제를 해결하는 것도 힘에 부쳤고, 아들들 교육비를 대는 건 도저히 감당이 되지 않았어요, 집사람 역시 일을 할 수 없었어요, 건강에 문제가 있었으니까요, 약을 살 돈조차 없었어요. 그러던 어느 날, 그 당시 막 결혼한 친구가 잠시 자기 대신 일을 해보라고 했고, 그래서 나는 벨기에로 석 달 동안 일을 하러 갔습니다, 철공소였지요. 일은 아주 고됐습니다, 더구나 싸구려 호텔에서 혼자 지내는 것도 힘들었죠, 하지만 돈을 꽤 벌었어요, 그래서 그 돈으로 차를 한 대 살 수 있었습니다, 푸조 승합차, 아직도 그걸 갖고 있죠. 당시 나는 승합차가 있으면 건축자재들을 공사장으로 실어나르는 일을 하거나, 아니면 채소를 싼값에 떼다가 시장에 내다팔 수도 있겠다 싶었어요. 하지만 그것 역시 쉬운 일이 아니었지요, 오히려 형편이 훨씬 더 힘들어졌습니다, 갖고 있던 얼마 되지 않는 돈까지 다 털어먹었고 설상가상으로 주택 보조금마저 끊겼으니까요. 집사람과 아이들이 굶어죽을 판이었습니다. 그래서 마침내 결단을 내리게 된 겁니다. 처음에는 잠깐, 아주 잠깐만, 돈을 좀 모을 때까지만 하는 거라고 생각했어요. 하지만 그 일을 시작한 지 벌써 석 달째입니다, 게다가 앞으로도 달라질 게 아무것도 없다는 걸 알아요.　　마누라와 자식들이 없었더라면 아마 이 나라를 떠났을 겁니다, 글쎄요, 캐나다, 호주, 새롭게 인생을 시작할 어디로든……

그들이 알고 있나요?

내 아이들이요? 아뇨, 아뇨, 그애들은 아무것도 모릅니다, 그런 이야기를 애들한테 어떻게 하겠어요? 그애들은 아직 너무 어립니다, 우리 애들은 아버지가 도둑놈이 되었다는 걸 이해하지 못할 겁니다. 처음에는 집사람한테도 말하고 싶지 않아서 드디어 일자리를 구했다고 했습니다, 공사 현장의 야간 경비원 자리를 얻었다고요, 하지만 아내는 내가 밖에서 가지고 오는 물건들을 하나하나 똑똑히 알고 있었습니다, 텔레비전, 오디오기기, 가전제품들, 아니면 신기한 장식품들, 은식기류…… 왜냐하면 그것들을 전부 차고에 보관하고 있었으니까요, 그래서 아내가 마침내 무언가 의심하게 되었던 거죠. 그녀는 아무 말도 하지 않았어요, 하지만 나는 그 사람이 무언가 낌새를 챘다는 걸 분명히 알았어요. 그렇다 해도 그녀가 뭐라고 말할 수 있었겠어요? 우리 처지가 그 지경에 다다라 있었는데, 더이상 잃을 건 아무것도 없었습니다. 그래서 그런 거였어요, 아니면 길거리에 나가 구걸을 해야 할 판이었으니까.   그녀는 아무 말도 하지 않았습니다, 예, 그런데 어느 날 그녀가 차고 안으로 들어오더군요, 그때 나는 물건 살 사람을 기다리면서 차에서 짐을 부리고 있었지요. 나는 괜찮은 구매자를 즉시 찾아냈어요, 아시겠죠, 그는 나처럼 위험한 일을 하지 않고도 떼돈을 버는 사람이었죠. 그는 시내에 가전제품가게를 갖고 있었고, 그리고 다른 곳에, 아마 내 생각엔 파리 근교에 골동품가게도 갖고 있는 것 같았어요. 그는 내가 갖고 있는 물건들을 시가의 십분의 일 가격으로 사들였습니다. 골동품들은 그것보다 값을 후하게 쳐줬지요, 하지만 뭐든 다 사가는 건 아니었습니다, 그는 장물을 구입하는 건 위험한 일이라 그런 위험을 감수할 만한 값어치가 나가야 사줄 수 있다고 하더군요. 어느 날 그는 내가 보여준 추시계를 사양했습니다, 낡은 추시계였는데, 그 사람 말로는 이 세상에 서너 개밖에 없는 시계라 발각되기 십상이라는 거였습니다. 그래서 나는 그 시계를 집사람에게 주었어요, 하지만 그녀는 그게 마음에 들지 않는 것 같았죠, 내 생각엔 아마 며칠 뒤 쓰레기통에 던져버렸을 겁니다. 어쩌면 그 시계 때문에 두려웠는지도 모르지요.   예, 아무튼 바로 그날, 내가 승합차에서 짐을 부리고 있는데 아내가 차고로 들어왔습니다. 그녀는 날 보고는 살짝 미소를 짓더군요, 하지만 나는 그 사람이 마음 깊이 슬퍼하고 있다는 걸 분명히 느꼈습니다. 그때 그녀가 한 말을 지금도 분명히 기억하고 있습니다. 그저 이렇게 묻더군요. 걱정하지 않아도 되는 거죠? 난 부끄러웠습니다. 나는 그녀에게 걱정할 거 하나도 없다고 대답했지요. 그리고 물건 살 사람이 곧 올 거니까 차고에서 나가 있으라고 했습니다. 그와 우리 집사람이 마주치는 게 싫었거든요.   예, 나는 내 아이들이 알게 되는 걸 원치 않았습니다. 그 아이들은 너무 어려요. 그애들은 내가 전처럼 정상적인 일을 하는 줄 알아요.   요즘 나는 아이들에게 야간근무를 한다고 말합니다. 그래서 밤에 출근을 하고 낮에 잠을 자는 거라고요.

그런 생활이 좋은가요?

아뇨, 애당초 이런 생활은 정말 싫었습니다. 하지만 그게 아니면 당장 내가 뭘 어떻게 할 수 있겠어요?

매일 밤일을 나갑니까?

그건 하기 나름이죠. 장소에 달려 있습니다. 여름 바캉스 동안 비어 있는 동네들이 있어요, 그리고 또 어떤 곳들은 겨울 동안 그렇고요. 때때로 오랫동안 일하러 나가지 않는, 그러니까 밤일을 하러 나가지 않을 때도 있습니다, 참고 기다려야 합니다, 항상 위험이 따르는 일이니까요. 하지만 때때로 옷이나 약을 사기 위해 돈이 필요할 때가 있습니다. 아니면 집세, 전기세를 내야 하고요. 나는 어떻게든 그것들을 해결해야 합니다.　　　나는 죽은 사람들을 찾습니다.

죽은 사람들?

예, 그러니까 신문을 뒤지며 찾습니다, 어떤 돈 많은 사람이 죽었다는 부고 기사를 확인하고, 장례식 날짜에 맞춰 그 사람의 집을 방문할 계획을 세우는 거지요.

보통 그런 식으로 일을 하나요?

경우에 따라 다르죠, 특별한 규칙 같은 건 없어요. 밤에만 해야 하는 일들이 있습니다. 외곽 지역에서 일을 할 때가 바로 그런 경우지요. 그런 곳에서는 밤이라야 안심하고 침착하게 일할 수 있으니까요. 하지만 이따금 낮에 일할 때도 있습니다. 오후 한시경에요. 하지만 특별한 경우가 아니라면 되도록 낮에는 일을 하지 않으려 하지요. 나는 대체로 밤이 될 때까지 기다립니다. 심지어 새벽까지 기다릴 때도 있습니다. 대략 새벽 서너시까지. 그때가 제일 좋은 때입니다. 거리에 아무도 없고, 심지어 경찰들도 그 시간에는 잠을 자니까요. 하지만 집안에 사람이 있을 때는 절대로 들어가지 않습니다.

아무도 없다는 걸 어떻게 압니까?

이 일에 관록이 붙으면 사실 그런 건 한눈에 알 수 있습니다. 문 앞에 먼지나 낙엽이 쌓여 있거나, 편지함에 신문이 쌓여 있는 걸 보고 알지요.

문으로 들어갑니까?

문제가 없을 경우, 예, 자물쇠를 뜯고 들어갑니다. 아니면 만능열쇠를 이용하기도 하고요. 만약 둘 다 힘들 경우엔 창문으로 들어갑니다. 우선 창유리에 흡착 손잡이를 붙이고 유리를 떼어 냅니다. 그리고 안으로 들어가는 거지요. 그리고 흔적을 남기지 않기 위해 항상 장갑을 낍니다. 물론 다치지 않기 위해서이기도 하고요.

그러면 경보기는?

복잡한 거라면, 깨끗이 포기합니다. 하지만 대부분은 아주 간단한 거예요. 한눈에 어떤 건지 알 수 있죠. 그런 것들은 선을 끊어놓기만 하면 됩니다.

주로 뭘 갖고 나옵니까?

그러니까 그런 식으로 모르는 집안에 들어가면, 사실 어디에 뭐가 있는지 모릅니다. 하지만 빨리 일을 끝마쳐야 합니다. 그게 제일 중요하죠. 언제 사람이 들이닥칠지 모르니까. 그래서 잘 팔리는 물건, 문제가 없는 물건들을 갖고 나옵니다. 텔레비전, 오디오, 가전제품, 아니면 은식기, 신기한 장식품, 그리고 들고 나오기에 너무 거추장스럽지 않다면 그림, 꽃병, 조각상 같은 것들도 좋지요.

보석은?

그런 건 가급적 들고 나오지 않습니다. 처분하기도 힘들고, 게다가 사람들은 집을 비울 때 보석 같은 것들을 집에 그냥 두고 가지 않으니까요. 하지만 포도주는 다르죠. 그건 재미가 쏠쏠합니다. 그건 가져가는 대로 팔려나가거든요. 그리고 사람들은 자기집 지하실에 있는 포도주 창고에는 그다지 신경을 쓰지 않습니다. 그곳에 자물쇠조차 채워놓지 않아요. 그곳에서 포도주 병들이 없어졌는지 별로 살펴보지 않습니다. 어쨌든, 일단 물건들을 들고 나오면 아주 빠르게 차에 실어야 해요. 그러고는 즉시 떠나는 거지요. 다행히 내겐 차가 있습니다. 그 차가 없었더라면 이 짓도 못했을 겁니다. 아니면 패거리의 일원이 되어야 할 겁니다. 그러면 나는 진짜 불한당이 되는 거지요, 뭐. 하지만 그런 짓은 하고 싶지 않아요. 그들은 필요에 의해서라기보다 재미로 그런 일을 하는 것 같으니까요. 그들은 부자가 되고 싶어하고, 너무 많이 원하고, 크게 한탕하고 싶어해요. 하지만 나는 살기 위해 이 짓을 하는 겁니다. 내 아내와 아이들에게 뭐든 먹이고 입히기 위해, 내 아이들이 교육받고 번듯한 직업을 가질 수 있도록 해주기 위해.   만일 내일이라도 일자리를 찾는다면, 당장 도둑질을 그만둘 겁니다. 다시 저녁이면 조용히 집으로 돌아와 저녁 식사를 하기 전에 침대에 누워 천장의 그림자 얼룩을 바라보면서 아무 생각도 하지 않고, 미래를 생각하지도 않고, 아무것도 두려워하지 않고요. 이젠 인생이 공허하다는 생각이 듭니다. 이 모든 것 뒤에 아무것도 없는 것 같아요. 마치 무대장치처럼. 집, 사람, 차, 그 모든 게 다 가짜고 위장인 것 같습니다. 어느 날 누군가가 내게 이렇게 말할 것 같아요. 이건 전부 코미디야, 이건 누구의 것도 아니라고. 그래서, 그런 생각을 하지 않으려고 오후에 거리로 나갑니다. 그리고 무작정 걷기 시작하죠. 걷고, 또 걷고, 햇빛 아래에서, 아니면 비를 맞으며 마냥 걸으면서 내가 이방인이 된 것 같은 기분을 느낍니다. 마치 기차를 타고 이제 막 도착해서 이 도시에 아는 사람이라고는 아무도, 단 한 명도 없는 것 같은 그런 느낌이요.

그러면 친구들은?

아, 친구들, 친구들은 말예요, 문제가 생겼을 때, 그러니까 일자리를 잃고 수중에 가진 것도 한푼 없게 되었다는 사실을 알게 되면 처음에는 아주 다정하게 대해주지만 얼마 지나지 않아 자기들한테 돈을 부탁하러 오지나 않을까 지레 겁을 냅니다. 그래서…… 처음에는 잘 모르다가, 그러다 어느 날 문득, 만날 사람이 더이상 아무도 없다는 걸 깨닫게 되지요, 아는 사람이라고는 더이상 한 명도 없다는 걸…… 정말로 이방인인 것처럼, 이제 막 기차에서 내린 것처럼.

예전의 생활로 되돌아갈 수 있을 거라고 생각합니까?

모르겠습니다…… 때때로 지금이 내 인생 최악의 순간이라고 생각합니다, 이건 금방 지나갈 거라고, 내 일, 석공 일이나 전기기술 일을 다시 시작하게 될 거라고, 이전에 내가 했던 모든 것을 되찾을 수 있을 거라고…… 하지만 때때로 이런 생각이 들기도 하지요, 이런 상태는 결코 끝나지 않을 거다, 결코, 왜냐하면 부자들은 궁핍하게 살아가는 사람들 생각을 안 하니까, 그들은 가난한 사람들을 비웃고, 자신들의 부를 자신들의 빈집 안에, 튼튼한 금고 안에 넣어둔 채 가난한 사람들을 경계합니다. 그러니 뭔가를 얻기 위해서는, 부스러기 하나라도 갖기 위해서는, 그들의 집안으로 들어가서 직접 그걸 가지고 나와야 하죠.

자신이 도둑이 되었다는 생각을 하면 그게 당신에게 어떤 영향을 미칩니까?

글쎄요, 그런 생각은 분명히 내게 영향을 미칩니다, 그 생각을 하면 목이 메고, 무언가가 끔찍하게 나를 짓누르는 것 같은 기분이 듭니다, 간혹 말예요, 저녁에 집으로 돌아와 식사시간이 되면, 상황은 더이상 예전 같지 않습니다, 먹을 거라고는 차가운 샌드위치가 다고, 나는 그걸 아무 말도 하지 않는 아이들과 함께 텔레비전을 보면서 먹습니다. 그때 나를 바라보는 아내를 봅니다, 하지만 그녀도 아무 말 하지 않습니다, 아내는 아주 피곤해 보입니다, 그리고 잿빛 눈은 슬퍼 보이죠. 그리고 나는 그녀가 내게 처음에 했던 말, 걱정하지 않아도 되느냐고 물었던 때를 기억합니다. 나는 그녀에게 괜찮다고 했지요, 하지만 그건 사실이 아니었습니다, 나는 언젠가 그게 치명타를 입힐 거라는 걸, 문제가 터질 거라는 걸 잘 알고 있으니까요. 벌써 서너 번 일이 잘못될 뻔했습니다, 나를 향해 총을 쏘아댄 사람들이 있었거든요. 나는 온통 검은색 옷을 입고 일을 합니다, 검은 트레이닝복, 검은 장갑에 검은 복면을 쓰지요, 다행히 그것 때문에 그들은 나를 놓쳤습니다, 어둠 속에선 나를 볼 수가 없으니까요. 하지만 언젠가는 잡히겠지요, 그걸 잊어서는 안 됩니다, 그 일은 조만간 일어날 겁니다, 어쩌면 오늘밤, 어쩌면 내일, 누가 알겠어요? 어쩌면 경찰들에게 붙잡힐지도 모릅니다, 그러면 몇 년 동안 감옥에 들어가 있겠지요. 아니면 사람들이 총을 쏠 때 그걸 피할 만큼 빨리 달리지 못할 수도 있을 겁니다. 그러면 나는 죽겠지요. 예, 죽을 거예요.　　내가 걱정하는 건 바로 집사람입니다. 내가 아니라 내 아내. 나는 아무런 가치도 없는 인간입니다. 나는 중요하지 않아요. 내가 걱정하는 건 내 아내, 그리고 내 아이들입니다. 그들이 어떻게 될까, 이 지구상에 그들을 돌봐줄 사람이 누가 있을까?　　내가 에리세이라에 살았을 때 할아버지가 나를 항상 돌봐주셨지요. 나는 할아버지가 자주 흥얼거리며 들려주시던 시를 지금도 기억하고 있습니다. 그리고 생각합니다. 왜 유독 그 시가 지금까지 잊히지 않는 걸까, 어쩌면 그게 바로 운명인 걸까? 포르투갈어를 할 줄 아십니까? 바로 이런 노래입니다. 들어보세요.

O ladraõ! Ladraõ!
Que vida e tua?
Comer e beber
Passear pela rua.
Era meia noite
Quando o ladraõ veio
Bateu tres pancadas

A'porta do meio.

오, 도둑아! 도둑아!
네 삶은 어떤 것이냐?
먹고 마시고
캄캄한 한밤중에
거리를 어슬렁거리지.
오, 그러다가 도둑은
문을 세 번 쿵쿵 들이받지.

오를라몽드

ORLAMONDE

LA
RONDE
ET
AUTRES
FAITS
DIVERS

이 이야기는 실제로 일어난
사건들과는 관계가 없다.

안나는 커다란 뾰족아치형 창문의 창턱에 앉아 있다. 그곳은 안나가 세상에서 제일 좋아하는 장소다. 바다와 하늘이 세상에서 가장 잘 보이는 곳이라 그녀는 그곳을 좋아한다. 그곳에서는 마치 땅과 사람들은 더이상 존재하지 않는 것처럼 오로지 바다와 하늘밖에 보이지 않는다. 그녀는 그곳이 완전히 외따로 떨어져 있고, 아주 높고 아주 비밀스러워 아무도 자기를 찾아낼 수 없을 것 같아 선택했다. 그곳은 마치 절벽에 매달린, 온 세상 위로 날아다닐 듯한 바닷새의 놀이터 같다. 안나는 그 장소를 발견해낸 게 무척이나 만족스럽다. 아주 오래전, 이 년 전이나 어쩌면 그보다 더 오래전에 그녀의 아버지가 죽고 어머니가 아프리카에서 돌아왔을 때였다. 그때 피에르는 절벽 아래 남아 있었다.

위를 올려다보면 아찔한 현기증이 났기 때문이었다. 그녀는 절벽의 갈라진 틈새와 튀어나온 부분들을 이용해 돌벽을 타고 올라가기 시작했고, 마침내 주랑들이 있는 곳까지 다다랐다. 그곳에 올라갈 때마다 그녀도 조금 어지러웠다. 하지만 그와 동시에 심장이 두방망이질치면서 그녀를 도취 상태에 빠져들게 하고 힘을 배가시켜 꼭대기까지 올라가도록 북돋웠다.

벽 위에 다다라 창문 가장자리에 손가락이 닿았을 때, 그 느낌은 말할 수 없을 정도였다! 그녀는 창문 안으로 미끄러져들어가 돌기둥에 등을 기대고 책상다리를 하고 앉았다. 그리고 거기서 하늘과 바다를 바라보았다. 마치 그것들을 난생처음 본다는 듯이. 완만한 곡선을 이룬 선명한 수평선, 그리고 기다란 물거품을 띠처럼 두른, 파도가 정지해 있는 것 같은 짙은 바다. 그곳은 아무도 들어올 수 없는 그녀만의 방, 그녀만의 집이었다. 그녀가 그곳에 올 때면 피에르는 바다 앞 절벽 아래로 와서 노란 꽃이 핀 금작화나무들이 우거진 바위틈에 자리를 잡고 망을 보았다. 때때로 안나의 귀에 그의 날카로운 휘파람소리나 바람에 실려온 그의 외침이 들렸다.

"오우우에에!……"

그러면 그녀도 피에르처럼 양손을 확성기처럼 입에 갖다대고 화답했다.

"오에에에에!……"

하지만 그들은 서로 보이지 않았다. 안나가 이곳, 자기만의 집에 있을 때는 하늘과 바다 말고는 아무것도 보이지 않았다.

해가 그녀 앞으로 다가오고 있었고, 알코브 끝까지 깊숙이 비추었다. 바다 위에는 불의 폭포와도 같은 커다란 빛의 길이 나 있었다. 그것 역시 아주 좋았다. 그럴 때면 그녀는 더이상 아무것도 생각하지 않았다, 모든 건 지워질 수 있었다. 그녀가 모든 것을 잊은 것은 아니었다. 그곳이 아닌 다른 세상의 사람들과 사물들이 더이상 그렇게 중요하지 않은 것이었다. 그곳에 있으면 마치 소란스럽게 울려대는 도시의 거리 위를, 커다란 잿빛 지붕들 위를, 습기 찬 정원과 학교와 병원들 위를 한 마리 갈매기가 되어 날아다니는 것 같았다.

안나는 가끔씩 도시에 있는 커다란 병원에 입원한 병든 엄마를 생각했다. 하지만 이곳 자신의 집, 바다를 굽어보는 버려진 성벽 위에 있으면, 마음 아파하지 않고 엄마를 생각할 수 있었다. 그녀는 푸른 하늘, 반짝이는 빛으로 뒤덮인 바다를 바라보았고, 자기 몸의 중심까지 들어오는 태양의 열기를 느꼈다. 나중에 이 모든 것을 공동 병실로, 엄마에게로 가져갈 것이었다. 그녀가 엄마의 손을 힘껏 잡으면, 바다의 색깔과 햇빛이 엄마의 몸속으로 전해졌다.

"학교에서 공부는 잘하고 있니?"

그건 엄마가 항상 하는 질문이었다. 안나는 고개를 끄덕이며 "응"이라고 대답했다. 그리고 열이 있는 엄마의 여윈 손을 꼭 잡고 엄마의 얼굴을 불안하게 살피면서 자기가 아주 잘 알고 있는 그 창백한 미소가 나타나기를 기다렸다. 안나가 바다와 하늘을 보러 가느라 석 달 전부터 거의 매일 학교를 빼먹고 있다는 사실을 아무도 엄마에게 말해주지 않았다. 어린 여자아이의 얼굴은 이제 그을린 빵 색깔이 되어 있었고, 눈은 낯선 섬광으로 빛났다.

오직 피에르만이 그녀가 숨어 있는 장소를 알고 있었다. 하지만 설사 두들겨맞는다 하더라도 그는 그 이야기를 아무에게도 하지 않을 것이었다. 그는 왼손으로는 안나를 붙잡고 오른손을 들어 그렇게 맹세했었다. 매일 학교가 끝나면 그는 무너져내린 바위 더미가 있는 곳까지 바다를 따라 달려갔다. 그리고 잠시 덤불숲 속에 숨어서, 누군가가 볼까 꼼짝도 하지 않고 적당한 순간을 기다렸다. 그리고 나서 엄지와 검지 사이로 휘파람을 불었고, 그러면 폐허가 된 오래된 극장 깊숙이 날카로운 휘파람소리가 메아리쳤다. 그는 가슴을 두근거리며 기다렸다. 잠시 뒤 절벽 위에서 부는 바람 때문에 약해진 안나의 휘파람소리가 들렸다. 입술 사이에 두 손가락을 갖다대고 휘파람 부는 법을 안나에게 가르쳐준 건 바로 피에르였다.

그 모든 일이 시작된 지는 아주 오래되었다. 그리고 오늘, 그 일은 끝날 수 있을까? 안나는 높다란 창문의 창턱 위에 앉아 있다. 따가운 겨울 햇살에도 불구하고 그녀의 몸은 떨리고, 이는 신경질적으로 덜그럭거린다. 그녀는 자기가 혼자라는 것을 안다. 그녀와 함께 있어줄 사람은 달리 아무도 없다. 마치 죽음을 기다리는 것과 같다. 예전에 그녀는 죽음을 기다리는 게 힘들지 않다고 생각했다. 조약돌처럼 무심하고 태연하기만 하면 두려움이 쳐들어올 수 없었다. 하지만 오늘, 자기 은신처 안에서 혼자인 그녀는 온몸을 떨고 있다. 적어도 피에르가 거기 있다면. 어쩌면 그녀는 더 용기가 날 것이다. 그녀는 휘파람을 불려고 애쓴다. 하지만 너무 심하게 떨려서 불어지지 않는다. 그래서 그녀는 신호를 외친다.

"오에에에!"

하지만 그녀의 외침은 바람에 묻히고 만다.

그녀는 파괴자들이 오는 기척을 들으려고 온 힘을 다해 귀를 기울인다. 그들이 누군지 모르지만, 오를라몽드의 벽을 무너뜨리기 위해 이제 곧 올 거라는 걸 그녀는 알고 있다.

안나는 온 힘을 다해 귀를 기울인다. 철골 구조물 안의 돌로 만든 아치들 아래로, 커다란 빈방 안에서 바람이 만들어내는 기이한 소리에 귀를 기울인다. 그녀는 버려진 극장 안으로 처음 발을 들여놓았던 때를 떠올린다. 그때 그녀는 콘크리트 복도를 따라 계속 걸어갔다. 하늘과 바다의 모든 빛이 사라진 뒤, 어두운 공기에 그녀는 숨이 막혔다. 한참을 더 걸어간 그녀는 마침내 유령이 나오는 그 건물 안으로 들어갔다. 그녀는 대리석과 화장 회반죽으로 된 계단을 올라가 동굴의 희미한 빛이 비추는 안뜰에 멈춰 섰다. 허물어져내린 장식물들, 깨진 유리창들을 받치고 있는 나선형 주랑들, 물이 말라버린 분수의 돌 수반이 보였다. 그녀는 자신이 그 비밀의 장소를 처음으로 침해한 사람인 양 떨었다. 난생처음으로 그 이상한 기분이, 마치 누군가가 숨어서 자기를 지켜보고 있는 것 같은 기분이 느껴졌다. 처음에는 두려웠다. 하지만 적대적인 시선이 아니라, 오히려 꿈속에서처럼 아련하고 부드러운 눈길, 사방에서 동시에 다가와 그녀를 에워싸고 그녀와 뒤섞이는 시선이었다. 그래서 그녀는 버려진 극장 천장 위 철골 구조물들에 부딪혀 신음하는 것 같은 바람의 음악소리에 이

끌려 뒤쪽으로 되돌아왔다. 느리고 삐걱거리는 그 음악은 저 밖으로, 눈부신 하늘 속으로 날아가는 것 같은 느낌을 주었다.

그들이 온다, 그들은 곧 올 것이다. 이미 오를라몽드는 울타리와 철조망으로 둘러쳐져 있다. 그들은 여기저기 널빤지들을 세워놓았다. 거기에는 협박조의 무시무시한 말들이 적혀 있다.

공사 현장 절대 접근 금지

사망사고 주의

폭발 위험

그들은 노란색 기계들을 끌고 왔다. 바람이 불면 까마득히 높다란 지지대가 흔들리는 크레인, 컴프레서, 불도저, 그리고 와이어 끝에 커다란 검은 쇠공을 매단 기계. 피에르의 말로는 그건 벽을 때려부수는 장비라고 한다. 그는 시내에서 그런 걸 본 적이 있다. 쇠공이 앞뒤로 흔들흔들하다가 건물을 때리면 집은 가루처럼 힘없이 부서지며 무너져내린다.

그 기계들이 그곳에 진을 친 지는 며칠이 되었다. 그리고 안나는 자기집 안에서, 높은 벽 꼭대기에서 기다린다. 그녀는 안다, 만일 자기가 자리를 비운다면 파괴자들이 그 기계들을 작동시켜 벽을 모두 허물어뜨릴 거라는 것을.

위쪽에서 그들의 목소리가 들려온다. 그들은 대로를 통해 오를라몽드의 영역 안으로 들어온다. 가시덤불과 길고양이들이 살고 있는 테라스식 정원들을 가로질러온다. 안나는 시멘트 지붕 위에서, 버려진 극장의 복도들에서 울리는 그들의 작업화 소리를 듣는다. 그녀는 달아나는 고양이들을, 작은 틈새의 가장자리에서 목덜미를 팔딱거리며 움직이지 않는 도마뱀들을 생각한다. 그녀의 심장이 더 빠르고 세차게 뛰기 시작한다. 그녀는 달아나서 절벽 아래, 무너져내려 쌓인 돌더미 사이에 숨고 싶다고도 생각한다. 하지만 인부들에게 들킬까 두려워서 감히 움직이지 못한다. 그녀는 알코브 안쪽에서 다리를 한껏 구부리고 두 손을 파카 주머니에 숨긴 채 최대한 몸을 웅크린다.

파괴가 진행되는 동안 시간은 천천히 흐른다. 안나는 눈을 가늘게 뜨고 자신이 좋아하는 새와 파리와 거미줄로 뒤덮인 하늘을 바라본다. 멀리 보이는 바다는 단단하고 매끄럽고 번쩍거리는 금속판 같다. 바람이 세차게 분다. 차가운 바람에 작은 소녀의 몸은 꽁꽁 얼고, 눈에는 눈물이 글썽인다. 그녀는 기다리며 떨고 있다. 무언가가 폭발했으면 좋겠다. 커다란 노란색 기계들이 작동하기 시작해 마침내 그 아가리와 팔과 뿔 들을 움직여 깨부순 덩어리들을 낡은 벽 위에 쏟아놓았으면 좋겠다. 하지만 아무 일도 일어나지 않는다. 단지 작은, 아주 약하게 덜커덩거리는 엔진소리, 그리고 테라스 위 어딘가에서 나는 소형 착암기 소리뿐이다. 겨울 한낮의 해가 제 위치에 왔을 때 안나는 다시 친구를 부른다. 손가락 사이로 휘파람을 불고, 고함을 지른다. "오에에에!……"

하지만 아무 대답도 들려오지 않는다. 어쩌면 사람들이 그가 그녀를 만나러 갈 거라는 것을 알고 그를 교실에, 학교의 높은 벽 안에 가두었을지도 모른다. 어쩌면 사람들은 그가 아는 것을 모두 털어놓게 하려고 그에게 이것저것 캐물을지도 모른다. 하지만 그는 안나에게 맹세했었다. 왼손으로 작은 소녀를 붙잡고 오른손을 들어 맹세했었다. 그러니까, 그는 절대로 말하지 않을 것이다, 안나는 그걸 알고 있다.

철거 현장에 다시 정적이 찾아왔다. 이제 정오다. 그리고 철거 업체 직원들은 지금 점심을 먹는 중이다. 아니, 어쩌면 그들이 영영 떠나버린 건 아닐까? 안나는 오래 기다려와서 너무 지친데다 춥고 배도 고파서, 살짝 꼬꾸라지듯 몸을 웅크리고 오른 어깨에 머리를 기댄다. 태양이 바다 위에서 수천 개의 별이 되어 반짝이며 불의 길을 펼치고, 그녀는 그 길을 미끄러져간다.

그녀는 꿈을 꾸고 있는지도 모른다. 반짝이는 그 길 끝에 연푸른색 여름 원피스를 입은 엄마가 안나를 기다리고 있다. 엄마의 검은 머리칼과 드러난 어깨 위로 빛이 반짝인다. 엄마는 예전에 해변에서 돌아왔을 때처럼 빛이 나고 건강한 모습이다. 엄마의 팔에 맺힌 바닷물이 방울방울 반짝이면서 천천히 굴러떨어지던 그때처럼. 엄마는 영원히 죽지 않을 것처럼 아름답고 행복해 보인다. 안나가 자기 은신처인 이곳, 이 높은 벽 위에 오는 건 바로 엄마를 보기 위해서다. 그리고 그녀 주위에 그 시선이 있다, 그녀가 알지 못하는, 이 폐허에 살고 있는 한 노인의 눈길이다. 처음에 그녀를 바다 전체가 내려다보이는 뾰족아치 창문까지 안내해준 건 바로 그 노인이다. 그는 정신이 딴 데 가 있고, 과묵하고 약간 넋이 나가 있고, 조금 서글픈 모습이다. 그리고 언제나 안나에게 바다를 보여준다. 안나는 여기서 자신에게로 향하는 그의 눈길, 그리고 그녀 주위의 곳곳을, 오래된 시멘트 벽과 허물어진 테라스, 망초와 아칸서스에 점령당한 채로 방치되어 있는 정원들을 바라보는 그의 시선을 느끼는 게 좋다.

왜 그들은 모든 걸 파괴하고 싶어하는 걸까? 안나가 죽는 한이 있어도 자기는 높은 곳, 은신처에서 꼼짝도 않을 거라고 말했을 때, 피에르는 아무 말도 하지 않았다. 그래서 그녀는 그에게 자신의 은신처를 절대로 아무에게도 누설하지 않겠다는 맹세를 하게 했다. 설사 누가 그를 때린다 해도, 촛불로 그의 발바닥을 지진다 해도 절대로 말하지 않을 거라고.

여기 이곳은 어느 누구도 아닌 그녀만의 공간이다. 그녀가 이곳의 돌 하나하나를, 백리향 덤불 하나하나를, 가시덤불 하나하나를 알게 된 지는 아주 오래되었다. 처음에는 오를라몽드가 무서웠다. 인적 없이 외진 곳인데다, 버려진 오래된 극장은 유령이 나오는 성 같아 보여서였다. 피에르는 한 번도 이곳에 오지 않았다. 그는 아래쪽에 남아, 무너져내린 흙더미 속에 숨어 망보는 걸 더 좋아했다. 파괴자들이 이곳에 처음 왔을 때 안나에게 소식을 알려준 건 바로 피에르였다. 그는 그 소식을 아주 빠르게 한 번 말하고 그녀가 알아듣지 못하자 다시 여러 번 되풀이했다. 그러다가 마침내 그녀가 엄청난 한기를 느끼고 금방이라도 실신할 것처럼 현기증을 느끼기 시작했다. 그러고 나서 그녀는 오를라몽드까지 달려갔다. 그리고 울타리와 철조망, 경고판들을 보았다. 큰길가에 멈춰 서 있는, 무시무시한 곤충들처럼 생긴 커다란 노란 기계들도 보았다.

갑자기 그녀의 귀에 폭발음이 들려온다. 무시무시한 소리가 돌로 쌓아올린 높은 벽 안에 울려퍼지면서 그녀의 머리칼에 흙먼지를 뿌려댄다. 땅에 끌리는 기다란 팔 끝에 매달린 쇠뭉치가 무겁게 날아가 낡은 극장의 벽을 후려친다. 안나는 그걸 예상하고 있었다. 그런데도 겁이 나서 비명이 터져나온다. 그녀는 온 힘을 다해 창틀을 꽉 움켜잡고, 벽에 바짝 달라붙는다. 하지만 간격을 두고 아주 길게 내리치는 쇠뭉치질의 충격이 너무도 커서 소녀의 몸은 충격을 견디지 못하고 펄쩍 뛰어오른다. 벽이 무너져내리기 시작하는 소리는 무시무시하다. 매캐한 먼지 냄새가 공중에 떠돌고, 잿빛 먼지구름이 일면서 하늘과 바다를 뒤덮고 이윽고 태양을 질식시킨다. 안나는 모든 것을 멈추라고 소리지르고 싶다. 하지만 두려움 때문에 그러지 못한다. 그저 진동 때문에 멍해진다. 무너지는 벽의 굉음은 이제 아주 가까이에서 들린다. 거대한 팔 끝에 매달린 검은 쇠뭉치가 흔들리다가 벽을 때리고, 들어올려졌다가 다시 떨어지면서 벽을 후려친다. 그들은 곧 모든 걸 파괴할 것이다. 아마도 땅 전체를, 바위들을, 산들을 완전히 부숴버릴 것이고, 그러고 나서 그 잔해와 먼지 아래 바다와 하늘을 묻어버릴 것이다. 안나는 창틀에 누워 있다. 그녀는 이제 곧 자기를 으깨버릴 쇠뭉치를 기다리면서 운다. 쇠뭉치는 이제 곧 그녀가 사랑하는 집을 파괴할 것이다.

쇠뭉치의 타격이 점점 더 가까워진다. 이제 너무 가까이에서 내리쳐서, 폐 속에 유황 냄새와 먼지가 느껴지고 비 오듯 쏟아지는 불꽃들이 보인다. 무거운 쇳덩어리가 내리쳐 박히는 곳은 바로 그녀의 마음속이다. 쇠뭉치는 마구잡이로 사정없이 벽을 무너뜨리고, 바닥을 파헤치고, 삐걱거리는 철골 구조물들을 뒤틀고, 바다와 하늘 앞에 서 있는 높은 돌벽을 향해 조금씩 다가온다.

잠시 뒤 어찌된 일인지 모든 게 멈춘다. 다시 정적이 찾아온다, 불안에 가득찬 무거운 정적. 화산이 폭발하고 난 뒤처럼 먼지가 떨어져내린다. 그리고 고함소리, 사람 부르는 소리가 들린다. 파괴자들은 성벽 아래로 내려갔다. 그들은 창을 올려다본다. 안나는 피에르가 자기를 배신했다는 걸 알아차린다. 그는 비밀을 누설하고 그녀의 은신처로 사람들을 안내했다. 그리고 지금 그들은 그녀를 부르고 있다. 그들은 그녀를 기다린다. 하지만 그녀는 움직이지 않는다.

그녀 앞에 한 남자가 있다. 그는 사다리를 타고 올라와 창가에 기댄 채 그녀를 바라본다. "여기서 뭐하는 거니?" 그가 부드럽게 말하며 그녀에게 손을 내민다. "자, 가자, 여기 있으면 안 돼." 안나는 고개를 내젓는다. 목이 메어서 말을 할 수가 없다. 파괴의 무시무시한 소리가 그녀의 몸안에 여전히 머물러서 앞으로 영원히 말을 할 수 없을 것만 같다. 남자가 몸을 굽혀 소녀를 품에 안는다. 그는 아주 힘이 세고, 작업복은 먼지와 돌 부스러기로 뒤덮여 있다. 노란 작업모가 햇빛에 반짝인다.

지금 안나는 엄청난 피로를 느낀다. 금방이라도 잠들어버릴 것처럼 눈이 저절로 감긴다. 사다리 아래로 내려가자 남자는 안나를 땅바닥에 내려놓는다. 그곳엔 인부들이 있다. 그들은 움직이지도 않고 한마디 말도 없이 조용하다. 그들의 노란 작업모가 강렬하게 반짝거린다. 피에르는 그들 옆에 서 있다. 그녀가 쳐다보자 그는 기묘한 미소를 짓는다. 찡그림 같은 미소를. 고통에도 불구하고 안나는 웃고 싶다. 그녀는 어깨를 으쓱하며 생각한다. 또다른 곳을 찾아야 한다고.

뜨거운 햇빛과 푸석거리는 먼지에도 불구하고, 안나는 추워서 몸을 떤다. 노란 작업모를 쓴 남자가 그녀의 어깨 위에 작업복 점퍼를 덮어주려 하지만 그녀는 뿌리치며 거절한다. 그곳에 있는 남자들 가운데 지나치게 헐렁한 밤색 양복을 입은 사람이 보인다. 안나는 그가 학교에서 보낸 학생주임이라는 걸 알아본다. 그들은 다 함께 절벽 위를 향해 걸어간다. 대로에 파란색 경찰차가 기다리고 있다.

안나는 말하지 않을 것이다. 그녀는 자기가 아무것도, 절대로 아무 말도 하지 않으리라는 것을 안다. 경찰차로 향하는 오솔길을 올라가면서, 그녀는 슬쩍 뒤를 돌아본다. 마지막으로 돌벽을 바라보고, 반짝이는 바다를 바라본다. 이제 오를라몽드는 존재하지 않는다, 그것은 오래된 먼지 빛깔의 폐허일 뿐이다. 꺼진 불에서 마지막으로 피어오르는 연기 같은 노인의 시선은 이미 멀어져가고 있다. 하지만 바다에 비치는 해는 어린 여자아이의 얼굴 위에서, 그녀의 검은 눈 속에서 반짝인다. 분노를 잠재울 수 없는 빛과 함께.

다비드

DAVID

LA
RONDE
ET
AUTRES
FAITS
DIVERS

때때로 그는 그 거리가 자기 것이라고 생각한다. 사실 그곳은 그가 사랑하는 유일한 장소다. 특히 해가 뜰 무렵의 그곳을 사랑한다. 그 시간에 그곳엔 아무도 없고, 차들도 지나다니지 않는다. 다비드는 늘 그랬으면 하고 바란다. 어두운 집들 위로 펼쳐진 맑은 하늘, 정적, 대지를 달래기 위해 하늘에서 내려온 것 같은 거대한 정적. 하지만 천사들이 있을까? 한때 어머니는 그에게 커다란 빛의 날개를 가진 천사들이 나오는 긴 이야기들을 들려주곤 했다. 천사들은 도시 위의 하늘을 떠돌고 있다가, 도움이 필요한 사람들을 도와주러 내려온다고 했다. 그리고 마치 우리를 부르르 떨게 하는 숨결처럼 빠르고 가벼운 바람이 목덜미를 스치고 지나가는 것이 느껴지면 그게 바로 천사가 있다는 증거라고 했다. 형 에두아르는 그가 그런 이야기들을 믿는다고 놀려대면서 천사 같은 건 존재하지 않는다고, 하늘에는 비행기 말고 다른 건 없다고 말했다. 그럼 구름은? 하지만 구름이 왜 천사의 존재를 증명하는 거지? 다비드는 더이상 기억나지 않는다. 아무리 애를 써서 기억해내려 해도, 아무것도 떠오르지 않는다.

이제 아침이면 자유롭다. 너무도 자유롭다. 더이상 아무것도 없기 때문에, 기다리는 사람이 이젠 아무도 없기 때문이다. 하지만 그는 그 순간이 영영 끝나지 않기를 바란다. 끔찍한 건 바로 그 이후이기 때문이다. 그 순간이 지나면 하루가 정말로 시작되고, 자동차, 버스, 오토바이들이 달리고, 사람들은 모두 딱딱하게 굳은 얼굴로 걸어다닌다. 그들은 어디로 가는 걸까? 뭘 원하는 걸까? 다비드는 천사들을 생각하는 편이 더 좋다. 아주 높이 날아서, 더이상 땅을 보지 않고 오직 자기 날개 아래 천천히 미끄러져가는 하얀 양탄자 같은 구름만을 보는 천사들. 하지만 하늘은 항상 드넓고 청명한 아침 하늘이어야 한다. 천사들이 비행기를 만날 위험 없이 오래 날아다닐 수 있는 건 바로 그 순간이니까.

아침 여섯시의 거리는 아름답고 조용하다. 아파트 문을 닫고 열쇠를 매단 줄을 목에 걸고 파란 비닐 점퍼의 지퍼를 올리자마자 다비드는 거리 속으로 뛰어든다. 그는 멈춰 선 자동차들 사이를 달리고, 계단을 올라가 작은 공터 한가운데에서 멈춘다. 마치 누군가에게 쫓기기라도 하는 것처럼 심장이 마구 뛴다. 하지만 아무도 없고, 이제 겨우 동이 트고 있다. 잿빛 하늘이 환하게 밝아오는 동안 집들은 아직도 어둡고, 덧문들은 추위를 타는 아침잠 속에 닫혀 있다. 벌써 날개를 크게 퍼드덕거리면서 다비드 앞을 날아가는 비둘기들이 있다. 그 새들은 지붕 끝으로 날아가 구구구거린다. 부르릉거리는 엔진소리도, 사람들의 목소리도 아직은 들리지 않는다.

다비드는 자기도 모르는 사이에 학교 정문까지 걸어간다. 학교는 오래된 돌집들 사이에 끼어 있는 천박한 잿빛 시멘트 건물이다. 다비드는 짙은 초록색으로 칠한 문을 바라본다. 문 아래쪽에 아이들이 발길질을 해댄 흔적들이 남아 있다. 그는 아마도 우연히 이곳에 온 게 아닐 것이다. 단지 그는 그것을, 그 문을 한번 더 보고 싶다, 그리고 자기가 그려놓은 낙서가 있는 벽도, 껌으로 얼룩진 계단과, 철창살이 쳐져 있고 때가 덕지덕지 앉은 낡은 창문들도. 모든 걸 보고 싶다. 그리고 이게 마지막이라는 생각에 심장은 더욱 빠르게 뛴다. 마치 이미 모든 게 변해버리고 그가 내몰리고 쫓겨난 것 같다. 이건 마지막, 마지막이다, 그가 생각하는 건 바로 그거다. 그리고 그 생각은 그의 머릿속에 현기증이 날 정도로 어지럽게 맴돈다. 그는 그 사실을 아무에게도 말하지 않았다, 엄마에게도. 하지만 이제는 확실하다, 모든 것은 끝났다.

그럼에도 그는 오랫동안 그곳에 머무른다, 정문 앞 작은 계단에 앉아, 청소부가 물청소를 하는 소리에 몽상에서 깨어날 때까지. 호스에서 물이 솟아오르고, 파열과 폭발을 일으키면서 좁은 골목길들을 따라 콸콸 흐른다. 물줄기에 주차되어 있는 자동차들의 차체가 울리고, 도랑들을 따라 오물이 씻겨내려간다. 다비드는 일어난다, 그리고 학교로부터 점점 멀어지면서 도시를 가로질러가기 시작한다.

대로 저 너머, 그곳은 새로운 도시, 신비롭고 위험한 도시다. 그는 형 에두아르와 함께 그곳에 가본 적이 있다. 그는 모든 걸 기억한다, 상점들, 아스팔트를 깐 마당 앞에 서 있는 커다란 건물들, 나무들보다 더 높다랗고 밤이면 눈부신 오렌지빛을 뿜는 가로등들. 그곳은 사람들이 가지 않는 장소, 아무런 정보도 없는 곳이다. 길을 잃는 장소들.

도시는 크다, 너무 커서 결코 끝이 보이지 않는다. 도시의 끝을 보려면 같은 대로를 따라 며칠 밤낮을 계속 걸어가야 할 것이다. 그러다가 밤이 오고, 또 해가 뜰 것이다. 그럼에도 계속 벽들을 따라 걸어가야 할 것이고, 거리, 주차장, 광장 들을 건너갈 것이고, 지평선에 계속 유리창과 차들의 전조등이 신기루처럼 번쩍거리는 것을 볼 것이다.

그렇다, 다시는 돌아오지 않기 위해 떠나는 것이다. 다비드는 가슴이 약간 죄어든다. 에두아르 형이 떠나기 전에 했던 말이 생각나기 때문이다. "언젠가 나는 떠날 거야, 그러면 다시는 날 볼 수 없을 거야." 에두아르 형은 허세 부리지 않고 절망으로 가득 찬 암담한 눈길로 그렇게 말했고, 그래서 다비드는 알코브 안쪽에 숨어서 울었다. 그런 말을 하는 건 언제나 무시무시하다, 그리고 그런 말을 행동으로 옮기는 것도 무시무시하다.

오늘은 여느 날과는 다른 날이다. 처음으로 집 현관에, 차체 위에 여름의 빛이 찾아왔다. 그 빛은 곳곳에 눈부신 별들을 만든다. 두려움과 의혹에도 불구하고, 다비드는 그래도 거리에 있는 것에 만족감을 느낀다. 그가 아주 일찍, 엄마가 일하러 가기 위해 문을 닫자마자 뒤따라 집을 나선 것도 바로 이걸 위해서다. 엄마가 식탁 위에 차려놓은 버터 바른 빵조각엔 손도 대지 않고 나왔다. 가슴팍에서 딸랑거리는 열쇠를 목에 건 채 계단을 급히 내려가 밖으로 달려나온 건 바로 이걸 위해서다. 하지만 에두아르 형 때문이기도 하다. 형은 밤새도록, 그러니까 잠이 들기 전까지 계속 그 생각을 했으니까.

"나는 아주 멀리 갈 거야, 그리고 다시는 돌아오지 않을 거야." 에두아르 형은 그렇게 말했었다. 하지만 그걸 실행에 옮기기까지 형은 거의 일 년을 기다렸다. 어머니는 그가 더이상 그런 생각을 하지 않는다고 믿었다. 그리고 모두가. 그러니까, 그가 그 말을 한 걸 들은 사람들은 모두 그렇게 생각했다. 하지만 다비드, 그는 잊지 않았다. 그는 날마다 그 생각을 했다, 낮이나 밤이나 줄곧. 하지만 아무 말도 하지 않았다. 게다가 "언제 영영 떠나버릴 거야?"라고 물어봐야 아무 소용도 없을 터였다. 에두아르 형은 분명히 대답하지 않고 어깨만 으쓱할 테니까. 어쩌면 그 순간에 형 자신도 언제 떠날지 전혀 몰랐는지도 모른다.

그날은 오늘과 똑같은 날이었다. 다비드는 그날을 아주 또렷이 기억한다. 푸른 하늘에는 오늘과 똑같은 태양이 떠 있었고, 구시가지의 거리들은 방금 막 물청소하는 사람이 지나가 마치 비 온 뒤처럼 깨끗했다. 하지만 거리는 완전히 텅 비어 있고 아주 무서웠다. 집 창문들 위로 반짝이는 햇빛, 구구거리는 비둘기 소리, 아직도 어두운 미로 같은 골목 안에서 아이들이 이 집에서 저 집으로 서로 외쳐 부르는 소리, 그리고 아침의 평온함과 정적마저 무시무시하게 느껴졌다. 다비드와 엄마는 전날 밤 에두아르가 돌아오기를 기다리고, 그가 혹시 문을 두드리지나 않을까 노심초사하느라 한숨도 못 잤기 때문이었다. 항상 똑같은 두드림. 똑-똑-똑, 똑-똑. 그후 엄마가 일을 하러 가지 않는 일요일, 그 작은 아파트 안은 엄청난 불안에 짓눌려 있어서 다비드는 견딜 수가 없었다. 그래서 그는 종일 밖에 나와 있었다. 거리를 가로질러 걷고, 어떤 표지를 찾아, 어떤 목소리를 듣기 위해 이 집 저 집 기웃거리면서 공원과 해변까지 가보았다. 그가 기슭을 따라 걷는 동안 갈매기들이 날아올랐다. 갈매기들은 방해받는 것이 불쾌하다는 듯이 시끄럽게 울어대면서 좀더 멀찍이 날아가 다시 자리를 잡았다.

하지만 다비드는 그날의 기억을 별로 떠올리고 싶지 않다. 불안이 되살아날지도 모른다는 걸 알기 때문이다. 그래서 그는 엄마를 생각한다. 창가 의자에 앉아 석상처럼 미동도 않고 묵묵히 기다리고 있는 엄마를. 그는 작은 광장의 벤치에 앉아, 움직이기 시작하는 사람들을 바라보고, 학교가 문을 열기 전에 소리를 지르며 달리는 아이들을 바라본다.

어릴 때 혼자인 건 가혹하다. 다비드는 에두아르 형을 생각한다. 그는 형이 바로 엊그제 떠나기라도 한 것처럼 지금도 또렷하게 형을 기억한다. 그때 에두아르 형은 열네 살이었다. 그 일이 일어났을 때 형은 막 열네 살이 되었다. 집을 떠나기에는 너무 어린 나이였다. 어쩌면 에두아르 형이 그를 데려가려 하지 않았던 건 바로 그래서였는지도 몰랐다. 아홉 살 나이에 달릴 수 있을까? 싸울 수 있을까? 벌어먹고 살 수 있을까? 길을 잃지 않을 수 있을까? 그럼에도 불구하고 어느 날 그들은 집안에서 서로 싸웠다. 무엇 때문에 싸웠을까? 다비드는 이제 잘 기억이 나지 않는다. 하지만 정말로 싸웠다. 그리고 에두아르 형은 열쇠를 목에 걸고 나가기도 전에 바닥에 쓰러졌다. 그의 다리를 걸어 넘어뜨린 건 바로 다비드였다. 그의 형은 약간 숨을 헐떡이며 말했다. "쪼끄만 녀석이 제법 싸울 줄 아는데?" 다비드는 그때를 아주 또렷이 기억하고 있다.

지금 형은 어디에 있을까? 형에 대한 생각이 너무 간절해서 심장이 가슴속에서 쿵쾅쿵쾅 세차게 뛴다. 그에게 그 소리가 들리지 않는 게 가능할까? 그가 있는 곳에서, 그를 부르는 그 시선이 느껴지지 않는 게 가능할까? 하지만 어쩌면 에두아르 형은 도시 끝에, 훨씬 더 멀리, 넘을 수 없는 요새 같은 대로들 너머, 거대한 건물들의 하얀 절벽 저편에 길을 잃고 버려져 있는지도 모른다. 형이 떠난 건 돈 때문이다. 엄마가 형에게 한푼도 주지 않으려 했기 때문에, 형이 기계공 조수로 일해 번 돈을 모조리 빼앗아갔기 때문에, 그래서 극장에 가거나 축구를 하거나 아이스크림을 사 먹거나 카페에서 핀볼 게임을 할 돈이 한푼도 없었기 때문이다.

돈은 더럽다, 다비드는 돈을 싫어한다, 그리고 그것 때문에 떠난 에두아르 형이 싫다. 돈은 추하다, 다비드는 돈을 경멸한다. 요전날 다비드는 호세딘이라는 친구가 보는 앞에서 장난하듯이 인도의 배수구 구멍 안으로 동전 한 개를 던져넣었다. 호세딘은 그에게 미쳤다고 말하고는, 막대기로 동전을 건져내려고 애썼지만 결국 실패했다. 다비드는 만약 수중에 돈이 생긴다 하더라도 땅바닥에 버리거나 아무도 그걸 찾아내지 못하도록 바닷속에 던져버릴 거라고 다짐한다. 그는 아무것도 필요 없다. 길에서 배가 고프면 식품점들 주위를 어슬렁거리다가, 기회를 봐서 사과나 토마토 같은 것을 한 알 슬쩍해서 골목길로 재빨리 달아난다. 그는 몸집이 작기 때문에 숨을 곳이 아주 많다. 환기구, 계단 밑, 쓰레기통, 문 뒤 구석들. 아무도 그를 잡을 수 없다. 그는 아주 멀리 달아나서, 집어온 과일을 손이나 옷에 묻히지 않고 천천히 먹는다. 그러고는 껍질과 씨를 하수구에 던진다. 그는 특히 토마토를 좋아하는데, 에두아르 형은 늘 그 사실에 놀라곤 했다. 예전에 형이 그에게 '토마토'라는 별명을 붙여준 것도 바로 그래서였다. 하지만 그건 나쁜 뜻에서가 아니었다. 아마 형은 마음속으로 그것 때문에 다비드에게 감탄하기까지 했을 것이다. 에두아르 형이 할 수 없는 유일한 것이었으니까.

아니, 에두아르 형은 그의 이름, 다비드라는 그 이름도 아주 좋아했다. 그건 그들의 아버지 이름이었다. 트럭 사고로 죽기 전에 그들의 아버지는 다비드 마티스라 불렸다. 하지만 다비드는 너무 어려서 기억조차 하지 못했다. 그리고 그들의 어머니는 자식들 앞에서 아버지에 관한 이야기는 절대로 입에 올리지 않으려 했다. 그가 그녀에게 아무것도 남기지 않고 죽었다며 때때로 푸념처럼 말할 때를 제외하고는. 그녀는 어린 두 아들을 먹여 살리기 위해 어쩔 수 없이 가정부 일을 시작해야 했다. 하지만 다비드의 형 에두아르는 아버지를 기억하는 게 분명했다. 아버지가 죽었을 때 그의 나이가 예닐곱 살쯤은 되었으니까. 그래서 어쩌면 그 기억 때문에, 가끔씩 그가 다비드의 이름을 되풀이해 부를 때면 목소리가 이상해지고 시선이 흔들리곤 했던 건지도 몰랐다. "다비드…… 다비드……"

그가 대로로 다가서자, 갑자기 자동차들과 트럭들의 소리가 견딜 수 없이 무시무시하게 들린다. 하늘에서 해가 강렬하게 빛나면서 차체들에 광채를 던지고 하얀 건물들의 높다란 전면을 밝게 비춘다. 인도 위를 걷는 사람들이 있다. 하지만 그들은 구시가지의 사람들처럼 가난한 사람들이 아니다. 그들은 아랍인, 유대인, 낡아빠진 잿빛과 파란색 옷을 입은 이방인들이 아니다. 이곳에는 전부 다비드가 모르는 사람들뿐이다. 아주 키가 크고, 아주 강한 사람들. 다비드는 자기가 작아서 다행이라고 생각한다. 아무도 그를 보지 못하는 것 같고, 아무도 그가 고무신에 맨발인 것을, 바지의 무릎이 해진 것을, 특히 그의 여위고 창백한 얼굴과 검은 눈을 눈여겨보지 않는 것 같기 때문이다. 잠시 동안, 아직 시간이 있을 때 되돌아가고 싶은 생각이 든다. 그의 손이 기계적으로 목에 매달린 열쇠를 움켜잡는다.

하지만 여전히, 무언가에 겁이 날 때면 그는 엄마가 들려준 이야기를 생각한다. 병사들 모두와 위대한 왕조차 공포에 질려 있을 때 용감하게 새총으로 돌멩이를 쏘아 거인을 쓰러뜨린 어린 양치기의 이야기를.* 다비드는 그 이야기를 무척 좋아한다. 에두아르 형도 그 이야기를 좋아했다. 그리고 어쩌면 에두아르 형이 그렇게 그의 이름을 되뇌었던 것도 그래서였는지도 모른다. 마치 그 이름의 음절들 속에 초자연적인 무언가가 있다는 듯이. 옛날 같았으면 그는 형과 함께 끝이 보이지 않는 이 거리를 걸었더라면 무섭지 않았을 텐데, 하고 생각했을 것이다. 하지만 오늘은 그렇지 않다. 에두아르 형이 사라지기 전에 바로 이곳을 걸어갔다는 것을 알기 때문이다. 그는 마음속 깊이 그걸 안다. 인도의 시멘트 바닥에서 형의 발자국들을 보는 것보다 더 확실하다. 형은 저쪽으로 가서 사라져버렸다, 영영. 다비드는 '영영'이라는 그 단어의 의미를 잊고 싶다. 왜냐하면 그건 그를 아프게 하니까. 그 단어는 그의 몸속, 그의 뱃속을 갉아먹는다.

하지만 사람들, 행인들을 조심해야 한다. 무턱대고 앞으로, 앞으로 걸어오는 사람들을. 태양은 구름 한 점 없는 하늘에 높이 걸려 있고, 하얀 건물들은 반짝인다. 다비드는 그렇게 많은 사람

* 다윗과 골리앗 이야기.

들, 그것도 전부 모르는 사람들을, 그리고 그렇게 많은 진열창과 레스토랑들과 카페들을 본 적이 없다. 형 에두아르는 저쪽으로 갔다. 형이 원하는 건 돈이었고, 그래서 그것을 쟁취하고 싶어했으니까. 어두운 거리에서, 아파트에서, 볕이 안 드는 축축한 복도에서 가난은 살갗을 덮고 있는 눅눅한 시트 같다. 아니면 더 나쁘게, 벗겨낼 수 없는 축축하고 더러운 살갗 같거나. 하지만 여기에서는 불빛과 소리가 살갗을 불태우고 눈을 불태운다. 부르릉거리는 엔진소리가 추억들을 뿌리째 뽑는다. 다비드는 그 모든 걸 잊지 않기 위해 필사적으로 노력한다. 언제까지나 기억하고 싶다. 형 에두아르는 여기 이 어두컴컴한 아파트에서 계속 사느니 감옥에서 죽는 게 낫다고 말했었다. 하지만 다비드가 엄마에게 그 말을 일러바쳤을 때, 엄마는 화를 내면서 형을 오랫동안 아주 멀리 있는 소년원에 가두어버리겠다고 위협했다. 엄마는 형에게 도둑이나 살인자 아니면 그 외에 다비드가 알아듣지 못한 다른 무언가가 될 거라고 말했다. 하지만 에두아르 형은 백지장처럼 창백한 얼굴로 그 말을 듣고 있었고, 그의 검은 눈 속엔 다비드가 보고 싶지 않았던 어떤 섬광이 번쩍였다. 오늘 또다시 그 기억을 떠올리자, 마치 겁을 집어먹은 것처럼 다비드의 심장이 쿵쾅거리기 시작한다.

"비겁한 놈, 더러운 겁쟁이, 위선자, 야비한 개자식", 그다음

날 에두아르 형은 바로 그렇게 말했다. 그리고 사정없이 다비드를 때렸다. 얼굴에까지 주먹질을 하면서, 다비드가 울 때까지 멈추지 않았다. 형이 떠난 건 그래서였다. 그러니까, 영원히 떠난 건 다비드가 엄마에게 말했기 때문에, 그가 감옥에서 죽는 게 낫다고 말했다고 고자질했기 때문이었다.

그 순간 갑자기 다비드는 피로를 느낀다. 그는 뒤를 돌아 자기가 걸어온 대로와 건물, 차, 트럭 들을 본다. 그의 앞에 펼쳐져 있는 것들과 똑같은 모든 것들을. 어디로 가지? 그는 버스정류장으로 가 플라스틱 벤치에 앉는다. 바닥에 사람들이 쓰고 버린 버스표들이 흩어져 있다. 다비드는 그중 하나를 집어든다. 그리고 버스가 오자 손짓을 하고, 버스에 올라타 모서리가 잘려나간 버스표를 반대편으로 돌려 검표기에 넣고 찍는다. 그는 내리는 문 옆으로 가서 앉는다. 만일 검표원이 탈 경우 그가 다가오기 전에 재빨리 내리기 위해서다. 옛날에 형 에두아르는 그런 식으로 일요일에 그를 축구 경기장으로 데려갔었다. 그리고 버스표를 살 돈으로 그들은 껌을 샀다. 다비드는 그것보다는 빵집에서 따뜻한 빵을 사 먹고 싶었었다. 하지만 오늘 그는 빵을 살 동전 한 푼조차 없다. 그는 인도의 배수구 구멍 속에 던져넣었던 그 동전을 생각한다. 떠나기 전에 그걸 꺼내와야 했던 게 아닐까?

버스는 메마른 강을 따라간다. 그곳에는 멈춰 서 있는 차들로 뒤덮인 넓은 광장들과 풀이 없는 공터들이 있다. 강가에 서 있는 높은 벽들이 보인다. 그 벽들에는 하나같이 똑같은 수많은 창문들이 있고, 그 창문에 햇빛은 영원할 것처럼 번쩍인다. 멀리, 더 멀리 계속 간다. 그런데 도시는 도대체 어디에 있는 걸까? 어두운 작은 골목길, 계단, 비둘기가 구구거리는 지붕들은 어디에 있는 걸까? 이곳에는 원래부터 아무것도 없었던 것 같다. 높은 벽과 광장, 그리고 풀이 자라지 않는 공터들 말고는 아무것도.

버스가 종점에 도착한 뒤, 다비드는 메마른 강을 따라 대로를 다시 걷기 시작한다. 그러다가 계단을 발견하고 강어귀로 내려가 자갈밭 위에 앉는다. 오후의 태양이 강렬하게 타오르면서 모든 것을 메마르게 한다. 자갈이 깔린 강바닥에는 죽은 나뭇가지, 부서진 궤짝 같은 것들이 보이고, 심지어 녹슨 스프링이 튀어나온 낡은 매트리스도 있다. 다비드는 파편들 사이로 무언가를 찾기라도 하듯 자갈 위를 걷기 시작한다. 이곳이 마음에 든다. 여기서는 자동차와 트럭 소리가 거의 들리지 않는다. 때때로 날카롭게 끼익거리는 브레이크 소리나 높은 건물 벽 너머에서 울어대는 듯한 긴 경적소리 외에는 아무 소리도 없다. 이곳은 쥐들과 떠돌이 개들을 위한 장소다. 그리고 다비드는 그것들이 무섭지 않다. 그는 자기가 좋아하는 이야기 속의 양치기처럼, 강변에서 아름다운 돌 하나를 고른다. 아주 반들거리고 둥근 돌이다. 그것을 주머니에 넣는다. 그 돌을 지니고 있으니 한결 마음이 놓이는 것 같다.

그는 오랫동안 메마른 강바닥에 머무른다. 도시에서 멀리, 차와 트럭들로부터 멀리 떨어진 이곳에서 그는 처음으로 편안한 기분을 느낀다. 햇빛은 벌써 힘을 잃었다. 하늘이 안개로 뒤덮인다. 강의 양쪽에는 건물들이 우뚝 솟아 있다. 뱀 구멍을 닮은 작은 창문들이 있는 시멘트 산들. 하늘은 광활하다. 그리고 다비드는 예전에 정원이나 강변의 자갈밭에 누워 즐겨 바라보던 그 구름들을 생각한다. 그럴 때면 천사들의 실루엣, 날개 깃털 위에 비치는 해의 노란 반사광이 보이곤 했다. 그는 그 얘기를 아무에게도 하지 않았다. 천사들에 대해서는 아무에게도 말해선 안 되니까.

오늘, 지금 바로 어쩌면 천사들이 다시 돌아올지도 모른다. 그가 간절히 원하고 있으니까. 다비드는 옛날처럼 강바닥에 누워, 감은 눈꺼풀 사이로 눈부신 하늘을 본다. 그는 바라본다, 그리고 기다린다. 무언가가, 누군가가, 설령 새 한 마리라 할지라도 지나가는 걸 보고 싶다. 눈으로 그걸 좇아 그와 함께 떠나기 위해. 하지만 하늘은 텅 비어 있고 창백하고 눈부시게 빛난다. 그리고 하늘은 공허를 퍼뜨리며 몸속을 아프게 한다.

아주 오랜만에 다비드는 그 기분을 다시 느꼈다. 소용돌이 하나가 몸속에서 점점 더 커지면서 몸안의 공간을 터질 듯이 팽창시키는 것 같은 느낌, 스스로 불 켜진 헤드라이트 앞에서 이리저리 날아다니는 아주 작은 날벌레가 된 것 같은 느낌. 지금 다비드는 모든 골목과 광장, 마당 안으로 이름을 부르면서 형을 찾아다녔던 그날을 떠올린다. 그날은 일요일이었고, 아직 한겨울이라 몹시 추웠다. 그리고 하늘은 잿빛이었고 바람이 불었다. 하지만 그의 몸속에는 더이상 견딜 수 없을 정도로 점점 불안이 커져가고 있었고, 심장은 쿵쿵 뛰었다. 집에서 엄마가 의자에 꼼짝도 않고 앉아, 차가운 시선을 문 쪽에 고정시킨 채 혼자 기다리고 있기 때문이었다. 강변에서 그는 형을 찾아냈다. 형은 또래의 다른 소년들과 함께 있었다. 그들은 차도의 가드레일 뒤에 차가운 바람과 사람들의 눈을 피해 둥글게 둘러앉아 있었다. 다비드가 다가가자, 소년들 중 가장 어린 코르토라는 소년이 뒤를 돌아보면서 뭐라고 말했다. 하지만 다른 소년들은 여전히 꼼짝도 하지 않았다. 형 에두아르가 그가 있는 곳으로 와서 쌀쌀맞은 목소리로 말했다. "여긴 왜 왔어?" 형의 눈은 열에 들뜬 것처럼 이상하게 빛이 났다. 그걸 본 다비드는 겁이 났다. 다비드가 아무 말도 못하자 에두아르 형은 낯선 사람 같은 사나운 목소리로 다시 말했다. "날 염탐하라고 엄마가 보낸 거야? 여기서 당장 꺼져, 집으로 돌아가." 그때 코르토가 다가왔다. 얼굴도 계집애 같고 몸도 계집애처럼 길고 말랐지만, 목소리만큼은 또래 아이들치고는 굵은 이상한 아이였다. "그냥 놔둬. 네 동생도 우리랑 같이 풍선을 불고 싶어하는 것 같은데, 안 그래?" 코르토가 말했다. 에두아르 형은 그가 하는 말을 못 들은 듯 꼼짝도 하지 않고 있었다. 그러자 코르토가 이번에는 이상한 미소를 띤 얼굴로 다비드에게 말했다. "이리 와, 꼬마야, 너도 놀이에 끼워줄게." 그 순간 다비드는 기계적으로 코르토를 따라 소년들이 자갈 위에 둥글게 모여앉아 있는 곳까지 갔다. 그리고 거기서 바닥 한가운데에, 비닐봉지 위에 놓인 뚜껑을 막아놓은 고무 본드 튜브를 보았다. 반으로 접힌 압지도 한 장 놓여 있었다. 소년들은 그걸 앉은 순서대로 돌렸다. 그리고 차례가 돌아오면 압지에 얼굴을 들이밀고 눈을 지그시 감은 채 숨을 들이마셨고, 그러고 나서 기침을 약간 했다. 마침내 코르토가 반으로 접힌 압지를 다비드에게 내밀면서 말했다. "해봐, 힘껏 쭉 들이마셔, 그럼 눈앞에 별이 보일 거야." 압지 안에는 끈적거리는 고무 본드가 잔뜩 들어 있었다. 종이에 대고 코로 숨을 들이마시자 냄새가 뱃속으로 단번에 빨려들어와 정신이 아찔해졌고, 그래서 그는 몸을 떨기 시작하다가 마침내 울음을 터뜨렸다. 아침부터 집을 나와 돌아갈 생각도 않는 에두아르 형과, 그 강변과 더러운 가드레일 뒤에서 느껴지는 공허 때문에.

그러고 나서 무언가 이상한 일이 일어났다. 다비드는 또렷이 기억한다. 에두아르 형이 그를 안아 일으키더니, 그를 부축해 강변을 걸어갔다. 두 형제는 구시가지의 길들을 그렇게 가로질러 걸었다. 그리고 에두아르 형은 집안으로 들어갔다. 어머니는 평소에 형에게 감히 아무 말도 못하고 야단을 치거나 소리를 지르지도 못했다. 그런데도 형은 점심을 먹으러 집에 들어오지도 않고 하루종일 밖에서만 살았다. 그런 그가 지금 동생을 부축해 집으로 돌아온 것이었다. 그는 동생을 알코브 안쪽 침대에 눕히고는 자기도 그 옆에 누웠다. 하지만 잠을 자려던 것은 분명 아니었다. 잠에 빠져들기 직전까지 다비드는 형이 눈을 뜨고 있는 것을 보았으니까.

지금 그때의 그 느낌이 되돌아왔다. 그 소용돌이가 되돌아와 머리와 몸속에 깊은 구멍을 판다. 마치 깊은 구멍 속으로 빨려들어가는 것처럼 온몸이 요동을 친다. 소용돌이를 일으키는 건 바로 정적과 고독이다. 다비드는 주위를 둘러본다. 먼지를 잔뜩 뒤집어쓴 자갈밭, 강바닥에 널려 있는 파편들, 그리고 그는 침묵의 무게를 느낀다. 하늘은 청명하고, 지는 해 때문에 약간 노란빛을 띠고 있다. 이곳에는 아무도 오지 않는다, 결코 아무도. 이곳은 오로지 사람들이 강바닥에 버려두고 간 쓰레기 속에서 먹이를 찾아다니는 쥐, 파리들을 위한 장소다.

다비드도 배가 고프다. 어제저녁부터 아무것도 먹지도 마시지도 않았다는 사실이 떠오른다. 목이 마르고 배가 고프다. 하지만 집이 있는 구시가지로 돌아가고 싶지 않다. 그는 뱀처럼 구불거리며 느리게 흘러가는 강을 따라 자갈밭을 걷는다. 물은 차갑고 투명하다. 다비드는 자갈밭에 무릎을 꿇고 얼굴을 바짝 갖다대고 오랫동안 물을 마신다. 그렇게 물을 마시고 나니 기분이 좀 나아지는 것 같다. 강바닥보다 약간 높은, 차량이 지나다니는 비탈길까지 다시 올라갈 힘이 생긴다. 그곳은 트럭들이 돌이나 깨진 석고 덩어리, 진흙 따위를 부리러 오는 곳이다.

다비드는 먹을 것을 찾기 위해 메마른 강가를 벗어나 집들이 들어서 있는 곳으로 되돌아온다. 멈춰 선 차들로 뒤덮인 넓은 광장을 둘러싸면서 하얀 건물들이 일종의 반원을 그린 곳이다. 광장 안쪽에는 커다란 짙은색 문이 달린 쇼핑센터가 있다. 밤이 왔다는 걸 믿게 하기 위해서인 양 벌써 그 문 주위에는 불이 밝혀져 있다.

다비드는 밤을 무척 좋아한다. 그는 밤이 두렵지 않다. 아니, 오히려 밤이 오면 투명인간처럼 모습을 감출 수 있다는 걸 알고 있다. 슈퍼마켓 안은 불빛으로 아주 밝다. 사람들은 작은 철제 카트를 끌면서 이리저리 돌아다닌다. 다비드는 자기가 뭘 어떻게 해야 하는지 안다. 그걸 처음 가르쳐준 건 친구 뤼카다. 우선 함께 들어갈 사람들을 선택해야 한다. 적절해 보이는 사람들을 잘 골라야 한다. 어린아이들을 데리고 온 사람들이 좋을 것이다. 가장 좋은 건, 아기가 탄 유모차를 끌고 오는 할아버지 할머니들이다. 그들은 느리게 걸을 뿐 아니라 주위에 있는 것들에 신경을 쓰지 않는다. 그렇기 때문에 그들과 일행인 것처럼 행동하면서 함께 들어가면 된다. 때로는 그들 앞에서, 때로는 뒤에서. 감시원들은 아이들을 데리고 온 할아버지 할머니들은 별로 신경쓰지 않는다.

다비드는 주차장 한구석에서 기다린다. 커다란 검은 자동차가 멈추고 거기서 아직 젊은 남자와 여자가 온 가족을, 다섯 명이나 되는 아이들을 데리고 내리는 것이 보인다. 여자아이 셋과 남자아이 둘이다. 여자애들은 키가 크고 예쁘다. 위의 두 여자아이는 길고 짙은 금발을 어깨 위로 폭포수처럼 늘어뜨렸다. 네다섯 살쯤 되어 보이는 제일 어린 여자애는 갈색 머리다. 두 소년은 열두 살에서 열다섯 살 사이인 듯하다. 그들의 아버지를 닮았다. 키가 크고 날씬하고, 피부는 적당히 햇볕에 그을렸고, 머리색은 밤색이다. 그들은 모두 함께 슈퍼마켓 출입문을 향해 간다. 어린 여자아이는 철제 카트 안에 자리를 잡았다. 웃음을 터뜨리면서 그걸 밀고 가는 건 제일 큰 여자애다. 아이들의 엄마가 그 여자애를 부른다. 그녀는 아이들의 이름을 외쳐 부른다. "크리스티

안! 이자!" 그러자 사내아이들이 여자아이들 뒤에서 달려와 카트를 멈춰 세운다.

다비드는 그들을 뒤따라간다. 처음에는 멀찍이 떨어져서 걷다가 마침내 그들과 함께 슈퍼마켓 안으로 들어간다. 그들과 아주 가까이에 있어서, 그들이 말하는 소리까지 다 들린다. 그는 그들이 하는 모든 말에 귀를 기울인다. 아이들은 둘씩 그룹을 지어 간다. 그들은 다시 모였다가, 달리고, 되돌아오고, 그러다가 다비드를 에워싸기까지 하지만 눈길을 주지는 않는다. 마치 그가 그림자에 지나지 않는다는 듯이. 그들은 부모를 제과 코너 쪽으로 끌고 간다. 다비드는 그 틈을 이용해 자기가 먹을 빵을 집는다. 서두르지 않고, 한 조각 한 조각. 여자아이들은 아주 예쁘다. 다비드는 고통스러울 정도로 주의깊게 그 아이들을 바라본다. 그들의 금발과 그들이 입은 파랗고 붉은 비닐 파카 위에서 전기 불빛이 반짝인다. 제일 큰 여자아이의 이름은 소니아다. 그녀는 열여섯 살쯤 되어 보인다. 다비드가 특히 관심 있게 바라보는 건 바로 그 아이다. 그 여자아이는 자신감이 넘쳐흐르고, 말을 아주 잘한다. 소녀는 뺨으로 흘러내리며 입술을 스치는 머리칼을 쓸어넘기면서 노래하는 듯한 목소리로 말한다. 다비드는 에두아르 형을 떠올리고, 거무스레하고 음울한 형의 얼굴을, 열기로 불타오르는 검은 눈을 생각한다. 그리고 강변에서 본 코르토도 생각한다. 그의 창백한 안색, 혼란스러운 눈빛, 그리고 그의 얼굴을 지저분하게 만들어놓는 갈색 다크서클을 떠올리고, 인적 없는 강변의 차가운 바람을 떠올린다. 아이들이 그의 주위를 돌면서 소리를 지르고 웃고 서로의 이름을 부른다. 다비드는 울려퍼지는 그들의 이름을 탐욕스레 귀담아듣는다. "알랭! 이자! 디노! 소니아!……" 그들의 부모가 느닷없이 뒤를 돌아본다. 그들은 빵을 씹어먹고 있는 다비드를 놀란 눈으로 본다. 그에게 금방이라도 말을 걸 것만 같다. 다비드는 얼른 시선을 돌리고 걸음을 멈추면서 그들이 지나가게 한다. 그러고 나서 다시 그들의 뒤를, 하지만 이번에는 멀찌감치 떨어져 따라가기 시작한다. 비스킷 코너 앞을 지나가면서 그는 치즈 과자를 한 상자 골라 들고, 그걸 조금씩 갉아먹기 시작한다. 하지만 너무 짜서 목이 마르다. 그래서 먹던 걸 도로 내려놓고 무화과 비스킷 상자를 집는다. 그가 아주 좋아하는 것이다. 앞에 가고 있는 가족은 카트에 많은 것들을 쌓아올린다. 비스킷, 생수, 우유, 감자 봉지들, 파스타 상자들, 비누. 카트가 너무 무거워져서 지금은 두 소년이 민다. 안에 타고 있는 작은 여자아이는 지루한 표정으로 자기 엄지를 빨고 있다.

다비드는 그런 식으로 평생 그들을 따라다녔으면 좋겠다고 생각한다, 세상 끝까지, 그들의 집까지. 저녁이면 그들은 깨끗하고 아름다운 집으로, 꽃과 버드나무로 가득찬 시원한 정원으로 둘러싸인 집으로 돌아갈 것이다. 그리고 마치 영화에 나오는 가족들처럼 커다란 식탁에 모두 둘러앉아 식사를 할 것이다. 식탁에는 온갖 종류의 요리, 과일, 그리고 유리컵에 담긴 아이스크림이 있을 것이다. 아이들의 부모는 그들과 함께 이런저런 이야기를 나눌 것이다. 그들은 한없이 오랫동안 온갖 이야기를 할 것이고, 그 이야기들에 웃음꽃을 피울 것이다. 그러고 나서 잠잘 시간이 되면, 그들은 우선 막내 크리스티안을 재우기 위해 이야기를 들려줄 것이다. 각자 차례차례로, 아이의 눈이 스르르 감길 때까지. 그런 다음 그들은 잠자리에 들 것이다. 각자 자기 침대가 있을 테고, 침실은 커다랗고 벽은 연푸른색으로 칠해져 있을 테고, 침대 위에는 좋아하는 무늬가 그려진 시트가 깔려 있을 것이다. 그리고 잠자기 전에 잠옷으로 갈아입은 소니아가 와서 어깨 위로 긴 금발을 늘어뜨리며 그에게 입을 맞춰줄 것이다. 입술 끝으로 살짝. 그러면 그는 그녀 목의 열기와 머리칼의 향기를 느끼면서 잠에 빠져들 것이다. 정확히 그럴 것이다, 다비드는 상상할 수 있다.

지금 그들은 모두 과일 코너 앞을 지나가고 있다. 그리고 과일을 고르기 위해 거기서 멈춰 선다. 다비드는 그들 무리 속으로 되돌아간다. 정말로 그들의 목소리를 더 듣고 싶고, 그들의 향기를 맡고 싶다. 그는 소니아 바로 옆에 멈춰 선다. 그리고 그녀를 위해 붉고 탐스러운 사과 한 알을 골라 내민다. 그녀는 약간 놀라 그를 바라보고는 다정하게 미소를 짓는다. 그녀는 그에게 고맙다고 말하지만, 받지는 않는다. 그러고 나서 그 가족은 다시 멀어진다. 다비드는 눈물로 눈앞이 약간 뿌얘지지만, 자기가 왜 울고 싶은지 까닭도 모르는 채 천천히 그 사과를 먹는다. 그들이 대형 매장 저 끝으로 멀어져, 맥주병들이 산처럼 쌓인 곳 너머로 돌아가는 것이 보인다. 그 순간 그는 몸을 숨기지도 않고 당당하게 계산대들 사이를 지나 슈퍼마켓에서 나온다. 그는 밖에서, 주차장 위로 밤이 내려앉는 것을 보면서 사과를 마저 다 먹을 것이다.

그는 그곳에, 주차장 입구 가까운 곳의 시멘트 경계석 위에 오랫동안 앉아 전조등을 켜고 출발하는 자동차들을 바라보고 있다. 차들은 차례차례로 문을 쾅쾅 닫고 멀리 미끄러져가다가 마침내 빨간 불빛을 깜빡이면서 사라진다. 밤의 한기에도 불구하고, 다비드는 그런 식으로 차들이 그 불빛들과 차체 위에 반사되는 빛과 함께 사라지는 것을 보는 게 참 좋다. 하지만 경찰들과 경비원들을 조심해야 한다. 그들은 검은 차를 타고 있는데, 가끔은 소형 오토바이를 타고 있을 때도 있다. 그들은 도둑들을 찾아 주차장 안을 천천히 돈다. 갑자기 다비드는 자기를 보고 있는 누군가를 본다. 키가 크고 몸집이 다부진 그 남자는 얼굴이 무섭게 생겼다. 그는 직원 전용 출입문을 통해 매장에서 나와 도로변으로 소리 없이 다비드를 쫓아왔다. 지금 그는 그곳에 서서, 다비드를 바라보고 있다. 슈퍼마켓 정면의 불빛에 남자의 눈이 기이하게 빛난다. 하지만 그는 경비원도 경찰도 아니다. 남자는 팝콘 봉지를 손에 든 채, 번쩍거리는 검은 눈을 다비드에게서 떼지 않고 튀긴 옥수수 알을 때때로 입안에 털어넣는다. 다비드는 슬금슬금 남자를 곁눈질한다. 남자가 다가오는 것이 보이고, 남자의 커다란 손이 팝콘 봉지 속을 뒤질 때 나는 부스럭 소리가 들린다. 이제 그는 아주 가까이에 있다. 다비드의 심장이 아주 세차게 쿵쾅거리기 시작한다. 아이들을 납치해 죽이는 미치광이들에 대한 이야기를 학교에서 들은 게 기억난다. 그런데도 두려움 때문에 꼼짝도 할 수 없다. 그래서 시멘트 경계석에 그대로 앉아 정면을 똑바로 바라보고 있다. 가로등 불빛이 커다란 노란 얼룩들을 만드는, 거의 텅 빈 주차장을.

"팝콘 먹을래?" 다비드의 귀에 남자의 목소리가 들려온다. 목소리는 부드럽지만 그 역시 무언가를 두려워하고 있는 듯 살짝 떨린다. 다비드는 경계석에서 벌떡 일어나 주차장 입구를 향해 가능한 한 빠르게 달리기 시작한다. 입구 쪽에는 아직도 주차되어 있는 차들이 있다. 다비드는 어떤 차를 지나치자마자 멈추고는, 바닥에 납작 엎드려 자동차들 밑으로 들어가 차례차례 차들을 통과하면서 기어간다. 그러다가 다시 꼼짝도 하지 않는다. 잠시 후 주위를 살펴본다. 남자가 그곳에 있다. 다비드의 뒤를 쫓아온 것이다. 하지만 몸을 숙여 차 밑을 살펴보기엔 그는 너무 뚱뚱하다. 남자는 차들을 따라 성큼성큼 걷는다. 다비드는 그의 발이 지나쳐가 멀어지는 것을 본다. 그리고 좀더 기다렸다가 이번에는 반대 방향으로 기어간다. 그는 주차된 어떤 트럭 밑에서 나와 주위를 두리번거리며 멀어져가는 남자의 먼 형체를 본다.

이제 다비드는 덜 무섭다. 하지만 더이상 어둠 속을 걸어갈 용기가 나지 않는다. 다비드는 방수포를 씌워놓은 트럭 화물칸 안으로 방수포 덮개 한쪽을 들추고 미끄러져들어간다. 철판으로 된 화물칸 바닥은 차갑고 시멘트 먼지로 뒤덮여 있다. 화물칸 안 조종석 쪽에서 다비드는 낡은 천들을 발견한다. 그는 그 천들을 펴서 잠자리를 만든다. 허기, 두려움, 그리고 온종일 밖에서 걸어다니며 보낸 그날 하루에 기진맥진했다. 그는 깔아놓은 천 위에 눕는다. 그리고 메마른 강을 따라 이어진 도로 위를 달리는 엔진소리를 들으며 잠이 든다. 어쩌면 다시 한번 더 에두아르 형을 생각하는지도 모른다, 어디선가 그처럼 혼자서 오늘밤을 지새울 형을.

동이 틀 무렵, 날이 채 밝기도 전에 다비드는 눈을 뜬다. 간밤의 추위와 트럭 화물칸의 차가운 바닥 때문에 온몸이 아프다. 바람에 덮개가 펄럭이면서, 틈새로 차갑고 축축한 공기와 희뿌연 새벽빛이 화물칸 안으로 들어온다.

다비드는 트럭에서 내려 주차장을 가로질러간다. 대로는 아직도 가로등의 노란 빛웅덩이들로 밝혀진 채 한산하다. 다비드는 이 시간을 아주 좋아한다. 너무 일러서 도시의 모든 거주자들이 언덕 너머로 멀리 달아난 것 같은 시간. 어쩌면 그들 역시 다시는 되돌아오지 않는 건 아닐까?

그는 서두르지 않고 도로를 건너 둑을 따라 걷는다. 아래쪽의 메마른 강바닥은 광활하고 고요하다. 자갈밭은 상류부터 하류까지 끝없이 길게 펼쳐져 있다. 그 한가운데로, 더 어두운 밤의 색깔을 띤 가느다란 물줄기가 지칠 줄 모르고 흐른다. 다비드는 비탈진 사면을 내려가 강가의 자갈밭을 걷는다. 그의 발소리가 잠든 동물, 뚱뚱한 파리, 말파리, 쥐 들을 틀림없이 깨울 거라는 생각이 든다. 물가에 다다르자 그는 쭈그리고 앉아, 소용돌이를 일으키고 힘차게 역류하며 흘러가는 물길을 바라본다.

차츰차츰 빛이 밝아지면서 잿빛 자갈들이 반짝이기 시작하고, 물은 더 가볍고 투명해진다. 강바닥에서 뿌연 안개 같은 것이 피어올라 이제 다비드에게는 둑길도, 가로등도, 창문이 닫힌 너저분한 집들도 보이지 않는다. 그는 몸을 떨면서 손끝으로 물을 만지고, 손바닥 안에 물을 담는다. 그러다가 까닭 없이 갑자기 엄마 생각이 난다. 문 앞에 의자를 내다놓고 앉아 그를 기다리고 있을 엄마. 그는 에두아르 형과 함께 돌아가고 싶었다. 지금 그는 바로 그 이유로 자기가 집을 나왔다는 사실을, 그리고 형을 찾지 못하리라는 것도 안다. 그는 불길한 일이 일어나지 않도록 일부러 그런 생각을 하지 않으려 했다. 하지만 운명이 자기를 그 모든 길로, 그 대로로, 자신들이 어디로 가는지 알지 못하는 모든 사람들 가운데로, 그가 모르는 장소로 이끌어줄 거라 믿고 있었다. 그는 아무것도 찾아내지 못했다. 운명은 존재하지 않는다. 백 년 동안 찾아다닌다 하더라도 형을 찾아낼 수 없을 것이다. 이제 그는 안다. 하지만 절망은 없다. 마치 무언가가 그의 마음속에서 변한 것 같고, 그래서 이제 그는 그전과 같지 않을 것 같다.

그는 강바닥 위로 조금씩 비쳐드는 빛을 바라본다. 하늘은 맑고 차갑고, 빛도 차갑다, 하지만 빛은 다비드에게 도움이 되고, 그에게 힘을 준다. 새벽안개는 사라졌다. 이제 다시 강 양옆으로 거대한 건물들이 보인다. 태양이 동쪽에서 건물들의 외관을 하얗게 비추면서, 그 너머에 아무도 없는 커다란 유리창들을 빛나게 한다.

배가 고파서 다비드는 슈퍼마켓 쪽으로 되돌아간다. 이 시각에는 아직 사람이 거의 없다. 스피커에서 흘러나오는 콧노래 같은 음악소리가 텅 빈 거대한 동굴 안에 울려퍼진다. 매장 안에는 막대 모양 형광등들이 강렬한 빛을 발하고, 그 불빛 아래 물건들과 색깔들은 환히 빛난다. 다비드는 더이상 숨지 않는다. 일행인 척 끼어들 만한 가족들도, 아이들도 없다. 오로지 분주한 사람들, 하얀 작업복을 입은 매장 직원들, 계산대에 서 있는 계산원들뿐이다. 다비드는 진열대 앞에 서서 과일들을 먹는다. 노란 사과 한 알, 바나나, 검은 포도. 아무도 그에게 주의를 기울이지 않는다. 그는 자기가 아주 작아서 거의 보이지 않는 것 같은 기분이 든다. 어느 순간, 하얀 작업복을 입은 젊은 여자가 과일을 먹고 있는 그를 보고는 마치 그를 알고 있다는 듯이 얼굴에 야릇한 웃음을 띤다. 하지만 그녀는 아무 말도 하지 않고 계속 음식 코너들을 정리한다.

돈을 훔치고 싶다는 생각이 든 건 슈퍼마켓을 나오면서다. 그 생각은 그런 식으로 느닷없이 찾아왔다. 어쩌면 기다리면서 보낸 긴 시간 때문인지도 모른다. 어쩌면 밤 때문이거나, 메마른 강 자갈밭에서의 외로움 때문인지도 모른다. 갑자기 다비드는 에두아르 형이 왜 돌아오지 않았는지, 왜 그를 찾을 수 없었는지 알아차렸다. 그 일이 일어난 건 바로 신발가게 앞이었다. 다비드는 엄마와 함께 경찰서에 갔던 그날을 기억한다. 그때 그들은 담당 형사를 만나러 사무실 안으로 들어가기까지 오랫동안, 아주 오랫동안 기다렸다. 엄마는 아무 말도 하지 않았다. 하지만 그 남자는 부드러운 목소리로 몇 가지 질문을 했고, 때때로 다비드를 뚫어져라 보기도 했다. 다비드는 심장이 무섭게 고동쳤지만 그의 눈길을 견뎌내려고 애썼다. 어쩌면 엄마는 무언가를 알고 있었는지도 모른다. 말하고 싶지 않은 무시무시한 무언가를, 에두아르 형에게 일어난 무언가를. 엄마는 백지장처럼 창백했고 입을 꾹 다물고 있었다. 철제 사무 책상 너머에 앉은 그 남자의 눈빛이 흑옥처럼 반짝였다. 남자는 무언가를 캐내려 애쓰면서 부드러운 목소리로 질문들을 던졌다.

다비드가 지금 커다란 신발가게 앞에, 붉은 플라스틱 타일 위 그 하얀빛이 반짝이는 곳에 멈춰 선 건 바로 그 때문이다. 그는 마치 다른 누군가가 자기보다 먼저 했을 그 동작들을 되풀이하듯 거의 기계적으로 움직인다. 신발가게 안에서 반대편 끝으로 이어진 통로를 천천히 따라간다. 진열된 신발들은 거들떠보지도 않는다. 하지만 가죽과 플라스틱의 알싸한 냄새가 코에 느껴진다. 붉은 타일들은 정신이 혼란스럽도록 빛나고, 천장에서 내려오는 부드러운 음악에 그는 약간 욕지기가 난다. 거대한 매장 안에는 아무도 없다. 여직원 몇몇이 문 옆에 서 있다. 그들은 매장 안에서 저쪽 끝을 향해 걸어가고 있는 작은 소년을 보지도 않고 저희끼리 얘기를 나누고 있다.

부드러운 노랫소리가 시끄러운 반향을 일으키며 그 여자들의 말소리를 완전히 덮어 가린다.

아 우, 아와, 와아우……

마치 숲속의 새들이 내지르는 비명 같다. 하지만 다비드는 직원들의 말소리에 주의를 기울이지 않는다. 그는 숨을 죽이면서 매장 끝으로 나아간다. 그곳에 계산대가 있다. 아무도 그를 보지 않고, 아무도 그에게 관심을 기울이지 않는다. 그는 신발 진열대들 사이를 소리 없이 걸어간다. 부츠, 테니스화, 아동용 편상화. 그는 어제저녁 강변에서 주운 둥근 돌을 왼손에 꼭 쥐고 계산대를 향해 걸어간다. 불빛이 눈부시고, 벽과 기둥에 걸린 거울들이 불빛을 반사하고 있다. 붉은 플라스틱 타일 바닥은 광활하고 텅 비어 있다. 다비드의 두 발이 마치 유리 위에서처럼 타일 바닥 위로 미끄러진다. 그는 매장 안을 돌아다니거나 잿빛 차를 타고 주차장을 도는 경비원들을 떠올린다. 그리고 번뜩이는 매서운 눈으로 망을 보고 있는 험상궂은 사람들을 떠올린다. 그의 가슴이 뛰고 또 뛴다, 그리고 땀이 이마와 손바닥을 축축하게 적신다. 저기 매장 끝에, 그것이 분명히 보인다. 그곳에 전구 불빛에 환하게 빛나는 엄청나게 큰 계산대가 꼼짝도 않고 서 있다. 그는 그곳을 향해 나아간다. 마침내 에두아르 형이 있는 곳을 알아내고 형을 다시 만날 수 있을 그곳을 향해, 비밀 메시지가 감춰진 그 불타는 장소를 향해. 지금 그 사실을 깨닫는다. 그는 그걸 아주 잘 알고 있다. 그가 어제 아침 열쇠를 목에 걸고 집을 나온 건 바로 그래서다. 여기까지 다다르기 위해, 형을 되찾기 위한 실마리가 될 이 장소까지 오기 위해. 그는 계산대를 향해 나아간다. 마치 계산대가 정말로 형을 숨기고 있기라도 한 것처럼. 그리고 다가갈수록 깡마른 형의 검은 실루엣이, 열에 들떠 반짝이는 그 검은 눈과 아름다운 얼굴이, 마치 바람 속을 걸은 것처럼 뒤엉킨 머리칼이 거기 나타나기라도 할 것만 같다.

그는 손에 쥐고 있던 둥근 돌을 꽉 움켜쥔다. 돌은 그의 땀으로 축축하고 체온으로 따뜻해져 있다. 눈부신 빛 속에서, 인적 없는 황량한 골짜기에서 혼자 거인과 맞서 싸우는 건 바로 이런 식이다. 멀리서 야생동물들의 울부짖음이 들린다. 늑대, 하이에나, 자칼. 그것들은 바람의 침묵 속에서 신음한다. 그리고 거인의 목소리가 울린다. 거인은 웃으면서, 자기 쪽으로 걸어오는 아이에게 소리친다.

"덤벼라! 내가 하늘의 새와 들판의 짐승에게 너를 먹이로 던져줄 테니. 자, 덤벼!……" 거인의 웃음소리에 강바닥의 둥근 돌을 쥔 손에 으스스 전율이 지나간다.

지금 다비드는 대형 매장 안쪽의, 금전출납기가 놓인 계산대

앞에 있다. 천장의 하얀 불빛이 금속 앵글 위에, 계산대의 검은 플라스틱 위에, 붉은 핏빛 바닥 위에 반사된다. 다비드는 오직 금전출납기만 본다. 그는 그것을 향해 나아간다. 그리고 손끝으로 그걸 건드려본다. 그는 더 가까이 다가가려고 계산대 뒤로 돌아 들어간다. 부드러운 음악이 그 한숨소리를, 그 먼 울음소리를 멈추지 않는다. 그리고 다비드의 쿵쾅거리는 심장박동소리가 그 음악의 느린 소리와 뒤섞인다. 이상한 취기가 느껴진다. 마치 고무 본드의 알싸한 냄새가 배어든 압지에 대고 숨을 들이마셨을 때 머릿속을 가득 채우던 그 취기 같다. 어쩌면 에두아르 형의 얼굴이, 광대뼈가 튀어나온 인디언의 얼굴처럼 거무스레하고 엄숙한 형의 얼굴이 그곳에서, 지금 아주 가까이에서 기다리고 있는지도 모른다. 누가 그를 붙잡아두고 있는 걸까? 누가 그가 돌아오지 못하게 가로막고 있는 걸까? 하지만 눈부신, 소용돌이치는 진공상태 때문에 알아낼 수가 없다.

다비드는 계산대에 몸을 기대고 금전출납기 높이에 얼굴을 가져간다. 금전출납기의 서랍은 마침 반쯤 열려 있다. 그는 천천히 몸을 숙인다. 마치 금전출납기를 열고, 지폐 뭉치를 잡아 손가락 사이로 구기며 단단히 움켜쥐는 것이 다른 사람의 손인 것처럼.

하지만 갑자기 멍한 진공상태가 사라진다. 이제 오직 두려움뿐이다. 누군가가 거기, 다비드 옆에 있다. 곱슬거리는 갈색 머리칼에 둘러싸인 여자 같은 얼굴의 약간 뚱뚱한 남자다. 남자가 다비드의 손을 잡는다. 두 손으로 아주 세게 움켜잡아서, 손가락 뼈들이 와드득거리는 소리가 들리고, 다비드는 고통으로 비명을 지른다. 다비드의 얼굴은 온통 땀으로 번들거린다. 남자가 이를 악물면서도 침을 튀기며 사납게 같은 말을 되풀이해 쏘아대는 동안 다비드의 눈에 싸늘한 섬광이 인다. "도둑놈! 이 도둑놈! 도둑놈!" 다비드는 아무 말도 하지 않는다. 발버둥조차 치지 않는다. 왼손에서 둥근 돌이 바닥으로 떨어진다. 그 돌은 붉은 플라스틱 타일 바닥 위를 굴러가다가 멈춘다. "도둑이야! 더러운 도둑놈!" 젊은 남자는 지칠 줄 모르고 계속 같은 말을 되풀이한다. 그리고 이제는 매장 입구 직원들의 주의를 끌 만큼 아주 크게 외쳐댄다.

"도둑이야! 도둑이야! 이 더러운 도둑놈 새끼!" 남자가 소리친다. 그의 얼굴은 흥분과 분노로 벌게져 있다. 하지만 다비드는 이제 더이상 그가 무섭지 않다. 그저 눈을 감고, 자신의 손가락 마디와 손목을 으스러져라 움켜쥐고 있는 남자의 두 손이 가하는 고통을 견딜 뿐이다. 그는 비명을 지르고 싶지 않고, 말하고 싶지 않다. 에두아르 형을 되찾고 싶으면 그렇게 해야 하기 때문이다. 위협과 증오로 가득찬 젊은 남자의 목멘 소리가 그의 귓속에 울린다. "더러운 도둑놈! 더러운 도둑놈 새끼!" 하지만 다비드는 아무 말도 하지 않는다. 애원하지도, 울지도, 자기가 여기까지 온 건 그것 때문이 아니라고, 자기가 원하는 건 돈이 아니라 에두아르 형의 얼굴이라고 말하지도 않는다. 그 거인이 그를 이긴 이상 그는 왕이 되지 못할 것이고, 원하는 것을 되찾지도 못할 것이다. 그러니 이제 그건 생각도 하지 말아야 한다. 그는 침묵해야 한다. 경비원들과 경찰관들이 그를 감옥으로 데려가기 위해 온다 하더라도 끝까지 침묵해야 한다. 여자들이 왔다. 이제 여자들이 그를 빙 둘러싸고 있다. 그들은 뭐라고 말을 하고 전화를 건다. 그중 하나가 말한다. "아이를 놔줘요, 이봐요, 어린애잖아요." "그러다가 이 녀석이 달아나기라도 하면 어쩔 건데? 이런 녀석은 이 주변에 널렸어, 싹수가 노란 도둑놈 새끼들, 이런 녀석들은 금전출납기에 손을 대려고 사람들이 등을 돌릴 때를 노리고 있다고." "얘, 너 이름이 뭐니? 몇 살이니?" "아이들을 이런 짓으로 내모는 건 바로 그 부모들이에요, 아시겠어요, 이런 애들은 매일 저녁 집에 돈을 가져가야 할 거라고요." "도둑놈, 더러운 도둑놈 새끼!"

마침내 사내가 쥐고 있던 손을 푼다. 동정심에서라기보다는 다비드의 손을 너무 오래 움켜쥐고 있어서 쥐가 났기 때문이다. 그래서 다비드는 바닥에, 피처럼 붉은 바닥에 쓰러진다. 그는 한 무더기의 헝겊처럼 부드럽게 풀썩 내려앉는다. 그리고 부어오른

손과 손목도 몸을 따라 축 늘어진다. 어깻죽지까지 통증이 얼얼하지만, 그는 아무 말도 하지 않는다. 단 한 음절도 발음하지 않는다. 짭짤한 눈물이 뺨 위로 흘러내려 입 주위를 축축하게 적시는데도.

지금, 잠시 더 정적이 흐른다. 더이상 아무도 말을 하지 않는다. 그리고 사내는 마치 두려운 것처럼, 아니면 창피한 듯이 금전출납기에서 약간 물러났다. 다비드는 슬픔을 호소하는 듯한, 절규하는 동물들의 신음소리 같은 먼 음악소리를 여전히 듣고 있다. 그리고 자신의 관자놀이 안에서, 목안에서, 팔꿈치의 동맥 안에서 피가 세차게 뛰는 소리가 들린다. 화끈거리던 손의 통증은 덜해졌다. 손가락 사이에 구겨진 지폐들이 느껴진다. 아무도 그걸 빼앗을 생각을 하지 않았다. 그는 힘겹게 몸을 약간 일으키고, 지폐들을 멀리 집어던진다. 지폐들이 딱딱하게 뭉쳐놓은 빵처럼 리놀륨 바닥 위에 곤두박질친다. 그걸 줍기 위해 움직이는 사람은 아무도 없다. 그리고 그의 앞에, 눈물의 안개 너머로, 현대식 도시의 소란한 골짜기들과 가파른 벽들 너머 멀리 어두컴컴한 아파트에서 기다리고 있는 엄마의 얼굴이 보인다. 그가 그 모습을 언뜻 보는 순간, 매장 저쪽 끝에 제복을 입은 경비원들이 나타났다. 하지만 그에겐 아무래도 상관없다. 그는 더이상 고독이 무섭지 않다. 더이상 세상이 두렵지 않고, 사람들의 시선도 두렵지 않다. 왜냐하면 이제는 에두아르 형에게로 가는 문, 다시는 돌아오지 않는 형의 비밀스러운 아지트로 들어갈 수 있는 문을 알고 있기 때문이다.

옮긴이의 말

원을 그리며 춤추는 여행자들

모두 열한 편의 이야기를 담고 있는 르 클레지오의 이 단편집은 『원무, 그 밖의 다양한 사건사고』라는 다소 건조하고 생경하게 느껴지는 제목에 공통된 핵심이 함축되어 있다. 이 책의 제목이자 첫번째 단편의 제목이기도 한 '원무La ronde'는 일차적으로는 한낮에 오토바이를 타고 시내를 돌며 날치기를 하는 두 소녀의 놀이를 의미하지만, 이 책에 등장하는 모든 주인공들에게서 되풀이되는 행위이기도 하다. 늑대개와 함께 버려진 트레일러 주택에서 혼자 아이를 낳는 여자, 감옥에서 탈출해 경찰에 쫓기는 양치기 남자, 밤거리를 배회하다 서민 임대주택단지의 지하실에서 강간당하는 소녀, 한때는 너무도 아름다웠던 자신의 저택을 부동산 개발업자들로부터 지키기 위해 승산 없는 싸움을 벌이는 노부인, 어느 고속도로의 커브길에서 마주오는 화물트럭과 충돌해 죽은 여자를 따라 일 년 뒤 같은 장소와 같은 시간에 맞추어 자살하는 남자, 히치하이크와 무전취식과 도둑질을 하면서 이탈리아를 향해 가는 가출 소녀들, 프랑스로 밀입국해 착취당하면서 비참한 삶을 살아가는 불법 노동자들, 가족을 먹여 살리기 위해 도둑이 된 남자, 돌아오지 않는 형을 찾아 집을 나온 소년…… 그들은 모두 달아나는 사람들이자 쫓기는 사람들이다. 그들은 단조롭고 비루하고 불행한 현재로부터 달아나 풍요롭고 행복한 '멋진 인생'을 찾아, 건조함과 삭막함과 가혹함, 공허와 허기와 추위가 지배하는, 이곳이 아닌 다른 곳을 찾아 멀리 나아가려 하는 여행자들이다. 그들의 여행은 그러므로 욕망의 여행이며 현실로부터의 도주, 꿈을 향한 걸음이다. 그런 맥락에서 '원무'는 바로 그 도망자들과 이탈자들을 감시하는 사람들, 그들을 추격하는 경찰 혹은 군인들의 행위에 해당하는 것이기도 하다. 달아나는 사람들을 잡으려면 그들의 행로를 뒤따라가야 하므로, 결국 추격자들 역시 원을 그리며 돌 수밖에 없기 때문이다(더욱이 다의적인 단어인 La ronde에는 '순찰'이라는 뜻도 있다는 사실도 간과하지 말자). 여기서 감시자들과 추격자들의 원무는 달아나는 주인공들을 위협하고 그들의 여행을 헛된 것으로 만드는 현실적 폭력처럼 보인다. 하지만, 그것보다 훨씬 더 근원적으로 그들의 여행을 무화시키는 것은 공허와 허기, 그들 자신의 내부에 뚫려 있는 결코 사라지지 않는 존재의 구멍이다. 그래서 그들은 불행을 멈출 기회가 왔을 때도 멈추지 않고 끝까지 달린다. 그 끝에 아무것도 없으며, 심지어 비극적 결말이 기다리고 있을 뿐이라는 것을 직감하면서도. 그렇게, 주인공들은 앞으로 나아가지 않고(혹은 나아가지 못하고) 마치 숙명처럼 원을 그리며 제자리로 돌아온다. 따라서 '원무'는 결국, 그들에게 공통된 고통의 뿌리다. 현실에 맞선 꿈, 현실화되지 못하는 꿈, 감시당하고 구타당하고 파괴당하는 꿈. 그리하여 그들의 여행은 결국 신문 귀퉁이에 간신히 실릴까 말까 한 잡다한 '사건사고'들이 된다. 거의 아무도 관심을 갖지 않는 하찮은 일상적 사건들. 그것 때문에 이 이야기들, 이 인물들은 더욱더 서럽고 가슴 아프게 다가온다.

19세기 빅토르 위고의 『레 미제라블』로부터 르 클레지오의 시선 아래 다시 드러난 20세기 말의 '행복하지 못한 사람들', 물론 장마리 귀스타브 르 클레지오의 이 인물들은 외부의 폭력성보다는 자기 내부의 구멍에서 비롯된 원무를 멈추지 않고 파국을 향해 치달린다는 측면에서, 사회구조에 직접적 영향을 받고 그것을 극복하려는 의지를 지닌 빅토르 위고의 '레 미제라블'과 갈라지지만, 그럼에도 시간과 공간 이외에 그들의 인간 조건은 크게 달라지지 않았고, 앞으로도 그 근원적 허기는 여전할 것이다. 그것에 등을 돌린 채 잊고 살아가기에 그 구멍은 너무 크고 깊다. 이 책은 그것을 우리에게 보여주고, 그것이 불러일으키는 현기증과 아픔을 생각하게 한다. 날카로운 칼날처럼 번쩍이는 빛, 차가운 바람과 뿌연 먼지, 추위와 허기와 갈증이 지배하는 이 황량한 풍경들은 책을 덮고 난 이후에도 아주 오랫동안 우리의 마음속에서 지워지지 않을 것이다.

1982년에 프랑스에서 처음 출간된 이 단편집이 지금까지 끊임없이 사랑받고 회자되고 있는 것은, 현재의 우리가 그러한 가슴 먹먹한 슬픔과 충격적인 감동에 갈증과 허기를 느끼기 때문일 것이다. 그리고 이 열한 편의 이야기 속에 나타난 삭막함과 황량함이 오히려 우리를 해갈시키는 것은 순전히, 우리의 일상에서 원무처럼 반복되는 이 건조한 사건사고들을 너무도 아름답고 몽환적인 시로 탈바꿈시켜놓은 르 클레지오의 필력과 인간을 향한 진정하고도 가슴 저린 연민 덕분이다.

윤미연

J. M. G. 르 클레지오 연보

1940년 4월 13일, 모리셔스 태생의 영국인 아버지와 프랑스인 어머니 사이에 프랑스 니스에서 태어남.

1948년 아프리카 주둔 군의관이었던 아버지를 만나기 위해 어머니와 형과 함께 나이지리아로 이주.

1949년 니스로 귀향. 이듬해 아버지도 니스로 이주.

1958년 마세나 중고등학교 졸업 후 영국 브리스톨 대학에서 유학.

1960년 런던에서 마리로잘리와 결혼. 이듬해 딸 출생.

1963년 니스 소재의 대학에서 학사 학위 취득. 첫 장편소설 『조서*Le procès-verbal*』로 르노도상 수상.

1964년 앙리 미쇼 연구로 엑상프로방스 대학에서 석사 학위 취득.

1965년 소설집 『열병*La fièvre*』 출간.

1966년 장편소설 『홍수*Le déluge*』 출간.

1967년 태국에서 군 복무 시작. 곧 멕시코로 전출됨. 장편소설 『사랑의 대지*Terra amata*』, 에세이 『물질적 법열*L'extase matérielle*』 출간.

1969년 장편소설 『도피의 서*Le livre des fuites*』 출간.

1970년 장편소설 『전쟁*La guerre*』 출간. 1974년까지 파나마 체류.

1971년 에세이 『아야*Haï*』 출간.

1972년 발레리 라르보 상 수상.

1973년 『거인들*Les géants*』 출간.

1975년 소설집 『저편으로의 여행*Voyages de l'autre côté*』 출간. 모로코 출신의 제미아와 두번째 결혼. 1977년과 1982년에 두 딸 출생.

1977년 미국 뉴멕시코주 앨버커키에서 프랑스 문학 교습.

1978년 소설집 『몽도와 그 밖의 이야기들*Mondo et autres histoires*』, 에세이 『지상의 미지인*L'inconnu sur la terre*』 출간.

1980년 장편소설 『사막*Désert*』 출간. 아카데미 프랑세즈가 수여하는 폴 모랑 문학대상 수상. 에세이 『성스러운 세 도시*Trois villes saintes*』 출간.

1982년 소설집 『원무, 그 밖의 다양한 사건사고*La ronde et autres faits divers*』 출간.

1985년 장편소설 『금을 찾는 사람*Le chercheur d'or*』 출간.

1986년 장편소설 『로드리게스 여행*Voyage à Rodrigues*』 출간.

1988년 에세이 『멕시코의 꿈과 중단된 사유*Le rêve mexicain ou la pensée interrompue*』 출간.

1989년 소설집 『봄, 그리고 매혹의 계절들*Printemps et autres saisons*』 출간.

1991년 장편소설 『오니샤*Onitsha*』 출간.

1992년 장편소설 『떠도는 별*Étoile errante*』 『파와나*Pawana*』 출간.

1993년 에세이 『디에고와 프리다*Diego et Frida*』 출간.

1994년 〈리르〉지에서 살아 있는 가장 위대한 프랑스 작가로 선정.

1995년 장편소설 『격리*La quarantaine*』 출간.

1996년 장편소설 『황금 물고기*Poisson d'or*』 출간.

1997년 『노래가 넘치는 축제*La fête chantée*』 출간. 장 지오노 상 수상.

1998년 모나코 피에르 대공 문학상 수상.

1999년 소설집 『우연*Hasard: suivi de Angoli Mala*』 출간. 아내 제미아와 함께 쓴 여행 에세이 『하늘빛 사람들*Gens des nuages*』 출간.

2000년 소설집 『타오르는 마음*Coeur brûle et autres romances*』 출간.

2001년 대산문화재단과 주한 프랑스 대사관이 주최한 한불 작가교류 행사로 한국 방문.

2003년 장편소설 『혁명*Révolutions*』 출간.

2004년 장편소설 『아프리카인*L'Africain*』 출간.

2006년 장편소설 『우라니아*Ourania*』, 에세이 『라가—보이지 않는 대륙에 가까이 다가가기*Raga. approche du continent invisible*』 출간.

2007년 에세이 『발라시너*Ballaciner*』 출간. 한국 이화여자대학교 통역번역대학원 초빙교수로 강의.

2008년 장편소설 『허기의 간주곡*Ritournelle de la faim*』 출간. 스티크 다게르만 상 수상. 노벨문학상 수상.

2011년 소설집 『발 이야기 그리고 또다른 상상*Histoire du pied et autres fantaisies*』 출간.

2014년 소설집 『폭풍우*La tempête*』 출간.

2017년 장편소설 『알마*Alma*』 출간.

2018년 장편소설 『빛나, 서울 하늘 아래*Bitna, sous le ciel de Séoul*』 출간.

지은이 **J. M. G. 르 클레지오**
'현대 프랑스 문단의 살아 있는 신화'라 불리는 작가. 1940년 프랑스 니스에서 태어났다. 1963년 스물셋의 나이에 첫 작품 『조서』로 프랑스의 권위 있는 문학상인 르노도상을 수상하며 화려하게 데뷔했다. 1980년 『사막』으로 아카데미 프랑세즈 폴 모랑 문학대상을 수상했고, 2008년 노벨문학상을 수상했다. 주요 작품으로는 『황금 물고기』 『우연』 『타오르는 마음』 『아프리카인』 『허기의 간주곡』 『라가 — 보이지 않는 대륙에 가까이 다가가기』 『발 이야기 그리고 또다른 상상』 등이 있다.

옮긴이 **윤미연**
부산대학교 불어불문학과와 동 대학원을 졸업하고 프랑스 캉대학교에서 공부한 뒤 전문번역가로 활동하고 있다. 『허기의 간주곡』 『라가 — 보이지 않는 대륙에 가까이 다가가기』 『어느 완벽한 2개국어 사용자의 죽음』 『세상에서 가장 작은 동물원』 『첫 문장 못 쓰는 남자』 『나쁜 것들』 『파문』 『우리는 함께 늙어갈 것이다』 『마지막 숨결』 『사랑을 막을 수는 없다』 『구해줘』 『은밀하게 나를 사랑한 남자』 등을 우리말로 옮겼다.

문학동네 세계문학
원무, 그 밖의 다양한 사건사고

초판 인쇄 2018년 7월 23일 | 초판 발행 2018년 7월 31일

지은이 J. M. G. 르 클레지오 | 옮긴이 윤미연 | 펴낸이 염현숙

책임편집 김미혜 | 편집 김지연 이현정 오동규
디자인 고은이 최미영 | 저작권 한문숙 김지영
마케팅 정민호 정진아 함유지 김혜연 박지영 | 홍보 김희숙 김상만 이천희
제작 강신은 김동욱 임현식 | 제작처 한영문화사(인쇄) 경일제책사(제본)

펴낸곳 (주)문학동네
출판등록 1993년 10월 22일 제406-2003-000045호
주소 10881 경기도 파주시 회동길 210
전자우편 editor@munhak.com | 대표전화 031) 955-8888 | 팩스 031) 955-8855
문의전화 031) 955-8862(마케팅) 031) 955-8860(편집)
문학동네카페 http://cafe.naver.com/mhdn | 트위터 @munhakdongne
북클럽문학동네 http://bookclubmunhak.com

ISBN 978-89-546-5221-6 03860

www.munhak.com